사르비아 총서 · 321

메밀꽃 필 무렵(외)

이효석 지음

범우사

차 례

▨ 이 책을 읽는 분에게 · 5

메밀꽃 필 무렵 · 17

들 · 30

돈豚 · 53

산정山精 · 61

장미 병들다 · 70

황제 · 97

산山 · 126

낙엽기 · 136

분녀 · 146

오리온과 능금 · 182

삽화 · 194

성수부聖樹賦 · 209

개살구 · 217

□ 연보 · 247

이 책을 읽는 분에게

이효석은 경성제일고보를 거쳐 경성제국대학 영문과를 졸업한 수재형이며, 그 후 함경북도 경성농업학교 교원으로 근무했다가 평양숭실전문 교수로 자리를 옮긴, 이를테면 일제시대 한국 사람으로서 최고의 학벌과 지성을 지닌 문인이었다. 그러면서도 그는 인텔리의 가장 연약한 속성이라 할 수 있는 순응주의와 자기 만족에 빠진 작가였다. 그에게 고민이 있었다면, 그것은 이민족異民族의 무단 정치 밑에서 어떻게 하면 자기의 삶을 안전하게 지켜 나갈 수 있을까, 혹은 어떻게 하면 문학을 보다 아름답게 조형할 수 있을까 하는 문제였다고 판단된다.

일제 식민지 하의 한국 문단에서 그 가혹한 현실에도 불구하고 현실의 한파寒波에 시달리는 일 없이 개인적인 삶의 행복만을 추구하고, 그것을 실제로 누렸던 소설가로서 이효석을 앞지른 사람은 거의 없었던 것 같다. 이효석의 이런 모습은 그의 실제 생활을 제쳐 놓고 그의 작품을 읽어 봐도 금방 눈에 띈다.

"행복이구 불행이구 사람의 뜻 하나에 달렸지, 누가, 무엇이 우리들을 어떻게 할 수 있단 말이요. 사람의 의지같이 무서운 게 세상에 없는데."
"그 말이 제게 안심과 용기를 줘요. 웬일인지 자꾸만 겁이 났어요. 낮과 밤이 너무도 아름다워요. 모든 게 요새는 꼭 우리 둘만을 위해서 마련돼 있는 것만 같구면요."

이것은 남녀 간의 애정 문제를 다룬 〈풀일〉(1942. 7. 춘추)의 첫머리에 나오는 '준보'와 '실'의 대화다. 1940년대 초반으로 말하면 일제의 한민족에 대한 황국신민화皇國臣民化가 마침내 민족 말살 정책으로 낙착되고, 우리들의 모든 경제적 여건을 송두리째 빼앗아 전쟁 상품화했고, 이 땅의 젊은이들을 전쟁터로 마구 잡아 갔던 시기다. 이처럼 민족이 사상 최대의 곤궁과 고통, 경제적 총파탄을 겪고 있던 때, 이효석은 그런 바깥 현실은 아랑곳없이 개인적인 내적 향락을 모색했고, 그리하여 그의 정신사精神史가 "두 사람 사이에 세상이라는 쓸데없고 귀찮은 협잡물이 끼어들었음을 알았을 때 준보는 움찔해지며 불쾌한 느낌이 전신을 스쳐 흘렀다"고 토로하게 된 것은 이효석의 성품의 이치로 당연한 귀결이라 말하지 않을 수 없다. 효석의 개인 위주의 이기적 정신 풍토는, 〈성수부聖樹賦〉, 〈공상구락부空想俱樂部〉, 〈일표一表의 공능空

能〉 등에서 명백히 드러난다. 그에게는 현실이니 역사니 하는 따위는 타기되어 마땅한 것이며, 오직 찬란하게 유유한 마음으로 미래를 꿈꾸는 것만이 유일한 삶의 구제가 되고 그가 종사하는 문학의 요체가 되는 것이다.

학창 시절부터 뛰어난 문재文才였던 효석은 작가 생활을 시작할 무렵, 유진오와 함께 동반 작가同伴作家라는 지칭을 받았다. 그 당시의 동반 작가는 이들 이외에 장혁주張赫宙, 이무영李無影, 채만식蔡萬植, 조벽암趙碧岩, 유치진柳致眞, 엄흥섭嚴興燮, 홍효민洪曉民, 박화성朴花城, 한인택韓仁澤, 최정희崔貞熙, 조용만趙容萬 등 다수에 이른다. 동반 작가라는 명칭은 잘 알려진 것처럼 혁명 후의 소련에서 쓰기 시작하여 1920~30년대 프롤레타리아 문학이 왕성했던 때에 각국에 유포된 말이다. 혁명의 실천에는 직접 참가하지 않고 옆에서 혁명 운동에 동조적인 입장을 취하는 문학 경향이 동반자 문학이다. 동반 작가들의 이념과 주의는 "어떤 공통된 신조란 것이 없이 회원은 각자 자기가 느끼는 대로 개성의 자유와 이념의 자유 속에서 자유로이 창작을 한다"는 것으로 되어 있다.

효석 문학에서 동반 작가로서의 면모를 보여주는 작품은 〈도시와 유령〉, 〈기우奇遇〉, 〈행진곡〉, 〈북국점경北國點景〉, 〈노령근해露領近海〉 등이라고 한다. 그러나 1933년 〈돈豚〉을 발표하면서부터 효석은 자연적인 모든 사물을 예찬하는 서정적인 경향으로 탈바꿈했다는 것이 우리가 알고 있는 통설이다. 효석에게 있어서 경향파적인 동반자 문학에서 문학의 순수성으로의 심기 일전은 자기 내적인 필연성에 의한 것이 아니고 순전히 시대 추세의 외부적 작용에서 기인하는 것이거니와, 이때 주목할 것은 그의 전환이 전연 고통스럽지도 않았고 자기 갈등에 찢기는 일조차 없이 그의 내부에서 순조롭게 이루어졌다는 점이다. 이렇게 보면 효석의 동반 작가적 경향은 처음부터 거짓이었다고 볼 수밖에 없다. 그는 경향파 문학의 조류에 자기를 억지로 꾸려 넣은, 그리하여 문단의 인기를 얻으려는 잔꾀를 부린 셈이다. 사실 그의 정신의 체질로 보나 문학적 신념으로 보나 효석은 시대와 현실을 똑바로 응시하며 그것과 꿋꿋이 맞설 의식이 애초부터 없었던 작가다. 정명환鄭明煥이 〈위장된 순응주의(하)〉(1969, 봄, 창작과 비평)에서 정확하게 지적한 바와 같이 효석은 "자기 강제적인 무리한 동반자적 작품"을 썼고, "프로 문학의 퇴조와 아울러, 말하자면 자기 회복의 기회"로 즉 원래의 자기의 문학적 취향으로 되돌아온 것이다. 이 과정에서 그가 어떤 괴로움을 느꼈다 한다면 그것은 마음에도 없는 사회적 소설을 썼던 자기 불찰에 대한 회오 정도라고밖에는 생각되지 않는다.

 이효석의 동반자적 작품이 그 자신의 절실한 내부적 요구에 의한 것이 아니라, 시대의 흐름에 부합하고자 했던 허위적인 전시에 불과하다는 점은 그의 동반자적 성격을 드러내는 대표작 〈노령근해〉가 좋은 증거가 된다. 이 소품은 구체적으로 명시하고 있지 않으나 아무튼 식민지 하의 조선 현실의 암흑에서 탈출하려는 의도를 조명하고 있으며, 그런 뜻에서 좌경적인 색채가 짙다. 그러나 우리가 좀더 깊이 파헤쳐 보면 이 작품의 문제 의식이 표피적인 것으로 끝났다는 것을 알게 된다. 이 소설 속 청년의 국외 탈출은 환상적이며 감상적인 차원을 벗어나지 못하고 있다. 그는 도피의 동기조차 분명치 않으며 현실과의 대결을 회피한, 그리하여 막연한 상념을 좇아 국외 탈출을 시도한 것이다. 이것은 그만큼 작가의 의식 구조가 흐물흐물하고 그의 정신적 체험이 공허한 관념 속에서 맴돌 뿐, 구체적 현실을 파고드는 의욕이나 집념이 없었음을 증명하는 것이다. 이러한 관념적 허장성은 〈기우〉에서도 뚜렷이 나타난다. 가령 '계순'과 깊은 관계가 있는 '나'는 '계순'의 지난날의 비극에 대하여 방관자적인 입장을 취했던 인물이며, 그의 지사적志士的인 의도에도 불구하고 그는 인텔리의 가장 위선적인 자위自慰를 드러낸다.

효석 문학에서 우리가 받아들일 것이 있다면, 그것은 아무래도 그의 문체라고 하지 않을 수 없다. 탁마되고 세련된 우아한 그의 소설 문체는 그 당대는 물론 오늘에도 비류를 찾기 어려울 정도로 가히 모범적이다. 효석 문체의 아름다움은 우리가 다 알고 있는 바와 같이 자연을 묘사할 때 극치에 닿는다.

돌을 집어 던지면 깨금알같이 오드득 깨어질 듯한 맑은 하늘. 물고기 등같이 푸르다. 높게 뜬 조각구름 떼가 햇볕에 뿌려진 조개껍질같이 유난스럽게도 한편에 옹졸봉졸 몰려들었다.

― 〈산山〉에서

흙빛에서 초록으로—이 기막힌 신비에 다시 한 번 놀라 볼 필요가 없을까. 땅은 어디서 어느 때 그렇게 많은 물감을 먹었기에 봄이 되면 한꺼번에 그것을 이렇게 지천으로 뱉아 놓을까. 바닷물을 고래같이 들이켰던가. 하늘의 푸른 정기를 모르는 결에 함빡 마셔 두었던가. 그것을 빗물에 풀어 시절이 되면 땅 위로 솟쳐 보내는 것일까. 그러나 한 포기의 풀을 뽑아 볼 때, 잎새만이 푸를 뿐이지 뿌리와 흙에는 아무 물들인 자취도 없음은 웬일일까.
—〈들〉에서

효석이 이처럼 자연 묘사에 정성과 심혈을 기울이고 예술의 순수성을 지표로 한 것은, 1933년 순수 문학파격인 '구인회九人會'에 가담하고〈돈豚〉,〈수탉〉등 일련의 향토를 무대로 한 작품을 써냄으로써 비롯된 것이라고 일반적으로 알려져 있다. 그러나 따지고 보면 효석은 그의 이른바 동반 작가의 시절에도 풍경 묘사에 뛰어난 솜씨를 보여준다. 그 대표적인 예를 우리는〈북국점경〉에서 읽을 수 있다.

들의 보리 이삭 패고, 마을 밖에 피리 소리 고요할 때 능금꽃 폭신하게 언덕을 싸고, 우거진 꽃향기 언덕을 넘고 밭을 넘고 개울 건너 들을 건너 마을까지 살랑살랑 흘러왔다. 남쪽나라 레몬 향기 꿈꿀 것 없이 이곳의 능금꽃이 곧 마을 사람들의 꿈이었다.
—〈북국점경〉에서

글의 아름다움은 문학에서 매우 바람직한 것이지만, 그러나 효석의 소설이 드러내는 매끈한 기교와 표현의 윤택은 그것이 주제에 어울리지 않게 너무 미화 장식에 치우쳐 도리어 그의 문학의 어떤 한계점을 입증하는 것이기도 하다. 자연은 어느 때 어느 곳에서나 아름답다. 그러나 자연은 그 속에서 그것을 바라보거나 그것과 맞선 사람의 심정이나 심리 상태와 절대적으로 함수 관계를 맺는다. 허기에 지친 사람, 실연에 빠진 사람, 울적한 사람에겐 자연은 결코 마음을 도취케 하는 황홀한 대상으로 비치지 않는다. 그런데도 효석은 자연 속에 놓인 인물과 그 자연의 대응 관계를 전혀 고려하지 않고 또한 때와 곳을 가리지 않고, 자연을 오직 수려한 정물화처럼 일률화한다. 그의 작품의 무대로 설정된 자연은 그러므로 이효석이라는 특정한 작가의 고도로 세련된 감수성과 주관성 그것에서 우러나온 감정 이입에 지나지 않는다. 그의 소설이 굴절 현상이 없고 드라마가 없는 까닭은 바로 소설 무대의 미적 일률화 때문이며, 그의 인물들이 개성이 없는 것도 바로 이런 이유에서다.

 가령 〈산〉의 경우 '김 영감'의 머슴 '중실'은 영감의 첩과 정분이 들었다는 터무니없는 의심을 받고 머슴살이에서 쫓겨나 산속에 들어와서 멧돼지처럼 되는 대로 살지만, 그는 짜릿한 꿈을 가지고 있다. 짝사랑하는 '용녀'를 불러와서 즐겁게 살겠다는 것이다. 이처럼 꿈이 있을 뿐만 아니라 '중실'에겐 산이 여간 아름다운 것이 아니다. 우리의 상식으로 판단하면 '중실'은 마땅히 비극적 인물이어야 하고, 비통한 감정에 사로잡혀야 한다. 그는 머슴살이에서 옷 한 벌 버젓하게 얻은 적 없고, 명절에도 놀이할 돈도 푼푼이 받은 일이 없다. 장가들이고 집 사주고 살림을 내준다던 것도 '김 영감'의 고약한 속임수다. 그런데도 그가 죄없이 집에서 쫓겨났다면 그 이상 분통한 일이 어디 있겠는가. 그런 까닭에 '중실'의 달콤한 꿈은 '중실' 자신의 것이 아니라, 사물과 대상을 상황 여하를 불문하고 언제나 아름다운 환영으로 꾸미려는 이효석 자신의 현실 도피적인 상상적 대수에서 풀이한 것이다.

효석의 소설에서 문체 이외에 또 하나의 특색이 있다고 하면, 그것은 아마 성性의 미학이 아닌가 생각된다. 효석이 추구하는 성은 주로 단순하고 질박한 원초적 인간의 감정에서 유로流露된 성이다. 〈돈豚〉, 〈메밀꽃 필 무렵〉, 〈산정山精〉 등은 이러한 인간 감정의 원시적 욕정을 부상시킨다. 효석은 등장 인물들의 색정 장면을 동물들의 발정 장면과 동시적으로 연관시키는 예가 많은데, 아마 그렇게 함으로써 성의 교감을 한층 실감나게 꾀하려는 것 같고, 또한 그것으로 해서 삶의 어떤 원시적 단면을 추구해 보려는 의도가 있는 것 같기도 하다. 가령 〈돈豚〉에서 '식이'는 자기의 암퇘지가 수놈과 교접하는 장면을 보고 어디로 달아나 버린 '분이'를 연상하게 되고, 〈메밀꽃 필 무렵〉의 장돌뱅이 늙은이 '허 생원'은 자기의 늙은 당나귀의 발정 상태를 생각하고 젊었을 때 그가 '성 서방네'의 처녀와 달밤 메밀꽃이 만발한 개울가 물레방앗간에서 성교했던 일을 회상하며 이야기한다.

이 밖에 특히 〈화분花粉〉은 적나라한 인간의 애욕상과 그것으로 말미암아 일어나는 질투, 간악, 격정, 갈등의 여러 물줄기를 추적한 것인데, 여기에서 효석의 성문학性文學이 절정에 이른다. 그러나 효석 문학의 본능주의적인 착상은 낡은 도덕률에 얽매인 인습적이며 폐쇄적인 사회에 도전하고자 하는 의도 이상의 어떤 의미도 부여하지 않는다. 그것은 문학에서 결정적인 결점이다. 단순히 남녀 간의 애정, 성의 교제, 관능적인 행각을 표출하는 작업은 흥미 위주의 차원을 벗어나지 못한다. 문학에서 모색하는 반도덕反道德은 낡은 것을 허물어뜨리고 새로운 질서를 구축하려는 또 다른 의미에서의 모랄이 되지 않으면, 그것은 결국 도색적桃色的인 것밖에 되지 않는다.

〈황제〉는 '나폴레옹'의 몰락을 그린 이색적인 작품이다. 이 작품은 독백체로 기술되어 있다. 나폴레옹은 그의 최후의 시간에 다음과 같이 독백한다.

  오늘이 내 마지막이란 말이냐 이 시간이 내 마지막이란 말이냐 영웅의 말로가 황제의 최후가 이렇단 말인가 아아 피곤하다 너무 지껄였다 내 평생에 이렇게 장황하게 지껄인 날은 한 번도 없다 늘 속에만 품고 궁리에만 잠겼었지 이렇게 객설스럽게 지껄인 적은 없다 영웅도 마지막에는 잔소리를 하나 보다 잔소리를 하지 않으면 안 되게 되었다 묵묵히 사라지기가 원통한 것이다.   ―〈황제〉에서

김병걸(문학평론가)

메밀꽃 필 무렵(외)

메밀꽃 필 무렵

여름 장이란 애시 당초에 글러서 해는 아직 중천에 있건만 장판은 벌써 쓸쓸하고 더운 햇발이 벌려 놓은 전휘장 밑으로 등줄기를 훅훅 볶는다. 마을 사람들은 거의 돌아간 뒤요, 팔리지 못한 나뭇군 패가 길거리에 궁싯거리고들 있으나 석유병이나 받고 고깃마리나 사면 족할 이 축들을 바라고 언제까지든지 버티고 있을 법은 없다. 칩칩스럽게 날아드는 파리 떼도 장난군 각다귀들도 귀찮다. 얼금뱅이요 왼손잡이인 드팀전의 허 생원은 기어이 동업의 조 선달을 나꾸어 보았다.

"그만 거둘까?"

"잘 생각했네. 봉평 장에서 한 번이나 흐뭇하게 사본 일 있었을까. 내일 대화 장에서나 한몫 벌어야겠네."

"오늘 밤은 밤을 새서 걸어야 될걸."

"달이 뜨렷다."

절렁절렁 소리를 내며 조 선달이 그날 번 돈을 따지는 것을 보고 허 생원은 말뚝에서 넓은 휘장을 걷고 벌여 놓았던 물건을 거두기 시작하였다. 무명 필과 주단 바리가 두 고리짝에 꽉 찼다. 멍석 위에는 천 조각이 어수선하게 남았다.

다른 축들도 벌써 거의 전들을 걷고 있었다. 약바르게 떠나는 패도 있었다. 어물장수도 땜장이도, 엿장수도 생강장수도 꼴들이 보이지 않았다. 내일은 진부와 대화에 장이 선다. 축들은 그 어느 쪽으로든지 밤을 새며 육, 칠십 리 밤길을 타박거리지 않으면 안 된다. 장판은 잔치 뒤 마당같이 어수선하게 벌어지고 술집에서는 싸움이 터져 있었다. 주정군 욕지거리에 섞여 계집의 앙칼진 목소리가 찢어졌다. 장날 저녁은 정해 놓고 계집의 고함 소리로 시작되는 것이다.

"생원, 시침을 떼두 다 아네. — 충주집 말야."

계집 목소리로 문득 생각난 듯이 조 선달은 비죽이 웃는다.

"화중지병이지. 연소 패들을 적수로 하구야 대거리가 돼야 말이지."

"그렇지두 않을걸. 축들이 사족을 못 쓰는 것두 사실은 사실이나, 아무리 그렇다군 해두 왜 그 동이 말일세. 감쪽같이 충주집을 후린 눈치거든."

"무어 그 애숭이가? 물건 가지고 낚았나부지. 착실한 녀석인 줄 알았더니."

"그 길만은 알 수 있나, ……궁리 말구 가보세나그려. 내 한턱 씀세."

그다지 마음이 당기지 않는 것을 쫓아갔다. 허 생원은 계집과는 연분이 멀었다. 얼금뱅이 상판을 쳐들고 대어설 숫기도 없었으나 계집 편에서 정을 보낸 적도 없었고 쓸쓸하고 뒤틀린 반생이었다. 충주집을 생각만 하여도 철없이 얼굴이 붉어지고 발밑이 떨리고 그 자리에 소스라쳐 버린다. 충주집 문을 들어서 술좌석에서 짜장 동이를 만났을 때에는 어찌된 서슬엔지 발끈 화가 나버렸다. 상 위에 붉은 얼굴을 쳐들고 제법 계집과 농탕치는 것을 보고서야 견딜 수 없었던 것이다. 녀석이 제법 난질군인데 꼴사납다. 머리에 피도 안 마른 녀석이 낮부터 술 처먹고 계집과 농탕이야. 장돌뱅이 망신만 시키고 돌아다니누나. 그 꼴에 우리들과 한몫 보자는 셈이지. 동이 앞에 막아서면서부터 책망이었다. 걱정두 팔자요 하는 듯이 빤히 쳐다보는 상기된 눈망울에 부딪칠 때 결김에 따귀를 하나 갈겨 주지 않고는 배길 수 없었다. 동이도 화를 쓰고 팩하게 일어서기는 하였으나 허 생원은 조금도 동색하는 법 없이 마음먹은 대로는 다 지껄였다―어디서 줏어먹은 선머슴인지는 모르겠으나 네게도 아비 어미 있겠지. 그 사나운 꼴 보면 맘 좋겠다. 장사란 탐탁하게 해야 되지. 계집이 다 무어냐. 나가거라, 냉큼 꼴 치워.

 그러나 한마디도 대거리하지 않고 하염없이 나가는 꼴을 보려니, 도리어 측은히 여겨졌다. 아직도 서름서름한 사인데 너무 과하지 않았을까 하고 마음이 섯짓해졌다. 주제도 넘지, 같은 술손님이면서도 아무리 젊다고 자식 낳게 된 것을 붙들고 치고 닦아셀 것은 무어야 원. 충주집은 입술을 쭝긋 하고 술 붓는 솜씨도 거칠었으나, 젊은애들한테는 그것이 약이 된다고 하고 그 자리는 조 선달이 얼버무려 넘겼다. 너 녀석한테 반했지? 애숭이를 빨면 죄된다. 한참 법석을 친 후이다. 담도 생긴데다가 웬일인지 흠뻑 취해 보고 싶은 생각도 있어서 허 생원은 주는 술잔이면 거의 다 들이켰다. 거나해짐을 따라 계집 생각보다도 동이의 뒷일이 한결같이 궁금해졌다. 내 꼴에 계집을 가로채서는 어떡할 작정이었누 하고 어리석은 꼬락서니를 모질게 책망하는 마음도 한편에 있었다. 그러기 때문에, 얼마나 지난 뒤인지 동이가 헐레벌떡거리며 황급히 부르러 왔을 때에는 마시던 잔을 그 자리에 던지고 정신없이 허덕이며 충주집을 뛰어나간 것이었다.

"생원 당나귀가 바를 끊구 야단이에요."

"각다귀들 장난이지 필연코."

짐승도 짐승이려니와 동이의 마음씨가 가슴을 울렸다. 뒤를 따라 장판을 달음질하려니 거슴츠레한 눈이 뜨거워질 것 같다.

"부락스런 녀석들이라 어쩌는 수 있어야죠."

"나귀를 몹시 구는 녀석들은 그냥 두지는 않을걸."

반평생을 같이 지내 온 짐승이었다. 같은 주막에서 잠자고 달빛에 젖으면서 장에서 장으로 걸어 다니는 동안에 이십 년의 세월이 사람과 짐승을 함께 늙게 하였다. 가스러진 목 뒤 털은 주인의 머리털과도 같이 바스러지고, 개진개진 젖은 눈은 주인의 눈과 같이 눈곱을 흘렸다. 몽당비처럼 짧게 슬리운 꼬리는 파리를 쫓으려고 기껏 휘저어 보아야 벌써 다리까지는 닿지 않았다. 닳아 없어진 굽을 몇 번이나 도려 내고 새 철을 신겼는지 모른다. 굽은 벌써 더 자라기는 틀렸고 닳아 버린 철 사이로는 피가 빼짓이 흘렀다. 냄새만 맡고도 주인을 분간하였다. 호소하는 목소리로 야단스럽게 울며 반겨한다.

어린아이를 달래듯이 목덜미를 어루만져 주니 나귀는 코를 벌름거리고 입을 투르르거렸다. 콧물이 튀었다. 허 생원은 짐승 때문에 속도 무던히 썩였다. 아이들의 장난이 심한 눈치여서 땀 배인 몸뚱어리가 부들부들 떨리고 좀체 흥분이 식지 않는 모양이었다. 굴레가 벗어지고 안장도 떨어졌다. 요 몹쓸 자식들, 하고 허 생원은 호령을 하였으나 패들은 벌써 줄행랑을 논 뒤요 몇 남지 않은 아이들이 호령에 놀래 비슬비슬 멀어졌다.

"우리들 장난이 아니우. 암놈을 보고 저 혼자 발광이지."

코흘리개 한 녀석이 멀리서 소리를 쳤다.

"고 녀석 말투가."

"김 첨지 당나귀가 가버리니까, 온통 흙을 차고 거품을 흘리면서 미친 소같이 날뛰는걸. 꼴이 우스워 우리는 보고만 있었다오. 배를 좀 보지."

아이는 앙토라진 투로 소리를 치며 깔깔 웃었다. 허 생원은 모르는 결에 낯이 뜨거워졌다. 뭇 시선을 막으려고 그는 짐승의 배 앞을 가리워 서지 않으면 안 되었다.

"늙은 주제에 암샘을 내는 셈야. 저놈의 짐승이."

아이의 웃음소리에 허 생원은 주춤하면서 기어이 견딜 수 없어 채찍을 들더니 아이를 쫓았다.

"쫓으려거든 쫓아 보지. 왼손잡이가 사람을 때려."

줄달음에 달아나는 각다귀에는 당하는 재주가 없었다. 왼손잡이는 아이 하나도 후릴 수 없다. 그만 채찍을 던졌다. 술기도 돌아 몸이 유난스럽게 화끈거렸다.
"그만 떠나세. 녀석들과 어울리다가는 한이 없어. 장판의 각다귀들이란 어른보다도 더 무서운 것들인걸."
조 선달과 동이는 각각 제 나귀에 안장을 얹고 짐을 싣기 시작하였다. 해가 꽤 많이 기울어진 모양이었다.

드팀전 장돌이를 시작한 지 이십 년이나 되어도 허 생원은 봉평 장을 빼논 적은 드물었다. 충주, 제천 등의 이웃 군에도 가고, 멀리 영남 지방도 헤매기는 하였으나 강릉쯤에 물건 하러 가는 외에는 처음부터 끝까지 군내를 돌아다녔다. 닷새 만큼씩의 장날에는 달보다도 확실하게 면에서 면으로 건너간다. 고향이 청주라고 자랑 삼아 말하였으나 고향에 돌보러 간 일도 있는 것 같지는 않았다. 장에서 장으로 가는 길의 아름다운 강산이 그대로 그에게는 그리운 고향이었다. 반날 동안이나 뚜벅뚜벅 걷고 장터 있는 마을에 거의 가까웠을 때 거친 나귀가 한바탕 우렁차게 울면 — 더구나 그것이 저녁녘이어서 등불들이 어둠 속에 깜박거릴 무렵이면 늘 당하는 것이건만 허 생원은 변치 않고 언제든지 가슴이 뛰놀았다.
젊은 시절에는 알뜰하게 벌어 돈푼이나 모아 둔 적도 있기는 있었으나, 읍내에 백중이 열린 해 호탕스럽게 놀고 투전을 하고 하여 사흘 동안에 다 털어 버렸다. 나귀까지 팔게 된 판이었으나 애끓는 정분에 그것만은 이를 물고 단념하였다.

결국 도로아미타불로 장돌이를 다시 시작할 수밖에는 없었다. 짐승을 데리고 읍내를 도망해 나왔을 때에는 너를 팔지 않기 다행이었다고 길가에서 울면서 짐승의 등을 어루만졌던 것이었다. 빚을 지기 시작하니 재산을 모을 염은 당초에 틀리고 간신히 입에 풀칠을 하러 장에서 장으로 돌아다니게 되었다.

호탕스럽게 놀았다고는 하여도 계집 하나 후려 보지는 못하였다. 계집이란 쌀쌀하고 매정한 것이었다. 평생 인연이 없는 것이라고 신세가 서글퍼졌다. 일신에 가까운 것이라고는 언제나 변함없는 한 필의 당나귀였다.

그렇다고는 하여도 꼭 한 번의 첫일을 잊을 수는 없었다. 뒤에도 처음에도 없는 단 한 번의 괴이한 인연. 봉평에 다니기 시작한 젊은 시절의 일이었으나 그것을 생각할 적만은 그도 산 보람을 느꼈다.

"달밤이었으나 어떻게 해서 그렇게 됐는지 지금 생각해도 도무지 알 수 없어."

허 생원은 오늘 밤도 그 이야기를 끄집어 내려는 것이다. 조 선달은 친구가 된 이래 귀에 못이 박히도록 들어 왔다. 그렇다고 싫증을 낼 수도 없었으나 허 생원은 시치미를 떼고 되풀이할 대로는 되풀이하고야 말았다.

"달밤에는 그런 이야기가 격에 맞거든."

조 선달 편을 바라는 보았으나 물론 미안해서가 아니라 달빛에 감동하여서였다. 이지러는 졌으나 보름을 갓 지난 달은 부드러운 빛을 흐뭇이 흘리고 있다. 대화까지는 팔십 리의 밤길, 고개를 둘이나 넘고 개울을 하나 건너고 벌판과 산길을 건너야 된다. 길은 지금 긴 산허리에 걸려 있다. 밤중을 지난 무렵인지 죽은 듯이 고요한 속에서 짐승 같은 달의 숨소리가 손에 잡힐 듯이 들리며 콩 포기와 옥수수 잎새가 한층 달에 푸르게 젖었다. 산허리는 온통 메밀밭이어서 피기 시작한 꽃이 소금을 뿌린 듯이 흐뭇한 달빛에 숨이 막힐 지경이다. 붉은 대궁이 향기같이 애잔하고 나귀들의 걸음도 시원하다. 길이 좁은 까닭에 세 사람은 나귀를 타고 외줄로 늘어섰다. 방울 소리가 시원스럽게 딸랑딸랑 메밀밭께로 흘러간다. 앞장 선 허 생원의 이야기 소리는 꽁무니에 선 동이에게는 확적히는 안 들렸으나, 그는 그대로 개운한 제멋에 적적하지는 않았다.

"장 선 꼭 이런 날 밤이었네. 객주집 토방이란 무더워서 잠이 들어야지. 밤중은 돼서 혼자 일어나 개울가에 목욕하러 나갔지. 봉평은 지금이나 그제나 마찬가지지. 보이는 곳마다 메밀밭이어서 개울가가 어디 없이 하얀 꽃이야. 돌밭에 벗어도 좋을 것을 달이 너무도 밝은 까닭에 옷을 벗으러 물방앗간으로 들어가지 않았나. 이상한 일도 많지. 거기서 난데없는 성 서방네 처녀와 마주쳤단 말이네. 봉평서야 제일 가는 일색이었지―팔자에 있었나부지."

아무럼 하고 응답하면서 말머리를 아끼는 듯이 한참이나 담배를 빨 뿐이었다. 구수한 자주빛 연기가 밤기운 속에 흘러서는 녹았다.

"날 기다린 것은 아니었으나 그렇다고 달리 기다리는 놈팽이가 있는 것두 아니었네. 처녀는 울고 있단 말야. 짐작은 대고 있었으나 성 서방네는 한참 어려워서 들고날 판인 때였지. 한집안 일이니 딸에겐들 걱정이 없을 리 있겠나. 좋은 데만 있으면 시집도 보내련만 시집은 죽어도 싫다지. 그러나 처녀란 울 때같이 정을 끄는 때가 있을까. 처음에는 놀라기도 한 눈치였으나 걱정 있을 때는 누그러지기도 쉬운 듯해서 이럭저럭 이야기가 되었네 — 생각하면 무섭고도 기막힌 밤이었어."

"제천인지로 줄행랑을 놓은 건 그 다음날이렷다."

"다음 장도막에는 벌써 온 집안이 사라진 뒤였네. 장판은 소문에 발끈 뒤집혀 고작해야 술집에 팔려 가기가 상수라고 처녀의 뒷공론이 자자들 하단 말이야. 제천 장판을 몇 번이나 뒤졌겠나. 하나 처녀의 꼴은 꿩궈먹은 자리야. 첫날밤이 마지막 밤이었지. 그때부터 봉평이 마음에 든 것이 반평생을 두고 다니게 되었네. 평생인들 잊을 수 있겠나."

"수 좋았지. 그렇게 신통한 일이란 쉽지 않아. 항용 못난 것 얻어 새끼 낳고 걱정 늘구 생각만 해두 진저리나지 — 그러나 늙으막바지까지 장돌뱅이로 지내기도 힘드는 노릇 아닌가. 난 가을까지만 하구 이 생계와도 하직하려네. 대화쯤에 조그만 전방이나 하나 벌리구 식구들을 부르겠어. 사시장천 뚜벅뚜벅 걷기란 여간이래야지."

"옛 처녀나 만나면 같이나 살까 — 난 거꾸러질 때까지 이 길 걷고 저 달 볼 테야."

산길을 벗어나니 큰길로 틔어졌다. 꽁무니의 동이도 앞으로 나서 나귀들은 가로 늘어섰다.

"총각두 젊겠다. 지금이 한창 시절이렷다. 충주집에서는 그만 실수를 해서 그 꼴이 되었으나 설게 생각 말게."

"처 천만에요. 되려 부끄러워요. 계집이란 지금 웬 제격인가요. 자나깨나 어머니 생각뿐인데요."

허 생원의 이야기로 실심해 한 끝이라 동이의 어조는 한풀 수그러진 것이었다.

"아비 어미란 말에 가슴이 터지는 것도 같았으나 제겐 아버지가 없어요. 피붙이라고는 어머니 하나뿐인걸요."

"돌아가셨나?"

"당초부터 없어요."

"그런 법이 세상에……."

생원과 선달이 야단스럽게 껄껄들 웃으니 동이는 정색하고 우길 수밖에는 없었다.

"부끄러워서 말하지 않으려 했으나 정말예요. 제천 촌에서 달도 차지 않은 아이를 낳고 어머니는 집을 쫓겨났죠. 우스운 이야기나 그러기 때문에 지금까지 아버지 얼굴도 본 적 없고 고장도 모르고 지내 와요."

고개가 앞에 놓인 까닭에 세 사람은 나귀를 내렸다. 둔덕은 험하고 입을 벌리기도 대근하여 이야기는 한동안 끊쳤다. 나귀는 건뜻하면 미끄러졌다. 허 생원은 숨이 차 몇 번이고 다리를 쉬지 않으면 안 되었다. 고개를 넘을 때마다 나이가 알렸다. 동이 같은 젊은 축이 그지없이 부러웠다. 땀이 등을 한바탕 쪽 씻어 내렸다.

고개 너머는 바로 개울이었다. 장마에 흘러 버린 널다리가 아직도 걸리지 않은 채로 있는 까닭에 벗고 건너야 되었다. 고의를 벗어 띠로 등에 얽어 매고 반 벌거숭이의 우스꽝스런 꼴로 물속에 뛰어들었다. 금방 땀을 흘린 뒤였으나 밤 물은 뼈를 찔렀다.

"그래 대체 기르긴 누가 기르구?"

"어머니는 하는 수 없이 의부를 얻어 가서 술장수를 시작했죠. 술이 고주래서 의부라고 전 망나니예요. 철들어서부터 맞기 시작한 것이 하룬들 편한 날이 있었을까. 어머니는 말리다가 채이고 맞고 칼부림을 당하고 하니 집 꼴이 무어겠소. 열여덟 살 때 집을 뛰쳐나서부터 이 짓이죠."

"총각 낫세론 동이 무던하다고 생각했더니 듣고 보니 딱한 신세로군."

물은 깊어 허리까지 채었다. 속물살도 어지간히 센데다가 발에 채이는 돌멩이도 미끄러워 금시에 훌칠 듯하였다. 나귀와 조 선달은 재빨리 거의 건넜으나 동이는 허 생원을 붙드느라고 두 사람은 훨씬 떨어졌다.

"모친의 친정은 원래부터 제천이었던가?"

"웬걸요. 시원스리 말은 안 해주나 봉평이라는 것만은 들었죠."

"봉평! 그래 그 아비 성은 무엇이구?"

"알 수 있나요. 도무지 듣지를 못했으니까."

"그 그렇겠지" 하고 중얼거리며 흐려지는 눈을 까물까물하다가 허 생원은 경망하게도 발을 빗디뎠다. 앞으로 고꾸라지기가 바쁘게 몸째 풍덩 빠져 버렸다. 허비적거릴수록 몸을 걷잡을 수 없어 동이가 소리를 치며 가까이 왔을 때에는 벌써 퍽으나 흘렀었다. 옷째 쫄딱 젖으니 물에 젖은 개보다도 참혹한 꼴이었다. 동이는 물속에서 어른을 해깝게 업을 수 있었다. 젖었다고는 하여도 여윈 몸이라 장정 등에는 오히려 가벼웠다.

"이렇게까지 해서 안됐네. 내 오늘은 정신이 빠진 모양이야."

"염려하실 것 없어요."

"그래 모친은 아비를 찾지는 않는 눈치지?"

"늘 한 번 만나고 싶다고는 하는데요."

"지금 어디 계신가?"

"의부와도 갈라져서 제천에 있죠. 가을에는 봉평에 모셔 오려고 생각 중인데요. 이를 물고 벌면 이럭저럭 살아갈 수 있겠죠."

"아무렴 기특한 생각이야. 가을이랬다?"

동이의 탐탁한 등어리가 뼈에 사무쳐 따뜻하다. 물을 다 건넜을 때에는 도리어 서글픈 생각에 좀더 업혔으면도 하였다.

"온종일 실수만 하니 웬일이요? 생원."

조 선달은 바라보며 기어이 웃음이 터졌다.

"나귀야. 나귀 생각하다 실족을 했어. 말 안 했던가. 저 꼴에 제법 새끼를 얻었단 말이지. 읍내 강릉집 피마에게 말일세. 귀를 쫑긋 세우고 달랑달랑 뛰는 것이 나귀 새끼같이 귀여운 것이 있을까. 그것 보러 나는 일부러 읍내를 도는 때가 있다네."

"사람을 물에 빠치울 젠 따는 대단한 나귀 새끼군."

허 생원은 젖은 옷을 웬만큼 짜서 입었다. 이가 덜덜 갈리고 가슴이 떨리며 몹시도 추웠으나 마음은 알 수 없이 둥실둥실 가벼웠다.

"주막까지 부지런히들 가세나. 뜰에 불을 피우고 훗훗이 쉬어. 나귀에겐 더운물을 끓여 주고 내일 대화 장 보고는 제천이다."

"생원도 제천으로……?"

"오래간만에 가보고 싶어. 동행하려나, 동이?"

나귀가 걷기 시작하였을 때 동이의 채찍은 왼손에 있었다. 오랫동안 아둑시니같이 눈이 어둡던 허 생원도 요번만은 동이의 왼손잡이가 눈에 뜨이지 않을 수 없었다.

걸음도 해깝고 방울 소리가 밤 벌판에 한층 청청하게 울렸다. 달이 어지간히 기울어졌다.

(1933년)

들

1

 꽃다지, 질경이, 냉이, 딸장이, 민들레, 솔구장이, 쇠민장이, 길오장이, 달래, 무릇, 시금치, 씀바귀, 돌나물, 비름, 능쟁이.
 들은 온통 초록 전에 덮여 벌써 한 조각의 흙빛도 찾아볼 수 없다. 초록의 바다.
 초록은 흙빛보다 찬란하고 눈빛보다 복잡하다. 눈이 보얗게 깔렸을 때에는 흰빛과 능금나무의 자주빛과 그림자의 옥색빛밖에는 없어 단순하기 옷 벗은 여인의 나체와 같은 것이 ─ 봄은 옷 입고 치장한 여인이다.
 흙빛에서 초록으로 ─ 이 기막힌 신비에 다시 한 번 놀라볼 필요가 있을까. 땅은 어디서 어느 때 그렇게 많은 물감을 먹었기에 봄이 되면 한꺼번에 그것을 이렇게 지천으로 뱉아 놓을까. 바닷물을 고래같이 들이켰던가. 하늘의 푸른 정기를 모르는 결에 함빡 마셔 두었던가. 그것을 빗물에 풀어 시절이 되면 땅 위로 솟쳐 보내는 것일까. 그러나 한 포기의 풀을 뽑아 볼 때 잎새만이 푸를 뿐이지 뿌리와 흙에는 아무 물들인 자취도 없음은 웬일일까. 시험관 속 붉은 물에 약품을 넣으면—그것이 금시에 새파랗게 변하는 비밀—그것과도 흡사하다. 이 우주의 비밀의 약품—그것은 결국 알 바 없을까. 한 톨의 보리알이 열 낟으로 나는 이치를 가르치는 이 있어도 그 보리알에서 푸른 잎이 돋는 조화의 동기는 옳게 말하는 이 없는 듯하다.

사람의 지혜란 결국 신비의 테두리를 뱅뱅 돌 뿐이요 조화의 속의 속은 언제까지나 열리지 않는 판도라의 상자일 듯싶다. 초록풀에 덮이운 땅속의 뜻은 초록 옷을 입은 여자의 마음과도 같이 엿볼 수 없는 저 건너 세상이다.

얀들얀들 나부끼는 초목의 양자는 부드럽게 솟는 음악. 줄기는 굵고 잎은 연한 멜로디의 마디마디이다. 부피 있는 대궁은 나팔 소리요 가는 가지는 거문고의 음률이라고도 할까. 알레그로 지나고 안단테에 들어갔을 때의 감동—그것이 봄의 걸음이다. 풀 위에 누워 있으면 은근한 음악의 율동에 끌려 마음이 너볏너볏 나부낀다.

꽃다지, 질경이, 민들레…… 가지가지 풋나물들을 뜯어 먹으면 몸이 초록으로 물들 것 같다. 물들어야 옳을 것 같다. 물들지 않음이 거짓말이다. 물들지 않으면 안 될 것 같다.

새가 지저귄다. 꾀꼬리일까.

지평선이 아롱거린다.

들은 내 세상이다.

2

 언제까지든지 푸른 하늘을 우러러보고 있으면 나중에는 현기증이 나며 눈이 둘러 빠질 듯싶다. 두 눈을 뽑아서 푸른 물에 채웠다가 라무네 병 속의 구슬같이 차진 놈을 다시 살 속에 박아 넣은 것과도 같이 눈망울이 차고 어리어리하고 푸른 듯하다. 살과는 동떨어진 유리알이다. 그렇게 하늘은 맑고 멀다. 눈이 아픈 것은 그 하늘을 발칙하게도 오랫동안 우러러본 벌인 듯싶다. 확실히 마음이 죄송스럽다. 반나절 동안 두려움 없이 하늘을 똑바로 쳐다볼 수 있는 사람이란 세상에서도 가장 착한 사람이거나 그렇지 않으면 가장 용기 있는 악한이어야 할 것이다. 그렇게도 푸른 하늘은 거룩하다. 눈을 돌리면 눈물이 푹 쏟아진다. 벌판이 새파랗게 물들어 눈앞에 아물아물한다. 이런 때에는 웬일인지 구름 한 점도 없다. 곁에는 한 묶음의 꽃이 있다. 오랑캐꽃, 고들빼기, 노고초, 새고사리, 가지무릇, 대계, 마타리, 차치광이. 나는 그것들을 섞어 틀어 꽃다발을 겯기 시작한다. 각색 꽃판과 꽃술이 무릎 위에 지천으로 떨어진다. 그것은 헤어지는 석류알보다도 많다.
 나는 들이 언제부터 좋아졌는지를 모른다. 지금에는 한 그릇의 밥, 한 권의 책과 똑같은 지위를 마음속에 차지하게 되었다. 책에서 읽은 이론도 아니요 얻어들은 이치도 아니요 몇 해 동안 하는 일 없이 들과 벗하고 지내는 동안에 이유없이 그것은 살림 속에 푹 젖었던 것이다. 어릴 때에 동무들과 벌판을 헤매며 찔레를 꺾으러 가시덤불 속에 들어가고 쇠똥버섯을 따다 화로 속에 굽고 게를 캐러 밭이랑을 들치며 골로 말을 만들어 끌고 다니느라고 집에서보다도 들에서 더 많이 날을 지우던 — 그때가 다시 부활하여 돌아온 셈이다. 사람은 들과 뗄래야 뗄 수 없는 인연에 있는 것 같다.
  자연과 벗하게 됨은 생활에서의 퇴각을 의미하는 것일까. 식물적 애정은 반드시 동물적 열정이 진한 곳에 오는 것일까. 학교를 쫓기고 서울을 물러오게 된 까닭으로 자연을 사랑하게 된 것일까. 그러나 동무들과 골방에서 만나고 눈을 기어 거리를 돌아치다 붙들리고 뛰다 잡히고 쫓기고—하였을 때의 열정이나 지금에 들을 사랑하는 열정이나 일반이다. 지금의 이 기쁨은 그때의 그 기쁨과도 흡사한 것이다. 신념에 목숨을 바치는 영웅이라고 인간 이상이 아닐 것과 같이 들을 사랑하는 졸부라고 인간 이하는 아닐 것이다. 아직도 굳은 신념을 가지면서 지난날에 보던 책들을 들척거리다가도 문득 정신을 놓고 의미없이 하늘을 우러러보는 때가 많다.
  "학보, 이제는 고향이 마음에 붙은 모양이지."
  마을 사람들은 조롱도 아니요 치사도 아닌 이런 말을 던지게 되었고 동구 밖에서 만나는 이웃집 머슴은 인사 대신에 흔히,
  "해동지 늪에 붕어 떼 많던가?"
  고기 사냥 갈 궁리나 하거나 그렇지 않으면,
  "십리정 보리 고개 숙였던가?"

하고 곡식의 소식을 묻게 되었다.

마을 사람들보다는 내가 더 들과 친하고 곡식의 소식을 잘 알게 된 증거이다.

나는 책을 외우듯이 벌판의 구석구석을 샅샅이 외우고 있다. 마음속에는 들의 지도가 세밀히 박혀 있고 사철의 변화가 표같이 적혀 있다. 나는 들사람이요 들은 내 것과도 같다. 어느 논두렁의 청대콩이 가장 진미이며 어느 이랑의 감자가 제일 굵다는 것을 알 수 있다. 새발고사리가 많이 피어 있는 진펄과 종달새 뜨는 보리밭을 짐작할 수 있다. 남대천 어느 모퉁이를 돌 때 가장 고기가 흔하다는 것도 알게 되었다. 개리, 쇠리, 불거지가 득실득실 끓는 여울과 메기, 뚜구뱅이가 잠겨 있는 웅덩이와 쏘가리, 꺽지가 누워 있는 바위 밑과 — 매재와 고들매기를 잡으려면 철교께서도 몇 마장을 더 올라가야 한다는 것과 쇠치네와 기름종개를 뜨려면 얼마나 벌판을 나가야 될 것을 안다. 물 건너 귀룽나무 수풀과 방치골 으름덩굴 있는 곳을 아는 것은 아마도 나뿐일 듯싶다.

학교를 퇴학맞고 처음으로 도회를 쫓겨 내려왔을 때는 첫걸음으로 찾은 곳은 일가집도 아니요 동무집도 아니요 실로 이 들이었다. 강가의 사시나무가 제대로 있고 버들숲 둔덕의 잔디가 헐리지 않았으며 과수원의 모습이 그대로 남은 것을 보았을 때의 기쁨이란 형언할 수 없이 큰 것이었다. 고향을 그리워하는 마음이란 곧 산천을 사랑하고 벌판을 반가와하는 심정이 아닐까. 이런 자연의 풍경을 내놓고야 고향의 그림자가 어디에 알뜰히 남아 있는가. 헐리어 가는 초가 지붕에 남아 있단 말인가. 고향을 꾸미는 것은 사람이면서도 그리운 것은 더 많이 들과 시냇물이다.

3

시절은 만물을 허랑하게 만드는 듯하다.
짐승은 드러내 놓고 모든 것을 들의 품속에 맡긴다.
새 풀숲에서 새둥우리를 발견한 것을 나는 알 수 없이 기쁘게 여겼다. 거룩한 것을 — 아름다운 것을 — 찾은 느낌이다. 집과 가족들을 송두리째 안심하고 땅에 맡기는 마음씨가 거룩하다. 풀과 깃을 모아 두툼하게 결은 둥우리 안에는 아직까지 안은 알이 너더 알 들어 있다. 아롱아롱 줄이선 풋대추만큼씩한 새알. 막 뛰어나려는 생명을 침착하게 간직하고 있는 얇은 껍질 — 금시에 딸깍 두 조각으로 깨뜨려질 모태 — 창조의 보금자리!
그 고요한 보금자리가 행여나 놀라고 어지럽혀질까를 두려워하여 둥우리 기슭에 손가락 하나 대기조차 주저되어 나는 다만 한참 동안이나 물끄러미 바라보고 섰다가 풀포기를 제대로 덮어 놓고 감쪽같이 발을 옮겨 놓았다. 금시에 알이 쪼개지며 생명이 돋아날 듯싶다. 등뒤에서 새가 푸드득 날아들 것 같다. 적막을 깨뜨리고 하늘과 들을 놀래이며 푸드득 날았다! 생각에 마음이 즐겁다.
그렇게 늦게 까는 것이 무슨 새일까. 청새일까, 덤불지일까. 고요하게 뛰노는 기쁜 마음을 걷잡을 수 없어 목소리를 내서 노래라도 부를까, 느끼며 둑 아래로 발을 옮겨 놓으려다 문득 주춤하고 서버렸다.

맹랑한 것이 눈에 띈 까닭이다. 껄껄 웃고 싶은 것을 참고 풀 위에 주저앉았다. 그 웃고 싶은 마음은 노래라도 부르고 싶던 마음의 연장인지도 모른다. 다시 말하면 그 맹랑한 풍경이 나의 마음을 결코 노엽히거나 모욕한 것이 아니요, 도리어 아까와 똑같은 기쁨을 보여준 것이다.

개울녘 풀밭에서 한 자웅의 개가 장난치고 있는 것이다. 하늘을 겁내지 않고 들을 부끄러워하지 않고 사람의 눈을 꺼리는 법 없이 자웅은 터놓고 마음의 자유를 표현할 뿐이다.

부끄러운 것은 도리어 이쪽이다. 나는 얼굴을 붉히면서 대중없이 오랫동안 그 요절할 광경을 바라보기가 몹시도 겸연쩍었다. 확실히 시절의 탓이다. 가령 추운 겨울에 벌판에서 나는 그런 장난을 목격한 적이 없다. 역시 들이 푸를 때 새가 늦은 알을 깔 때 자웅도 농탕치는 것이다. 나는 그 광경을 성내어서는, 비웃어서는 안 되었다.

보고 있는 동안에 어디서부터인지 자웅에게로 돌멩이가 날아들었다. 킬킬킬킬 웃음소리가 나며 두 번째 것이 날았다. 가뜩이나 몸이 떨어지지 않는 자웅은 그제서야 겁을 먹고 흘금흘금 눈을 굴리며 어색한 걸음으로 주체스런 두 몸을 비틀거렸다.

나는 나 이외에 그 광경을 그때까지 은근히 바라보고 있던 또 한 사람이 부근에 숨어 있음을 비로소 알고 더한층 부끄러운 생각이 와락 나며 숨도 크게 못 쉬고 인기척을 죽이고 잠자코만 있을 수밖에는 없었다.

세 번째 돌멩이가 날리더니 이윽고 호담스런 웃음소리가 왈칵 터지며 아래편 숲속에서 사람의 그림자가 덥석 뛰어나왔다. 빨래 함지를 인 채 한 손으로는 연해 자웅을 쫓으면서 어깨를 떨며 웃음을 금할 수 없다는 자세였다.

그 돌연한 인물에 나는 놀랐다. 한편 응겼던 마음이 풀리기도 하였다. 옥분이었다. 빨래를 하고 나자 그 광경임에 마음속은 미리 흠뻑 그것을 즐기고 난 뒤인 모양이었다. 그러나 나의 놀람보다도 옥분이가 문득 나를 보았을 때의 놀람 — 그것은 몇 갑절 더 큰 것이었다. 별안간 웃음을 뚝 그치고 주춤 서는 서슬에 머리에 이었던 함지가 왈칵 떨어질 판이었다. 얼굴의 표정이 삽시간에 검붉게 질려 굳어졌다. 눈알이 땅을 향하고 한편 손이 어쩔 줄 몰라 행주치마를 의미 없이 꼬깃거렸다.

별안간 깊은 구렁에 빠진 것과도 같은 그의 궁착한 처지와 덴 마음을 건져 주기 위하여 나는 마음에도 없는 목소리를 일부러 자아내어 관대한 웃음을 한바탕 웃으면서 그의 곁으로 내려갔다.

"빌어먹을 짐승들."

마음에도 없는 책망이었으나 옥분의 마음을 풀어 주자는 뜻이었다.

"듯추 녀석쯤이 너를 싫달 법 있니. 주제넘은 녀석."

이어 다짜고짜로 그의 일신의 이야기를 집어낸 것은 그의 주의를 다른 곳으로 돌리자는 생각이었다. 군청 고원 득추는 일껏 옥분과 성혼이 된 것을 이제 와서 마다고 투정을 내고 다른 감을 구하였다. 옥분의 가세가 빈한하여 들고날 판이므로 혼인한 뒤에 닥쳐올 여러 가지 귀치않은 거래를 염려하여 파혼한 것이 확실하다. 득추의 그런 꾀바른 마음씨를 나무라는 것은 나뿐이 아니었다. 마을 사람들은 거개 고원의 불신을 책하였다.
"배반을 당하고 분하지도 않느냐?"
"모른다."
옥분은 도리어 짜증을 내며 발을 떼놓았다.
"그 녀석 한번 해내 줄까."
웬일인지 그에게로 쏠리는 동정을 금할 수 없다.
"쓸데없는 짓 할 것 있니?"
동정의 눈치를 알면서도 시치미를 떼는 옥분의 마음씨에는 말할 수 없이 그윽한 것이 있어 그것이 은연중에 마음을 당긴다.
눈앞에 멀어지는 그의 민출한 자태가 가슴속에 새겨진다. 검은 치마폭 밑으로 드러난 불그레한 늘씬한 두 다리 — 자작나무보다도 더 아름다운 것 — 헐벗기 때문에 한결 빛나는 것, 세상에도 가지고 싶은 탐나는 것이다.

4

일요일인 까닭에 오래간만에 문수와 함께 둑 위에서 하루를 보낼 수 있었다. 날마다 거리의 학교에 가야 하는 그를 자주 붙들어 낼 수는 없다. 일요일이 없는 나에게도 일요일이 있는 것이다.

바다를 바라볼 수 있는 둑에 오르면 마음이 활짝 열리는 듯이 시원하다. 바닷바람이 아직 조금 차기는 하나 신선한 맛이다.

잔디밭에는 간간이 피지 않은 해당화 봉오리가 조촐하게 섞였으며 둑 맞은편에 군데군데 모여선 백양나무 잎새가 햇빛에 반짝반짝 나부껴 은가루를 뿌린 것 같다.

문수는 빌어 갔던 몇 권의 책을 돌려주고 표해 두었던 몇 구절의 뜻을 질문하였다. 나는 그에게는 하루의 선배인 것이다. 돈독하게 띄워 주는 것이 즐거운 의무도 되었다.

공부가 끝난 다음 책을 덮어 두고 잡담에 들어갔을 때에 문수는 탄식하는 어조였다.

"학교가 점점 틀려 가는 모양이다."

구체적 실례를 가지가지 들고 나중에는 그 한 사람의 협착한 처지를 말하였다.

"책 읽는 것까지 들키었네. 자네 책도 빼앗길 뻔했어."

짐작되었다.

"나와 사귀는 것이 불리하지 않은가?"

"자네 걸은 길대로 되어 나가는 것이 뻔하지. 차라리 그

편이 시원하겠네."

너무 궁박한 현실 이야기만도 멋없어 두 사람은 무릎을 툭 털고 일어서 기분을 가다듬고 노래를 불렀다. 아는 말 아는 곡조를 모조리 불렀다.

노래가 진하면 번갈아 서서 연설을 하였다. 눈앞에 수많은 대중을 가상하고 목소리를 다하여 부르짖어 본다. 바닷물이 수물거리나 어쩌나 새들이 놀라서 떨어지나 어쩌나를 시험 하려는 듯이 드높게 고함쳐 본다. 박수하는 사람은 수만의 대중 대신에 한 사람의 동무일 뿐이다. 지껄이는 동안에 정신이 흥분되고 통쾌하여 간다. 훌륭한 공부이며 단련이다.

협착한 땅 위에 그렇게 자유로운 벌판이 있음이 새삼스러운 놀람이다. 아무리 자유로운 말을 외쳐도 거기에서만은 '중지'를 당하는 법이 없으니까 말이다. 땅 위는 좁으면서도 넓은 셈인가.

둑은 속 풀리는 시원한 곳이며, 문수와 보내는 하루는 언제든지 다시없이 즐거운 날이다.

5

과수원 철망 너머로 엿보이는 철 늦은 딸기 — 잎새 사이로 불긋불긋 돋아난 송이 굵은 양딸기 — 지날 때마다 건강한 식욕을 참을 수 없다.

더구나 달빛에 젖은 딸기의 양자란 마치 크림을 껴얹은 것과도 같이 한층 부드럽게 빛난다.

탐나는 열매에 눈독을 보내며 철망을 넘기에 나는 반드시 가책과 반성으로 모질게 마음을 매질하지는 않았으며 그럴 필요도 없었다. 그것이 누구의 과수원이든 간에 철망을 넘는 것은 차라리 들사람의 일종의 성격이 아닐까.

들사람은 또 한편 그것을 용납하고 묵인하는 아량도 가지고 있는 것이다. 나는 몇 해 동안에 완전히 이 야취의 성격을 얻어 버린 것 같다.

흐뭇한 송이를 정신없이 따서 입에 넣으면서도 철망 밖에서 다만 탐내고 보기만 할 때보다 한층 높은 감동을 느끼지 못하게 됨은 도리어 웬일일까. 입의 감동이 눈의 감동보다 떨어지는 탓일까. 생각만 할 때의 감동이 실상 당하였을 때의 감동보다 항용 더 나은 까닭일까. 나의 욕심을 만족시키기에는 불과 몇 송이의 딸기가 필요할 뿐이었다. 차라리 벌판에 지천으로 열려 언제든지 딸 수 있는 들딸기 편이 과수원 안의 양딸기보다 나음을 생각하며 나는 다시 철망을 넘었다.

멍석딸기, 중딸기, 나무딸기, 장딸기, 감대딸기, 곰딸기, 닷딸기, 배암딸기…….

능금나무 그늘에 난데없는 사람의 그림자를 발견하자 황급히 뛰어넘다 철망에 걸려 나는 옷을 찢었다. 그러나 옷보다도 행여나 들키지나 않았나 하는 염려가 앞서 허둥지둥 풀 속을 뛰다가 또 공교롭게도 그가 옥분임을 알고 마음이 일시에 턱 놓였다. 그 역 딸기밭을 노리고 있던 터가 아닐까. 철망 기슭을 기웃거리며 능금나무 아래 몸을 간직하고 있지 않았던가.

언제인가 개천 둑에서 기묘하게 만난 후 두 번째의 공교로운 만남임을 이상하게 여기고 있는 동안에 마음이 퍽이나 헐하게 놓여졌다. 가까이 가서 시룽시룽 말을 건 것도 그리 어색하지 않고 도리어 자연스러웠다. 그 역시 시스러워하지 않고 수월하게 말을 받고 대답하고 하였다. 전날의 기묘한 만남이 확실히 두 사람의 마음을 방긋이 열어 놓은 것 같다.

"딸기 따줄까?"

"무서워."

그의 떨리는 목소리가 왜 그리도 나의 마음을 끌었는지 모른다. 나는 떨리는 그의 팔을 붙들고 풀밭을 지나 버드나무 숲속으로 들어갔다. 그의 입술은 딸기보다도 더 붉다. 확실히 그는 딸기 이상의 유혹이었다.

"무서워."

"무섭긴."

하고 달래기는 하였으나 기실 딸기를 훔치러 철망을 넘을 때와 똑같이 가슴이 후득후득 떨림을 어쩌는 수 없었다. 버드나무 잎새 사이로 달빛이 가늘게 새어 들었다. 옥분은 굳이 거역하려고 하지 않았다.

양딸기 맛이 아니요 확실히 들딸기 맛이었다. 멍석딸기, 나무딸기의 신선한 감각에 마음은 흐뭇이 찼다.

아무리 야취의 습관에 젖었기로 철망 너머 딸기를 딸 때와 일반으로 아무 가책도 반성도 없었던가. 벌판서 장난치던 한 자웅의 짐승과 일반인가. 그것이 바른가, 그래서 옳을까 하는 한 줄기의 곧은 생각이 한결같이 뻗쳐오름을 억제할 수는 없었다. 결국 마지막 판단은 누가 옳게 내릴 수 있을까.

6

며칠이 지나도 여전히 귀찮은 생각이 머릿속에 뱅 돈다. 어수선한 마음을 활짝 씻어 버릴 양으로 아침부터 그물을 들고 집을 나섰다.
그물을 후릴 곳을 찾으면서 남대천 물줄기를 따라 올라간 것이 시적시적 걷는 동안에 어느덧 철교께서도 근 십 리를 올라가게 되었다. 아무 고기나 닥치는 대로 잡으려던 것이 그렇게 되고 보니 불현듯이 고들매기를 후려 볼 욕심이 솟았다.
고기 사냥 중에서도 가장 운치 있고 흥있는 고들매기 사냥에 나는 몇 번인지 성공한 일이 있어 그 호젓한 멋을 잘 안다.
그 중 많이 모여 있을 듯이 보이는 그럴 듯한 여울을 점쳐 첫 그물을 던져 보기로 하였다.
산속에 오막하게 둘러싸인 개울 — 물도 맑거니와 물소리도 맑다. 돌을 굴리는 여울 소리가 티끌 한 점 있을 리 없는 공기와 초목을 영롱하게 울린다. 물속에서 노는 고기는 산신령이 아닐까.

옷을 활짝 벗어부치고 그물을 메고 물속에 뛰어들었다. 넉넉히 목욕을 할 시절임에도 워낙 산골물이라 뼈에 차다. 마음이 한꺼번에 씻겨졌다느니보다는 도리어 얼어붙을 지경이다. 며칠 내로 내려오던 어수선한 생각이 확실히 덜해지고 날아갔다고 할까. 그러나 그러면서도 마지막 한 가지 생각이 아직도 철사같이 가늘게 꿰뚫고 흐름을 속일 수는 없었다.
'사람의 사이란 그렇게 수월할까.'
옥분과의 그날 밤 인연이 어처구니없게 쉽사리 맺어진 것이 도리어 의심쩍은 것이었다.
아무 마음의 거래도 없던 것이 달빛과 딸기에 꾀임을 받아 그때 그 자리에서 금방 응낙이 되다니. 항용 거기에 이르기까지의 두 사람의 마음의 교섭이란 이야기 속에서 읽을 때에는 기막히게 장황하고 지리한 것이었는데 그것이 그렇게 수월할 리 있을까. 들 복판에서는 수월한 법일까.
'책임 문제는 생기지 않는가.'
생각은 다시 솔솔 풀린다. 물이 찰수록 생각도 점점 차게만 들어간다.
물이 다리목을 넘게 되었을 때 그쯤에서 한 훌기 던져 보려고 그물을 펴들고 물속을 가늠 보았다. 속물이 꽤 세어 다리를 훑친다. 물때 끼인 돌멩이가 몹시 미끄러워 마음대로 발을 디딜 수 없다. 누르칙칙한 물속이 정확히 보이지 않는다. 몇 걸음 아래편은 바위요 바위 아래는 소가 되어 있다.
그물을 던질 때의 호흡이란 마치 활을 쏠 때의 그것과도 같이 미묘한 것이어서 일종의 통일된 정신과 긴장된 자세를 요구하는 것임을 나는 경험으로 잘 안다. 그러면서도 그때 자칫하여 실수를 하게 된 것은 필시 던지는 찰나까지도 통일되지 못한 마음이 어수선하고 정신이 까닥거렸음이 확실하다.

몸이 횟등하고 휘더니 휭하게 날아야 할 그물이 물 위에 떨어지자 어지럽게 흩어졌다. 발이 미끄러져서 센 물결에 다리가 쏠리니까 그물은 손을 빠져 달아났다. 물속에 넘어져 흐르는 몸을 아무리 버둥거려야 곧추 일으키는 장사 없었다. 생각하면 기가 막히나 별수없이 몸은 흐를 대로 흐르고야 말았다. 바위에 부딪쳐 기어이 소에 빠졌다. 거품을 날리는 폭포 속에 송두리째 푹 잠겼다가 휘엿이 솟으면서 푸른 물속을 뱅 돌았다. 요행 헤엄의 습득이 약간 있던 까닭에 많은 고생 없이 허부적거리고 소를 벗어날 수는 있었다.

면상과 어깻죽지에 몇 군데 상처가 있었다. 피가 돌았다. 다리에는 군데군데 시퍼렇게 멍이 들어 있음을 보았다. 잃어버린 그물은 어느 물줄기에 묻혀 흐르는지 알 바도 없거니와 찾을 용기도 없었다. 고들매기는 물론 한 마리도 손에 쥐어 보지 못하였다.

귀가 메이고 코에서는 켰던 물이 줄줄 흘렀다. 우연히 욕을 당하게 된 몸뚱어리를 훑어보며 나는 알 수 없는 부끄러움을 느꼈다. 별안간 옥분의 몸이 — 향기가 눈앞에 흘러왔다. 비밀을 가진 나의 몸이 다시 돌아보이며 한동안 부끄러운 생각이 쉽게 꺼지지 않았다.

7

문수는 기어이 학교를 쫓겨났다. 기한 없는 정학 처분이었으나 영영 몰려난 것과 같은 결과이다. 덕분에 나도 빌려 주었던 책권을 영영 빼앗긴 셈이 되었다.

차라리 시원하다고 문수는 거드름 부렸으나 시원하지 않은 것은 그의 집안 사람들이다. 들볶는 바람에 그는 집을 피하여 더 많이 나와 지내게 되었다.

원망의 물줄기는 나에게까지 튀어 왔다. 나는 애매하게도 그를 타락시켜 놓은 안된 놈으로 몰릴 수밖에는 없다.

별수없이 나날을 들과 벗하게 되었다. 나는 좋은 들의 동무를 얻은 셈이다.

풀밭에 서면 경주를 하고 시냇가에 서면 납작한 돌을 집어 물 위에 수제비를 띄우기가 일쑤다. 돌을 힘껏 던져 그것이 물 위를 뛰어가는 뜀수를 세는 것이다. 하나 둘 셋 넷 다섯 여섯 일곱 여덟 — 이 최고 기록이다. 돌은 굴러갈수록 걸음이 좁아지고 빨라지다 나중에는 깜박 물속에 꺼진다. 기차가 차차 멀어지고 작아지다 산모퉁이에 깜박 사라지는 것과도 같다. 재미있는 장난이다. 나는 몇 번이고 싫지 않게 돌을 집어 시험하는 것이었다.

팔이 축 처지게 되면 다시 기운을 내어 모래밭에 겨루고 서서 씨름을 한다. 힘이 비등하여 승패가 상반이다. 떠밀기도 하고 샅바씨름도 하고 잡아 나꾸기도 하고—다리걸이 딴죽치기—기술도 차차 늘어가는 것 같다.

"세상에서 제일 장하고 제일 크고 제일 아름답고 제일 훌륭하고 제일 바른 것이 무엇이냐?"
되건 말건 수수께끼를 걸고,
"힘이다!"
하고 껄껄껄껄 웃으면 오장육부가 물에 헤운 듯이 시원한 것이다. 힘! 무슨 힘이든지 좋다. 씨름을 해 가는 동안에 우리는 힘에 대한 인식을 한층 더 새롭혀 갔다. 조직의 힘도 장하거니와 그것을 꾸미는 한 사람의 힘이 크다면 더한층 아름다운 것이 아닐까.

8

문수와 천렵을 나섰다.
그물을 잃은 나는 하는 수 없이 족대를 들고 쇠치네 사냥을 하러 시냇물을 훑어 내려갔다.
벌판에 남비를 걸고 뜬 고기를 끓이고 밥을 지었다.
먹을 것이 거의 준비되었을 때 더운 판에 목욕을 들어갔다.
땀을 씻고 때를 밀고는 깊은 곳에 들어가 물장구와 가댁질이다.
어린아이 그대로의 순진한 마음이 방울방울 날리는 물방울과 함께 맑은 하늘을 휘덮었다가는 쏟아지는 것이다.
물가에 나와 얼굴을 씻고 물을 들일 때에 문수는 다가와,

"어깨의 상처가 웬일인가?"

하고 나의 어깨의 군데군데를 가리켰다. 나는 뜨끔하면서 그때까지 완전히 잊고 있던 고들매기 사냥과 거기에 관련된 옥분과의 일건이 생각났다.

어떻게 할까 망설이다가 그에게까지 기일 바 못 되어 기어이 고기잡이 이야기와 따라서 옥분과의 곡절을 은연중 귀띔하여 주게 되었다.

이상한 것은 그의 태도였다.

"명예의 부상일세그려."

놀리고는 걱실걱실 웃는 것이다.

웃다가 문득 그치더니,

"이왕 말이 났으니 나도 내 비밀을 게울 수밖에는 없게 되었네그려."

정색하고 말을 풀어 냈다.

"옥분이―나도 그와는 남이 아니야."

어안이 벙벙한 나의 어깨를 치며,

"생각하면 득추와 파혼된 뒤부터는 달뜬 마음이 허랑해진 모양인데. 일종의 자포자기야. 죽일 놈은 득추지, 옥분의 형편이 가엾기는 해."

나에게는 이상한 감정이 솟아올랐다. 문수에게 대하여 노염과 질투를 느끼는 대신에―도리어 일종의 안심과 감사를 느끼는 것이었다. 괴롭던 체면이 모면된 것 같고 무거운 짐을 벗어 놓은 듯이도 감정이 가벼워지고 엉겼던 마음이 풀리는 것이다. 이것은 교활하고 악한 마음보일까. 그러나 나를 단 한 사람으로 생각하지 않는 옥분의 허랑한 태도에 해결의 열쇠는 있다. 그의 태도가 마지막 책임을 져야 될 터이니까.

"왜 말이 없나? 거짓말로 알아듣나? 자네가 버드나무 숲에서 만났다면 나는 풀밭에서 만났네."

여전히 잠자코만 있으면서 나는 속으로 한결같이 들의 성격과 마술과도 같은 자연의 매력이라는 것을 생각하였다.

얼마나 이야기가 장황하였던지 밥 타는 냄새가 코를 찔렀다.

9

무더운 날이 계속된다.

이런 때 마을은 더한층 지내기 어렵고 역시 들이 한결 낫다.

낮은 낮으로 해두고 밤을 — 하룻밤을 온전히 들에서 보낸 적이 없다.

우리는 의논하고 하룻밤을 들에서 야영하기로 하였다.

들의 밤은 두려운 것일까 — 이런 의문도 있었기 때문이다.

이왕 의가 통한 후이니 이후로는 옥분이도 데려다가 세 사람이 일단의 '들의 아들'이 되었으면 하는 문수의 의견이었으나 나는 그것을 일종의 악취미라고 배척하였다. 과거의 피차의 정의는 정의로 하여 두고 단체 생활에는 역시 두 사람이 적당하며 수효가 셋이면 어떤 경우에든지 반드시 찌울고 불안정하다는 의견을 가지고 있기 때문이다. 그러나 그것도 결국 나의 야성이 철저하지 못한 까닭이 아닐까.

어떻든 두 사람은 들 복판에서 해를 넘기고 어둡기를 기다리고 밤을 맞이하였다.

불을 피우고 이야기하였다.

이야기가 장황하기 때문에 불이 마저 스러질 때에는 마을의 등불도 벌써 다 꺼지고 개 짖는 소리도 수습된 뒤였다. 별만이 깜박거리고 바다 소리가 은은할 뿐이다.

어둠은 깊고 넓고 무한하다.

창조 이전의 혼돈의 세계는 이러하였을까.

무한한 적막―지구의 자전 공전의 소리도 들리지 않는 것이다.

공포―두려움이란 어디서 오는 감정일까.

어둠에서도 적막에서도 오지는 않는다.

우리는 일부러 두려운 이야기, 무서운 이야기로 마음을 떠보았으나 이렇듯한 새삼스러운 공포의 감정이라는 것은 솟지 않았다.

위에는 하늘이요 아래는 풀이요―주위에 어둠이 있을 뿐이지 모두가 결국 낮 동안의 계속이요 연장이다. 몸에 소름이 돋는 법도 마음이 떨리는 법도 없다.

서로 눈만 말똥거리다가 피곤하여 어느 결엔지 잠이 들어 버렸다.

단잠을 깨었을 때는 아침 해가 높은 후였다.

야영의 밤은 시원하였을 뿐이요, 공포의 새는 결국 잡지 못하였다.

10

그러나 공포는 왔다.
그것은 들에서 온 것이 아니요, 마을에서 — 사람에게서 왔다.
공포를 만드는 것은 자연이 아니요 사람의 사회인 듯싶다.
문수가 돌연히 끌려간 것이다.
학교 사건의 뒷맺음인 듯하다.
이어 나도 들어가게 되었다.
나 혼자에 대하여 혹은 문수와 관련되어 여러 가지 질문을 받았다.
사흘 밤을 지우고 쉽게 나왔으나 문수는 소식이 없다. 오랠 것 같다.
여러 가지 재미있는 여름의 계획도 세웠으나 혼자서는 하릴없다.
가졌던 동무를 잃었을 때의 고독이란 큰 것이다.
들에서 무료히 지내는 날이 많다.
심심파적으로 옥분을 데려올까도 생각되나 여러 가지로 거리끼고 주체스런 일이다. 깨끗한 것이 좋을 것 같다.

별수없이 녀석이 하루라도 속히 나오기를 충심으로 바랄 뿐이다.

나오거든 풋콩을 실컷 구워 먹이고 기름종개를 많이 떠먹이고 씨름해서 몸을 불려 줄 작정이다.

들에는 도라지꽃이 피고 개나리꽃이 장하다.

진펄의 새발고사리도 어느덧 활짝 피었다.

해오라기가 가끔 조촐한 자태로 물가에 내린다.

시절이 무르녹았다.

(1936년)

돈豚

옛 성 모퉁이 버드나무 까치둥우리 위에 푸르둥한 하늘이 얇게 드리웠다. 토끼우리에서는 하아얀 양토끼가 고슴도치 모양으로 까칠하게 웅크리고 있다. 능금나무 가지를 간들간들 흔들면서 벌판을 불어오는 바닷바람이 채 녹지 않은 눈속에 덮인 종묘장種苗場 보리밭에 휩쓸려 돼지우리에 모질게 부딪친다.

우리 밖 네 귀의 말뚝 안에 얽어 매인 암퇘지는 바람을 맞으면서 유난히 소리를 친다. 말뚝을 싸고 도는 종묘장 씨돈〔種豚〕은 시뻘건 입에 거품을 품으면서 말뚝의 뒤를 돌아 그 위에 덥석 앞다리를 걸었다. 시꺼먼 바위 밑에 눌린 자라 모양인 암퇘지는 날카로운 비명을 올리며 전신을 요동한다. 미끄러진 씨돈은 게걸덕거리며 다시 말뚝을 싸고 돈다. 앞뒤 우리에서 응하는 돼지들 고함에 오후의 종묘장 안은 들썩했다.

반 시간이 넘어도 여의치 않았다. 둘러싸고 보던 사람들도 흥이 식어서 주춤주춤 움직인다. 여러 번째 말뚝 위에 덮쳤을 때에 육중한 힘에 말뚝이 와싹 무지러지면서 그 바람에 밑에 깔렸던 돼지는 말뚝의 테두리로 벗어져서 뛰어났다.

"어려서 안 되겠군."

종묘장 기수가 껄껄 웃는다.

"—황소 앞에 암탉 같으니 쟁그러워서 볼 수 있나."

"겁을 먹고 달아나는데."

농부는 날쌔게 우리 옆을 돌아 뛰어가는 돼지의 앞을 막았다.

"달포 전에 한번 왔다 갔으나 씨가 붙지 않아서 또 끌고 왔는데요."

식이는 겸연쩍어서 얼굴이 붉어졌다.

"아무리 짐승이기로 저렇게 어리구야 씨가 붙을 수 있나."

농부의 말에 식이는 다시 얼굴을 붉혔다.

"빌어먹을 놈의 짐승."

무안도 무안이려니와 귀찮게 구는 짐승에 식이는 화를 버럭 내면서 농부의 부축을 하여 달아나는 돼지의 뒤를 쫓는다. 고무신이 진창에 빠지고 바지춤이 흘러 내린다.

돼지의 허리를 매인 바를 붙들었을 때에 그는 홧김에 바를 뒤로 잡아 나꾸며 기운껏 매질을 한다. 어린 짐승은 바들바들 뛰면서 비명을 올린다. 농가 일년의 생명선 — 좀 있으면 나올 제일기 세금과 첫여름 감자가 나올 때까지의 양식의 예산의 부담을 맡은 이 어린 짐승에 대한 측은한 뉘우침이 나중에는 필연코 나련마는 종묘장 사람들 숲에서의 무안을 못 이겨 식이의 흔드는 매는 자연 가련한 짐승 위에 잦게 내렸다.

"그만 갖다 매시오."

말뚝을 고쳐 든든히 박고 난 농부는 식이에게 손짓한다. 겁과 불안에 떨며 허둥거리는 짐승을 이번에는 한결 더 든든히 말뚝 안에 우겨 넣고 나뭇가지 대를 가로질러 배까지 떠받쳐 올려 꼼짝 요동하지 못하게 얽어 매었다.

털몸을 근실근실 부딪치며 그의 곁을 궁싯궁싯 굼도는 씨돋은 미처 식이의 손이 떨어지기도 전에 화차와도 같이 말뚝 위를 엄습한다. 시뻘건 입이 욕심에 목메어서 풀무같이 요란히 울린다. 깔리운 암돋은 목이 찢어져라 날카롭게 고함친다.

둘러선 좌중은 일제히 웃음소리를 멈추고 일시 농담조차 잊은 듯하였다.

문득 분이의 자태가 눈앞에 떠오른다. 식이는 말뚝에서 시선을 돌려 딴전을 보았다.

'분이 고것 지금엔 어디 가 있는구.'

― 제이기분은 새루 일기분 세금조차 밀려오는 농가의 형편에 돼지보다 나은 부업이 없었다. 한 마리를 일 년 동안 충실히 기르면 세금도 세금이려니와 잔돈푼의 가용돈은 훌륭히 우러나왔다. 이 돼지의 공용을 잘 아는 식이다. 푼푼이 모은 돈으로 마을 사람들의 본을 받아 종묘장에서 가제난 양돼지 한 자웅을 사놓은 것이 지난 여름이었다. 기름이 자르르

흐르는 새까만 자웅을 식이는 사람보다 더 귀히 여겨 가제 사왔던 무렵에는 우리에 넣기가 아까와 그의 방 한구석에 짚을 펴고 그 위에 재우기까지 하던 것이 젖이 그리워서인지 한 달도 못 돼서 수놈이 죽었다. 나머지의 암놈을 식이는 애지중지하여 단 한 벌의 그의 밥그릇에 물을 받아 먹이기까지 하였다. 물도 먹지 않고 꿀꿀 앓을 때에는 그는 나무하러 가는 것도 그만두고 종일 짐승의 시중을 들었다. 여섯 달을 기르니 겨우 암퇘지 티가 났다. 달포 전에 식이는 첫 시험으로 십 리 넘는 읍내 종묘장까지 끌고 왔었다. 피돈 오십 전이나 내서 씨를 받은 것이 종시 붙지 않았다. 식이는 화가 났다. 때마침 정을 두고 지내던 이웃집 분이가 어디론지 도망을 갔다. 식이는 속이 상해서 며칠 동안 일이 손에 잡히지 않았다. 늘 뽀로통해서 쌀쌀하게 대꾸하더니 그 고운 살을 한 번도 허락하지 않고 늙은 아비를 혼자 둔 채 기어이 도망을 가버렸구나 생각하니 분이가 괘씸하였다. 그러나 속 깊은 박 초시의 일이니 자기 딸 조처에 무슨 꿍꿍이 수작을 대었는지 도무지 모를 노릇이었다. 청진으로 갔느니 서울로 갔느니 며칠 전에 박 초시에게 돈 십 원이 왔느니 소문은 갈피갈피였으나 하나도 종잡을 수 없었다. 이래저래 상할 대로 속이 상했다. 능금꽃 같은 두 볼을 잘강잘강 씹어 먹고 싶던 분이인 만큼 식이는 오늘까지 솟아오르는 심화를 억제할 수 없었다.

"다 됐군."

딴전만 보고 섰던 식이는 농부의 목소리에 그쪽을 보았다. 씨돈은 만족한 듯이 여전히 꿀꿀 짖으면서 그곳을 떠나지 않고 빙빙 돈다.
　파장 후의 광경이언만 분이의 그림자가 눈앞에 어른거리는 식이는 몹시도 겸연쩍었다.
　잠자코 섰는 까칠한 암퇘지와 분이의 자태가 서로 얽혀서 그의 머릿속에 추근하게 떠올랐다. 음란한 잡담과 허리 꺾는 웃음소리에 얼굴이 더한층 붉어졌다. 환영을 떨쳐 버리려고 애쓰면서 식이는 얽어 매었던 돼지를 풀기 시작하였다. 농부는 여전히 게걸덕거리며 어른어른 싸도는 욕심 많은 씨돝을 몰아 우리 속에 가두었다.
　"이번에는 틀림없겠지."
　장부에 이름을 올리고 오십 전을 치러 주고 종묘장을 나오니 오후의 해가 느지막하였다. 능금밭 건너편 양옥 관사의 지붕이 흐린 석양에 푸르뎅뎅하게 빛난다. 옛 성 어귀에는 드나드는 장꾼의 그림자가 어른어른한다. 성 안에서 한 대의 버스가 나오더니 폭 넓은 이등도로를 요란히 달아난다. 돼지를 몰고 길 왼편 가으로 피한 식이는 푸뜩 지나는 버스 안을 흘끗 살펴본다. 분이를 잃은 후로부터는 그는 달아나는 버스 안까지 조심스럽게 살피게 되었다. 일전에 나남에서 버스 차장 시험이 있었다더니 그런 데로나 뽑혀 들어가지 않았을까. 분이의 간 길을 이렇게도 상상하여 보았기 때문이다.
　'장이나 한바퀴 돌아올까.'
　북문 어귀 성 밑 돌 틈에 돼지를 매놓고 식이는 성을 들어가 남문 거리로 향하였다.
　분이가 없는 이제 장꾼의 눈을 피하여 으슥한 가게 앞에 가서 겸연쩍은 태도로 매화분을 살 필요도 없어진 식이는 석유 한 병과 마른 명태 몇 마리를 사들고 장판을 오르락내리락하였다. 한동네 사람의 그림자도 눈에 띄지 않기에 그는 곧게 성 밖으로 나와 마을로 향하였다.

어기적거리며 돼지의 걸음이 올 때만큼 재지 못하였다. 그러나 이제 매질할 용기는 없었다.

철로를 끼고 올라가 정거장 앞을 지나 오촌포 행길에 나서니 장보고 돌아가는 사람의 그림자가 드문드문 보인다. 산모퉁이가 바닷바람을 막아 아늑한 저녁빛이 한길 위를 덮었다. 먼 산 위에는 전기의 고가선이 솟고 산 밑을 물줄기가 돌아내렸다. 온천 가는 넓은 도로가 철로와 나란히 누워서 남쪽으로 줄기차게 뻗쳤다. 저물어 가는 강산 속에 아득하게 뻗친 이 두 줄기의 길이 새삼스럽게 식이의 마음을 끌었다. 걸어가는 그의 등뒤에서는 산모퉁이를 돌아오는 기차 소리가 아련히 들린다. 별안간 식이에게는 이상한 생각이 들었다.

"이 길로 아무 데로나 달아날까."

장에 가서 돼지를 팔면 노자가 되겠지, 차 타고 노자 자라는 곳까지 달아나면 그곳에 곧 분이가 있지 않을까? 어디서 들었는지 공장에 들어가기가 분이의 소원이더니 그곳에서 여직공 노릇하는 분이와 만나 나도 노동자가 되어 같이 살면 오죽 재미있을까. 공장에서 버는 돈을 달마다 고향에 부치면 아버지도 더 고생하실 것 없겠지. 돼지를 방에서 기르지 않아도 좋고 세금 못 낸다고 면소 서기들한테 밥솥을 빼앗길 염려도 없을 터이지. 농사같이 초라한 업이 세상에 또 있을지. 아무리 부지런히 일해도 못살기는 일반이니…… 분이 있는 곳이 어디인가…… 돼지를 팔면 얼마나 받을까. 암퇘지 양퇘지…….

"앗!"

날카로운 소리에 번쩍 정신이 깨었다.

찬바람이 휙 앞을 스치고 불시에 일신이 딴 세상에 뜬 것 같았다. 눈 보이지 않고 귀 들리지 않고 잠시간 전신이 죽고 감각이 없어졌다. 캄캄하던 눈앞이 차차 밝아지며 거물거물 움직이는 것이 보이고 귀가 뚫리며 요란한 음향이 전신을 쓸어 없앨 듯이 우렁차게 들렸다. 우뢰 소리가…… 바다 소리가…… 바퀴 소리가…… 별안간 눈앞이 환해지더니 열차의 마지막 바퀴가 쏜살같이 눈앞을 달아났다.

"앗 기차!"

다 지나간 이제 식이는 정신이 아찔하며 몸이 부르르 떨린다.

진땀이 나는 대신 소름이 쪽 돋는다. 전신이 불시에 비인 듯이 거뿐하다. 글자대로 전신은 비었다. 한쪽 팔에 들었던 석유병도 명태 마리도 간 곳이 없고 바른손으로 이끌던 돼지도 종적이 없다.

"아, 돼지!"

"돼지구 무어구 미친 놈이지. 어디라구 건널목을 막 건너."

따귀를 철썩 맞고 바라보니 철로 망보는 사람이 성난 얼굴로 그를 노리고 섰다.

"돼지는 어찌 됐단 말이요?"
"어젯밤 꿈 잘 꾸었지. 네놈 안 친 것이 다행이다."
"아니 그럼 돼지가 치었단 말요."
"다음부터는 차에 주의해!"
독하게 쏘아붙이면서 철로 망꾼은 식이의 팔을 잡아 나꿔 건널목 밖으로 끌어냈다.
"아 돼지가 치었다니 두 번이나 종묘장에 가서 씨 받은 내 돼지 암돼지 양돼지……."
엉겁결에 외치면서 훑어보았으나 피 한 방울 찾아볼 수 없다. 흔적조차 없다니—기차가 달랑 들고 간 것 같아서 아득한 철로 위를 바라보았으나 기차는 벌써 그림자조차 없다.
"한방에서 잠 재우고, 한 그릇에 물 먹여서 기른 돼지, 불쌍한 돼지……."
정신이 아찔하고 일신이 허전하여서 식이는 금시에 그 자리에 푹 쓰러질 것도 같았다.

(1933년)

산정山精

 여름내나 가으내나 그을린 얼굴이 좀체 수월하게 벗어지지 않는다. 아마도 해를 지나야 멀쑥한 제 살을 보게 될 것 같다. 바닷바람에 밑지지 않게 산 기운도 어지간히는 독한 모양이다.
 "호연지기가 지나친 모양이지."
 동무들을 만나면 칭찬보다도 조롱인 듯 피부의 빛깔을 걱정한다. 나는 그것을 굳이 조롱으로는 듣지 않으며 유쾌한 칭찬의 소리로 들으려고 한다.
 "두구 보게. 역발산 기개세 않으리."
 큰소리도 피부의 덕인 듯, 나는 그을은 얼굴을 자랑스럽게 쳐들어 보이곤 한다.
 학교에 등산구락부가 생기면서부터 신 교수, 박 교수와 세 사람이 하는 수 없이 단짝이 되어 버렸다. 학생들을 인솔할 때 외에도 대개는 세 사람이 주동이 되어서 등산을 계획하고 실행하고—차례차례로 산을 정복해 왔다. 학교와 가정과 거리와 그 외에는 생각지도 못하던 세상—산을 새로 발견한 셈이었다.

한두 번 오르는 동안에 산의 매력이 전신에 맥쳐 오면서 산의 맛을 더욱 터득하게 되었다. 동룡굴을 뚫고 묘향산을 답파한 데서부터 시작되어서 여름부터 가을 동안 차례로 장수산을 정복하고 대성산을 밟고 가까운 곳으로는 사동까지 나가고 주암산을 돌기는 여사로 되었다. 일요일만 돌아오면 으레 걸빵들을 짊어지고 나서게 되었다. 거리에 나가 별일없이 하루를 허비하거나 집에서 책자를 들척거리는 것보다도 한결 그편이 더 뜻있음을 알게 된 것이다. 하룻길을 탈없이 다녀만 오면 가슴속이 맑아지고 몸이 뿌듯이 차져서 눈에 보이지 않는 힘이 그 어느 구석에 포개져 가는 것 같다. 사람의 일생은 물론 노동의 일생이어야 되나, 산에 오름은 결코 소비적인 행락이 아니요 반대로 참으로 생산적임을 알게 되었다. 기쁨과 함께 오는 등산의 공을 몸과 혼을 가지고 느끼게 되었다. 동무가 말하는 '호연지기'가 그을린 피부 그 어느 구석에 간직해 있다면 산의 덕이 이에 더 큼이 있으랴.

스타킹 위로 벌거숭이 무릎을 통째로 드러내 놓고, 등산모를 쓰고 륙색을 메고 피켈을 짚고 나선 모양은 완전히 세 사람의 야인이다. 선생이니 선비니 하는 귀찮은 직책과 윤리를 떠나서 평범한 백성으로 변한다. 그 자유로운 모양으로 거리를 지나고 벌판을 걸을 때 벌써 신 교수가 아니고 신 서방이며 박 서방, 이 서방인 것이다. 하기는 이 범용한 한 지아비

될 양으로 거추장스런 옷 벗어 버리고 등산복으로 갈아입는 셈인 것이다.

그 범속한 차림으로 거리에 나서 륙색 속을 더 충실히 채워 가지고는 목적지로 향하는 것이나, 목적지는 처음부터 결정된 때도 있고 차리고 나선 후에 작정되는 때도 있었다. 그날 같은 날은 나선 후에 작정된 것이었다. 백화점에서 머뭇거리면서 어디를 갈까를 망설이던 끝에 작정된 것이 서장대 방면의 코오스였다. 서장대로 나가 야산들을 정복하고 남포가도로 나서서 돌아오자는 것이었다.

그날의 세 사람의 륙색 속을 별안간 대로상에서 수색당했다면 요절할 광경을 이루었을는지도 모른다. 김말이 점심밥과 술병과 과실이 든 것은 별반 신기한 것이 못 되나, 항아리 속에 양념해 넣은 쇠고기와 석쇠와 숯이 그 속에 있을 줄야 누구나 쉽게 상상하지 못할 법하다. 산허리에 숯불을 피우고 석쇠를 걸고 맑은 공기 속에서 고기를 구워 먹자는 생각이었다. 별것 아니라 고깃집 협착한 방안의 살림살이를 하늘 아래 넓은 자리 위로 그대로 이동시키자는 것이었다. 워낙 고기를 즐기는 박 서방의 제안이었으나 그 기발한 생각은 즉석에서 두 사람의 찬동을 얻어 그날의 명물 진안이 된 것이었다.

따끈 쬐지도 않고 흐리지도 않은 알맞은 가을 날씨였다. 나뭇잎이 혹은 물들고 혹은 떨어지기 시작하고 과실점 앞에는 햇과실이 산더미같이 쌓이기 시작하는 시절이었다. 보통문을 지나 벌판에 나섰을 때 세 사람은 쇠고기 항아리와 석쇠와 숯과 밥을 짊어지고 다리가 개운들 했다. 시들은 잡초가 발 아래에 부드럽고 익은 곡식 냄새가 먼 데서 흘러온다. 알지 못할 새빨간 나무 열매가 군데군데에서 눈에 띄는 것도 마음을 아이같이 즐겁게 한다.

밭둑을 지나 산기슭에 이를 때까지도 신 서방의 이야기는 진하는 법이 없다. 거리에 있을 때에는 엄두도 안 내던 이야기가 일단 길을 떠나게 되면 세 사람 사이에 꽃피기 시작하는 것이었으나 총중에서도 신 서방의 오산 있었을 때의 가지가지의 쾌걸담은 늘 나의 귀를 끈다. 짧은 경력에도 불구하고 그는 거기서 많은 인생의 폭을 살아온 듯, 뒤를 잇는 이야기가 차례차례로 그림같이 내 눈 속에 새겨진다. 동료와 낚시질을 떠났다가 비를 만나 주막에 들어 소주타령을 했다던 이야기—.

직원 가운데에 사냥 잘하는 포수가 있어 서해 바다로 물오리 사냥을 나가게 되면 해 뜰 때, 해 질 무렵이 한창 오리들의 날아오는 고패여서 아침 고패에 한바탕 잡아 가지고는 술집에 들어가 안주삼아 하루 동안 술놀이를 하다가는 저녁 고패에 또 한바탕 사냥을 나서면 술기운에 손이 떨려 총 겨냥이 빗나가기만 하고 결국 한 마리의 수확도 없이 집으로 돌아왔다던 이야기—.

비등한 이야기에는 한이 없는 것이었다. 그날은 오산을 떠나던 때의 이야기였다. 구수한 말소리가 말할 수 없이 진귀한 것으로 내 귀에는 한마디 한마디 들려온다.

"……명색은 나를 보내는 송별연이지만 나두 내 몫을 내서 세 사람이 톡톡 터니까 합계 육십 원이라. 시간이 파하자 읍내로 나가서 제일 가는 청운루를 찾아 육십 원을 통째로 주고 이 몫어치만 먹여 달라고 도급을 맡기지 않았겠나.”

 어느 때까지나 놀았던지 곤드레만드레 취해서 나중에는 의식의 분별이 없게 되어 세 사람이 공교롭게도 함께 취중의 욕망에 사로잡히게 되었으나 기생이라고는 처음부터 끝까지 꼭 한 사람만이 시중하고 있었고 주인에게 술값의 세음을 따지니 단 십 원밖에는 남지 않았다는 것이란다.

 “……어떻게 했겠나. 십 원을 자리에 놓고 제비를 뽑지 않았겠나. 공교롭게도 내가 맞혔다. 그렇게 되니 두 친구는 껄껄껄껄 앙천대소를 하면서 차라리 잘됐다구 보내는 한 사람을 위해서 담박한 심사로 나를 축수하네그려. 취한 판이라 십 원을 가지구 여자를 데리구 옆방으로 들어간 것은 물론이 어니와 여자두 된 여자라 십 원을 도로 사양해서 술값에 넣어 준단 말이네. 즉 밤은 늦은데 십 원어치 술이 더 남았단 말이네.”

 데설데설 웃으며 땀을 씻느라고 모자를 벗었을 때 신 서방의 머리카락은 바람에 우수수 흩어져서 벗어진 이마에 제법 훌륭한 풍채를 띤다. 벌써 반백이 되어 버린 희끔한 머리 오리에 풍상 많은 과학자의 반생이 적혀 있는 듯, 인상 깊은 그의 자태와 그날의 이야기가 알 수 없는 조화를 띠고 나의 마음속에 새겨진다.

 “……벌써 날이 훤하게 밝은 새벽, 세 사람은 하는 수 없이 나귀를 세내서 한 사람이 한 필씩 타고는 집으로 향할 때

어스러지는 달은 서천에 걸리구 찬바람이 솔솔 불어와 가슴 속에 스며들구―그렇게 통쾌한 날두 드물었어…….”

아직 청운의 뜻을 반도 이루지 못한 소장 과학자의 유쾌한 웃음소리가 산허리를 굴러내려 벌판 건너편으로 사라진다. 나뭇가지 풀잎도 마음 있는 듯 나부끼는 양이 흡사 그 웃음소리에 뜻을 맞추려는 것인 듯도 하다. 확실히 그 웃음소리로 해서 우리들의 마음도 한결 가벼웠다.

산을 넘고 골짜기를 지나서, 또 산을 넘었을 때 몸도 허출해지고 시계도 벌써 낮을 가리킨다. 과수원 옆 평퍼짐한 산허리에 자리를 잡고 짐들을 내린다. 풀밭에 서서 아래를 굽어볼 때, 골짜기에는 인가가 드뭇하고 먼 벌판에는 철로가 뻗쳤고 산을 넘은 맞은편 하늘 아래에는 등지고 온 도회가 짐작된다.

목청을 놓아 노래를 부르면서 돌을 모아서는 화덕을 만든다. 검불을 긁어서 불을 피우고 숯을 얹으니 산비탈에 때아닌 아지랑이가 아롱아롱 피어 오른다. 이윽고 고기 굽는 연기가 피어 오르고 양념 냄새가 사방에 흩어지면서 조그만 살림살이가 벌어지고 사람의 경영이 흙과 초목 사이에 젖어든다. 금목수화토 오행이 모두 결국 사람의 경영을 도와줄 뿐이요, 광막한 누리 속에 그득히 차 있는 그 무엇 하나 사람의 그 경영을 반대하고 멸시하는 것은 없다. 술잔이 거듭 돌아간 잎이 너볏너볏 퍼질 때 마음은 즐겁고 멀리 내려다보이는 속세가 아무 원한 없는 담담하고 하잘것없는 것으로 차라리 그립게 바라보인다.

별로 신기할 것도 없는 평범한 행사요, 하루였만 그것이 항간이 아니고 산인 까닭에 순간순간이 기쁨에 차진 것이요, 감격에 넘치는 것이었다. 짧은 하루가 오랜 하루 같고 인생의 중요한 고패를 넘는 하루 같다. 몇 시간 동안의 살림의 자취를 그 이름 모를 산비탈에 남긴 후 불을 끄고 뒷수습을 하고 산을 내려와 다시 벌판에 나섰을 때, 세상이 눈앞에 탄탄대로같이 열리면서 그런 유쾌할 데는 없다. 전신에 꽉 배인 산의 정기를 느끼며 훤히 트인 남포 가도를 걸으면 걸음걸음에 산냄새가 떠돈다.

저녁때가 되어서 거리에 다다를 때 세 사람의 자태는 거리에서는 완전히 타방의 나그네다. 아직까지도 거나해서 휘적휘적 걷는 세 사람의 야릇한 풍채가 사람들의 눈을 알뜰히 끈다. 이미 속세쯤은 백안시하고 흘겨볼 만한 용기를 얻은 세 사람은 그 무엇 하나 탄할 것도 부끄러워할 것도 없이 찻집에 들어가 한잔 차에 목을 축이고는 그 길로 목욕탕으로 향해 더운 목욕물 속에 하루의 피로를 깊숙이 잠근다.

목욕물은 피로를 풀어 주고 산때를 씻어 주면서도 몸 속에 배이고 베인 산정기만은 도리어 북돋아 주고 간직해 주는 듯, 목욕을 마치고 자리에 나서면 전신이 뿌듯하고 기운이 넘친다. 저울에 오르면 확실히 근수도 는 듯 흔들리는 바늘이 킬로를 가리키면서 언제까지든지 출렁출렁 춤을 춘다. 카메라 속에 남은 필름에다 그 벌거숭이의 몸들을 각각 찍어 수습하고 나면 그 하루 동안에 그 무슨 위대한 역사의 한 장이나 창조를 하고 난 듯한 쾌감과 자랑이 유연히 솟는다. 거리에 나섰을 때 참으로 세상은 내 것인 듯, 세 사람은 각각 가슴을 내밀고 심호흡을 거듭한다.

그날 저녁, 집으로 바로 들어가기가 아까운 듯, 기어이 탈선을 해버린 것은 그 유쾌한 감정의 연장으로였다.
"한 군데 가볼까."
박 서방의 제의를 거역할 리는 없는 터에 세 사람은 결국 뒷골목의 그 '수상한 집'이라는 것을 찾아냈다.
날이 밝으면 다시 교직과 책임이 우리를 부르게 될 것이나 그날 하루는 마지막의 일순간까지라도 교직을 벗어난 세 사람의 자유로운 해방의 날이어야 한다.
청하지 않은 술이 뒤를 이어 대중없이 들어오고 단간방에 여자는 세 사람이었다. 정체 모를 세 사람의 머슴애 사이에 끼어 세 사람의 여자는 갖은 교태를 부리며 한없이 술을 권한다.
"신 서방의 허물이요."
낮의 산에서의 신 서방의 지난 때 이야기를 생각하고 이렇게 문책하는 것이었으나 물론 이것은 농담인 것이요, 신 서방의 허물은 세상 어느 구석에서든지 항상 되풀이되는 것이다. 다만 하나의 암시가 되었다면 되었을까 — 그 밤과 이 밤과 같다면 같고 — 다른 것이 있다면 여자가 한 사람이 아니었다는 것이다. 즉 제비를 뽑아서 신 서방만을 괴롭힐 것은 없었던 것이다.
온전히 야생의 날이었다. 문명을 벗어나서 야생의 부르짖

음만이 명령하는 날이었다. 산의 죄가 아니요, 산의 덕이다. 전신에 흠뻑 배이고 넘치는 산정기의 덕이었다. 더럽혀진 역사의 한 장의 아니고 역시 옳은 역사의 한 장이었다. 등산복을 입고 스타킹을 신고 있는 한 부끄러울 것 없는 밤이었다.

  산은 야릇한 것 ― 나는 지금 아직 산때를 완전히 벗지 못한 피부를 바라보면서 산정기를 또 한 번 불러 본다.

(1939년)

장미 병들다

 싸움이라는 것을 허다하게 보았으나 그렇게도 짧고 어처구니없고 — 그러면서도 싸움의 진리를 여실하게 드러낸 것은 드물었다. 받고 차고 찢고 고함치고 욕하고 발악하다가 나중에는 피차에 지쳐서 쓰러져 버리는 — 그런 싸움이 아니라 맞고 넘어지고 항복하고 — 그뿐이었다. 처음도 뒤도 없이 깨끗하고 선명하여 마치 긴 이야기의 앞뒤를 잘라 버린 필름의 몇 토막과도 같이 신선한 인상을 주는 것이었다. 그 신선한 인상이 마침 영화관을 나와 그 길을 지나던 현보와 남죽 두 사람의 발을 문득 머무르게 하였는지도 모른다. 그러나 두 사람이 사람들 속에 한몫 끼어 섰을 때에는 싸움은 벌써 끝물이었다.
 영화관, 음식점, 카페, 매약점 등이 어수선하게 즐비하여 있는 뒷거리 저녁때, 바로 주렴을 드리운 식당 문 앞이었다. 그 식당의 쿡으로 보이는 흰 옷에 흰 주발모자를 얹은 두 사람의 싸움이었으나 한 사람은 육중한 장골이요, 한 사람은 까무잡잡한 약질이어서, 하기는 그 체질에 벌써 승패가 달렸던지도 모른다. 대체 무엇이 싸움의 원인이며 원한의 근거였는지는 모르나 하루아침에 문득 생긴 분김이 아니요, 오래 두고두고 엉겼던 불만의 화풀이임은 두 사람의 태도로써 족히 추측할 수 있었다. 말로 겨루다 못해 마지막 수단으로 주먹 다짐에 맡기게 된 것임은 부락스런 두 사람의 주먹살에 나타났었으니 약질의 살기를 띤 암팡진 공격에 한번 주춤하였던 장골은 갑절의 힘을 주먹에 다져 쥐고 그의 면상을 오돌지게 욱박았다.

소리를 치며 뒤로 쓰러지는 바람에 문앞에 세웠던 나무 분이 넘어지며 분이 깨뜨러지고 노가주나무가 솟아났다.

면상을 손으로 가리워 쥐고 비슬비슬 일어서서 달려들려 할 때, 장골의 두 번째 주먹에 다시 무르게도 넘어지고 말았다. 땅 위에 문질러져서 얼굴은 두어 군데 검붉게 피가 배고 두 줄기의 코피가 실오리 같은 가느다란 줄을 그으면서 흘렀다. 단번에 혼몽하게 지쳐서 축 늘어졌음에도 불구하고 약질은 간신히 몸을 세우고 다시 한 번 개신개신 일어서서 장골에게 몸을 던지다가 장골이 날쌔게 몸을 피하는 바람에 걸어 보지도 못한 채 또 나가 쓰러지고 말았다.

한참이나 죽은 듯이 고요한 속에서 코만 흑흑 울리더니 마른 땅에는 금시에 피가 흘러 넓게 퍼지기 시작하였다.

"졌다!"

짧게 한 마디 — 그러나 분한 듯이 외쳤으니 그것으로 싸움은 끝난 셈이었다.

"항복이냐?"

장골은 늠실도 하지 않고 마치 그 벅찬 힘과 마음에 티끌만큼의 영향도 받지 않은 듯이 유들유들하게 적수를 내려다보았다.

"힘이 부쳐 그렇지, 그리 쉽게 항복이야 하겠나."

"뼈다구에 힘 좀 맺히거든 다시 덤비렴."

"아무렴. 그때까지 네 목숨 하나 살려 둔다."

의젓하고 유유하게 대꾸하면서 약질이 피투성이의 얼굴을 넌지시 쳐들었을 때 현보는 그 끔찍한 꼴에 소름이 끼쳐서 모르는 결에 남죽의 소매를 끌었다. 남죽도 현장에서 얼굴을 피하며 재촉을 기다릴 겨를 없이 급히 발을 돌렸다.

한참 동안 말이 없었다. 우연히 목도하게 된 그 돌연한 장면에서 받은 감격이 너무도 컸다.

강하고 약하고 이기고 지고 — 이 두 길뿐. 지극히 간단하다. 강약의 부동으로 억센 장골 앞에서는 약질은 욕을 보고 그 자리에 폭삭 쓰러져 버리는 그 일장의 싸움 속에서 우연히 시대를 들여다본 듯하여서 너무도 짙은 암시에 현보는 마음이 얼떨떨하였다. 흡사 그 약질같이 자기도 호되게 얻어맞고 피를 흘리며 쓰러져 있는 듯도 한 실감이 전신을 저리게 흘렀다.

"영화의 한 토막과도 같이 아름답지 않아요? 슬프지 않아요?"

역시 그 장면에서 받은 감동을 말하는 남죽의 눈에는 눈물이 어리어 보였다. 아름답다는 것은 패한 편을 동정함일까? 아름다운 까닭에 슬프고 슬프리만큼 아름다운 것 — 눈물까지 흘리게 한 것은 별수없이 그가 누구나가 처하여 있는 현대의 의식에서 온 것임을 생각하면서 현보는 남죽을 뒤세우고 거리목 찻집 문을 열었다.

차를 청해 마실 때까지도 현보와 남죽은 다 싸움의 감동이 좀체 사라지지 않아서 피차에 별로 말도 없었다. 불쾌하다느니보다는 슬픈 인상이었다.

슬픔으로 인하여 아름다운 것이었음을 남죽과 같이 현보도 느끼게 되었다. 그렇게까지 신경을 민첩하게 일으켜 세우게 된 것은 방금 보고 나온 영화 때문이었던지도 모른다. 영화관에는 마침 〈목격자〉가 걸려 있어서 우연히 보게 된 그 아름다운 한 편이 장면장면 남죽을 울렸다.

전체로 슬픈 이야기였으나 가련한 주인공의 운명과 애잔한 여주인공의 자태가 한층 마음을 찔렀다. 억울한 혐의로 아버지를 여읜 어린 자식을 데리고 늙은 어머니가 어둡고 처량한 저녁에 무덤 쪽을 바라보는 장면과, 흐린 저녁때의 빈민가 다리 아래 장면과는 금시에 눈물을 솟게 하였다.

다리 아래 장면에서는 거지의 자동풍금 소리에 집집에서 뛰어나온 가난한 빈민들이 그 슬픈 음악에 맞추어 춤을 추기 시작하였다. 요란한 소리를 듣고 순경이 달려와서 춤을 금하고 사람들을 헤칠 때 억울한 혐의로 아버지를 재판한 늙은 검사는 양심에 가책을 조금이라도 덜려고 가난한 사람들을 위해 항의를 하나 용납되지 못하고 하는 수 없이 비슬비슬 그 자리를 헤어진다. 그 웅성거리는 측은한 꼴들이 실감을 가지고 가슴을 조였다. 어두운 속에서 남죽은 흐르는 눈물을 손수건으로 몇 번이고 훔쳐 냈다. 눈물로 부덕부덕한 얼굴을 가지고 거리에 나오자 당면하게 된 것이 싸움의 장면이었다. 여러 가지의 감동이 한데 합쳐서 새 눈물을 자아내게 한 것이었다. 남죽은 현재 초라한 꼴, 빈 주머니에 고향에 돌아갈 능력도 없고 그렇다고 다른 도리도 없이 진퇴유곡의 처지에 있는 셈이었다. 〈목격자〉 속의 주인공들보다 조금도 나을 것이 없었다. 현보와 막연히 하루를 지우려 영화 구경을 나선 것도 또렷한 지향 없이 닥치는 대로의 길, 그 자리의 뜻이었다. 온전히 그날그날의 떠도는 부평초요, 키 잃은 배요, 목표 없는 생활이었다.

극단 '문화좌'가 설립되자마자 와해된 것이 두 주일 전이었다. 지방 창립 지방 공연이라는 점에 중점을 두려고 일부러 서울을 떠나 지방의 도회로 내려와 기폭을 든 것이었으나 그것이 도리어 화되어 엄격한 수준에 걸린 것이었다.

인원을 짜고 각본을 선택하고 모든 준비를 마친 후 첫째 공연을 내려왔던 것이 그렇다 할 이유 없이 의외에도 거슬리는 바 되어 한꺼번에 몰아가 버렸다. 거듭 돌아보아야 그럴 만한 원인은 없었고 다만 첩첩한 시대의 구름의 탓임이 짐작될 뿐이었다.

각본을 맡은 현보는 고향이 바로 그곳인 탓으로인지 의외에도 속히 놓이게 되고 뒤를 이어 남죽 또한 수월하게 풀리게 되었으나 나머지 인원들은 자본을 댄 민삼, 연출을 맡은 인수, 배우인 학준, 그 외 몇몇은 아직도 날이 먼 듯하였다.
 먼저 나오기는 하였으나 현보와 남죽은 남은 동무들을 생각하고 또 한 가지 자신들의 신세를 돌아보고 우울하기 짝 없었다. 하는 노릇 없이 허구한 날 거리를 헤매는 수밖에 없던 현보와 역시 별 목표 없이 유행 가수를 지원해 보았다 배우로 돌아서 보았다 하던 남죽에게 극단의 설립은 한 희망이요 자극이어서 별안간 보람 있는 길을 찾은 듯도 하여 마음이 뛰고 흥이 나던 것이, 의외의 타격에 기를 꺾이우고 나니 도로 제자리에 주저앉은 셈이었다.
 파랗게 우러러보이던 하늘이 조각조각 부서져 버리고 다시 어두운 구렁텅이로 밀려 빠진 격이었다.
 현보의 창작 각본 〈헐어진 무대〉와 오늘의 번역극 〈고래〉의 한 막이 상연 예정이어서 남죽은 그 두 각본의 여주인공의 역할을 자기의 비위에 맞는 것으로 그지없이 사랑하였다. 예술적 흥분 외에 또 한 가지의 기쁨은 그런 줄 모르고 내려왔던 길에 구면인 현보를 칠 년 만에 뜻밖에 만나게 된 것이었다. 이 기우는 현보에게도 물론 큰 놀람이자 기쁨이었다.
 극단의 주무를 보게 된 민삼이 서울서 적어 내려보낸 인원의 열 명 속에 여배우 혜련의 이름을 발견하고 현보는 자기 작품의 주연을 맡은 그 여배우가 대체 어떤 인물일꼬 하고 호기심이 일어났을 뿐 무심히 덮어두었던 것이 막상 일행이 내려와 처음으로 상면하게 되었을 때 그가 바로 남죽임을 알고 어지간히 놀랐던 것이다.
 혜련은 여배우로서의 예명이었다. 칠 년 전에 알고는 그 후 까딱 소식을 몰랐던 남죽은 그런 경우 그런 꼴로 우연히 만나게 될 줄야 피차에 짐작도 못 하였던 것이다.
　지난날을 돌아보면서 그날 밤 둘은 끝없는 이야기와 추억에 잠겼다. 서울서 학교에 다닐 때 우연히 세죽, 남죽 자매를 알게 된 것은 그들이 경영하여 가는 책점 대중원에 출입하게 된 때부터였다. 대중원은 세죽이 단독 경영하여 가는 것이었고 남죽은 당시 여학교에서 공부하는 몸으로 형의 가게에 기식하고 있는 셈이었다. 세죽의 남편이 사건으로 들어가기 전에 뒷일을 예료하고 가족들의 호구지책으로 미리 벌인 것이 소규모의 책점 대중원이었다. 남편의 놓일 날을 몇 해고 간에 기다려 가면서 세죽은 적막한 홀몸으로 가게를 알뜰히 보면서 어린것과 동생 남죽의 시중을 정성껏 들어 왔다.
　남죽은 어린 나이에도 철이 들어서 가게에 벌여 놓은 진보적 서적을 모조리 읽은 나머지 마지막 학년 때에는 오돌지게도 학교에 일어난 사건을 지도하다가 실패한 끝에 쫓겨나고 말았다. 학업을 이루지 못한 채 고향에 내려갈 수도 없어 그 후로는 별수없이 가게일을 도울 뿐, 건둥건둥 날을 지우는 수밖에는 없었다.
　소설을 닥치는 대로 읽어대고 아름다운 목청을 놓아 노래를 불러대곤 하였다. 목소리를 닦아서 나중에 성악가가 되어 볼까도 생각하고, 얼굴의 윤곽이 어글어글한 것을 자랑삼아 영화 배우로 나갈까도 꿈꾸었다. 그 시기의 그를 꾸준히 관찰할 수 있는 기회를 가졌던 현보는 그 남다른 환경에서 자라 가는 늠출한 처녀의 자태 속에 물론 시대적 열정과 생장도 보았으나 더 많이 아름다운 감상과 애끓는 꿈을 엿보았던 것이다.

단발한 머리를 부수수 헤뜨리고 밋밋하고 건강한 육체로 고운 멜로디를 읊조릴 때에는 그의 몸 그대로가 구석구석에 아름다운 꿈을 함빡 머금은 흐뭇한 꽃이었다. 건강한, 그러나 상하기 쉬운 한 송이의 꽃이었다.

참으로 아담한 꽃을 보는 심사로 현보는 남죽을 보아 왔다.

그러나 현보가 학교를 마치고 서울을 떠날 때가 그들과의 접촉의 마지막이었으니 동경에 건너가 몇 해를 군 뒤 고향에 나와 일없이 지내게 된 전후 칠 년 동안 다만 책점 대중원이 없어졌다는 소문을 풍편에 들었을 뿐이지, 그 뒤 그들이 고향인 관북으로 내려갔는지 어쨌는지, 남죽과 세죽의 소식은 생각해 보지도 못했고 미처 생각에 떠오르지도 않았다.

그만한 여유조차 없는 것은 다른 사람의 생각은커녕 자신의 생활이 눈앞에 가로막히게 되었고, 무엇보다도 현대인으로서의 자기 개인에 대한 생각이 줄을 찾기 어렵게 갈피갈피로 찢어졌다 갈라졌다 하여 뒤섞이는 까닭이었다. 칠 년 후에 우연히 만나고 보니 시대의 파도에 농락되어 꿈은 조각조각 사라지고 피차에 그 꼴이었다. 하기는 그나마 무대 배우로 나타난 남죽의 자태에 옛 꿈의 한 조각이 아직도 간당간당 달려 있는 셈인지도 모르나 아담하던 꽃은 벌써 좀먹기 시작한, 그 어딘지 휘줄그러진 한 송이임을 현보는 또렷이 느꼈다.

시간을 보고 찻집을 나와 현보는 남죽을 데리고 큰 거리 백화점으로 향하였다. 준구와 만나자는 약속이었다. 가난한 교사를 졸라댐은 마치 벼룩의 피를 긁어 내리는 격이었으나 그러나 현보로서는 가장 가까운 동무이므로 준구에게 터놓고 남죽의 여비의 주선을 비추어 둔 것이었다.

남죽에게는 지금 '살까 죽을까 문제'가 아니라 〈목격자〉 속의 빈민들에게 거리의 음악이 필요하듯이 고향으로 내려 갈 여비가 필요하였다. 꿈의 마지막 조각까지 부서져 버린 이제 별수없이 고향으로 내려가 몸도 쉬고 마음도 가다듬는 수밖에는 없었다. 고향은 넓은 수성 평야의 한가운데여서 거기에는 형 세죽이 밭을 가꾸고 염소를 기르고 있다는 것이었다.

남편이 한번 놓였다 재차 들어가게 된 후 세죽은 이번에는 고향에다 편편하게 자리를 잡고 서점 대신에 평야의 한복판에서 염소를 기르게 되었다는 것이다. 도회에 지친 남죽에게는 지금 무엇보다도 염소의 젖이 그리웠다. 염소의 젖을 벌떡벌떡 마시고 기운차게 소생됨이 한 가지의 원이었다.

몇십 원의 노자쯤을 동무에게까지 빌기가 현보로서는 보람 없는 노릇이었으나 늘 메말라서 누런 '현대의 악마'와는 인연이 먼 그로서는 하는 수 없는 것이었다. 찻집이라도 경영해 볼까 하다가 아버지에게 호통을 들은 후부터는 돈을 타 쓰기도 불쾌하여서 주머니에는 차 한 잔 값조차 떨어질 때가 있었다.

누구나 다 말하기를 꺼려 하고 적어도 초연한 듯이 보이려고 하는 '돈'의 명제가 요사이 와서는 말하기가 부끄러우리만치 자나깨나 현보의 머리를 차지하게 되었다. 그 '악마'에 대한 절실한 인식은 일종의 용기를 낳아서 부끄러울 것 없이 준구에게 여비 일건을 부탁하고 남죽에게는 고향 언니에게도 간청의 편지를 내도록 천연스럽게 일렀던 것이다. 그러나 막상 휘줄그레한 포라 양복에 땀에 젖은 모자를 쓴 가련한 그를 대하였을 때 현보는 준구에게 그것을 부탁하였던 것을 일순 뉘우쳤다. 휘답답한 그의 꼴이 자기의 꼴과 매일반임을 보았던 까닭이다. 그래도 의젓한 걸음으로 층계를 걸어 올라 식당에 들어가 두 사람에게 자리를 권하고 음식을 분부하고 난 후, 준구는 손수건을 내서 꺼릴 것 없이 얼굴과 가슴의 땀을 한바탕 훔쳐 냈다.

"양해하게. 집에는 아이들이 들끓구 아내는 만삭이 되어서 배가 태산 같은데두 아직 산파도 못 댔네. 다달이 빚쟁이들은 한 두름씩 문간에 와서 왕머구리같이 와글와글 짖어대구…… 어쩌다가 이렇게 됐는지 이제는 벌써 자살의 길밖에는 눈앞에 보이는 것이 없네…… 별수 있던가. 또 교장에게 구구히 사정을 하구 한 장을 간신히 돌려 왔네. 약소해서 미안하나 보태 쓰도록이나 하게."

봉투에 넣고 말고 풀없이 꾸겨진 지전 한 장을 불쑥 집어 내어서 현보의 손에 쥐어 주는 것이다. 현보는 불현듯 가슴이 찌르르하고 눈시울이 뜨거웠다. 손안에 남은 부풀어진 지전과 땀 배인 동무의 손의 체온에 찐득한 우정이 친친 얽혀서 불시에 가슴을 조인 것이다.

남죽은 새삼스럽게 고맙다는 뜻을 표하기도 겸연쩍어서 똑바로 그를 바라보지 못하고 시선을 식탁 위에 떨어뜨린 채 손가락으로 머리카락을 오리오리 매만질 뿐이었다. 낮이 익지도 못한 여자의 앞에서까지 가리울 것 없이 집안 사정 이야기를 터놓고 하지 않으면 안 되는 가난한 시민의 자태가 딱하고 측은하고 용감하여서 그 순간 자리에서 살며시 꺼지고도 싶은 무거운 좌중의 기분이었다.

거리에 나와 준구와 작별한 뒤까지도 현보들은 심사가 몹시 울가망하였다. 현보는 집에 돌아가기가 울적하고 남죽 또한 답답한 숙소에 일찍 들어가기가 싫어서 대중없이 밤거리를 거닐기 시작하였다. 동무가 일껏 구해 준 땀내 나는 돈을 도로 돌릴 수도 없어 그대로 지니기는 하였으나 갖출 것도 있고 하여 여비로는 적어도 그 다섯 갑절이 소용이었다. 현보는 다른 방법을 생각하기로 하고 그 한 장 돈의 운명을 온전히 그날 밤의 발길의 지향에 맡기기로 하였다.

레코오드나 걸고 폭스 트롯이나 마음껏 추어 보았으면 하는 것이 남죽의 청이었으나 거리에는 춤을 출 만한 곳이 없고 현보 자신 춤을 모르는 까닭에 뒷골목을 거닐다가 결국 조촐한 바아에 들어갔다. 솔내 나는 진을 남죽은 사양하지 않고 몇 잔이고 거듭 마셨다. 어느 결에 주량조차 그렇게 늘었나 하고 현보는 놀라고 탄복하였다. 제법 술자리를 잡고 얼굴을 붉게 물들이고 뭇 사내의 시선 속에서 어울려 나가는 솜씨는 상당한 것으로 보였다. 술이 어지간히 돌았는지 체면

불구하고 레코오드에 맞추어 몸을 으쓱거리더니 나중에는 자리를 일어서서 춤의 자세를 하고 발끝으로 달가락달가락 춤을 추는 것이었다.

현보 역시 취흥을 못 이겨 굳이 그를 말리지 않고 현혹한 눈으로 도리어 그의 신기한 재주를 바라볼 뿐이었다. 술은 요술쟁이인지 혹은 춤추는 세상의 도덕은 원래 허랑한 것인지 이해하기 어려운 깃은 맞은편 자리에 앉았던, 아까 남죽의 귀에다 귓속말로 거리의 부랑자 백만장자의 아들이라고 가르쳐 주었던 그 사나이가 성큼 일어서서 남죽에게 춤을 청하는 것이었고 더 이상한 것은 남죽이 즉시 응하여 팔을 겨르고 스텝을 밟기 시작한 것이다. 그것이 춤의 도덕인가 보다고만 하고 현보는 웃는 낯으로 한참이나 바라보고 있었으나 손님들의 비난의 소리 속에서 별안간 여급이 달려와서 춤은 금물이라고 질색하고 두 사람을 가르는 바람에 현보는 문득 정신이 들어서 이 난잡한 꼴에 새삼스럽게 눈썹이 찌푸려졌다. 남죽의 취중의 행동도 지나쳐 허랑한 것이었으나 별안간 나타난 부랑자의 유들유들한 심보가 불현듯이 괘씸하게 느껴져서 주위에 대한 체면과 불쾌한 생각에 책임상 비틀거리는 남죽의 팔을 끌고 즉시 그 자리를 나와 버렸다. 쓸데없이 허튼 곳에 그를 끌어 온 것이 뉘우쳐도 져서 분이 좀체 가라앉지 않았다.

"아무리 부랑자기로 생면부지에 소락소락 — 안된 녀석."

"노여하실 것 없는 것이 춤추는 사람끼리는 춤을 청하는 것이 모욕이 아니라 도리어 존경의 뜻인걸요. 제법 춤의 격식이 익숙하던데요."

 남죽의 항의에는 한마디도 대꾸할 바를 몰랐으나 그러면 그 패씸한 심사는 질투에서 나온 것이었던가! 그렇다면 남죽을 얼마나 사랑하고 있는 셈인가 하고 현보는 자신의 마음을 가지가지로 의심하여 보았다.

 "……참기 싫어요, 견딜 수 없어요—죄수같이 이 벽 속에만 갇혀 있기가. 어서 데려가 주세요, 떼에빗. 이곳을 나갈 수 없으면—이 무서운 배에서 나갈 수 없으면 금방 미칠 것 두 같아요. 집에 데려다 주세요, 떼에빗. 벌써 아무것두 생각할 수 없어요. 추위와 침묵이 머리를 가위같이 누르는걸요. 무서워. 얼른 집에 데려다 주세요."

 남죽은 남죽으로서 딴소리를—듣고 보니 오늘의 〈고래〉의 구절구절을 아직도 취흥에 겨운 목소리로 대로상에서 마치 무대에서와 같은 감정으로 외치는 것이었다. 북극 해상에서 애니가 남편인 선장에게 애원하고 호소하는 그 소리는 그대로가 바로 남죽 자신의 절실한 하소연이기도 하였다.

 "……이런 생활은 나를 죽여요.—이 추위, 무서움. 공기가 나를 협박해요.—이 적막. 가는 날 오는 날 허구한 날 똑같은 회색 하늘. 참을 수 없어요. 미치겠어요. 미치는 것이 손에 잡힐 듯이 알려요. 나를 사랑하거든 제발 집에 데려다 주세요. 원이에요. 데려다 주세요."

 이튿날은 또 하루 목표 없는 지난날의 연속이었다.
 간밤의 무더운 기억도 있고 남죽에게 대한 말끔하게 청산

하지 못한 뒤를 끄는 감정도 남아 있고 하여 현보는 오후도 훨씬 늦어서 남죽을 찾았다. 아직도 눈알이 붉고 정신이 개운하지 못한 남죽의 청을 들어 소풍 겸 강으로 나갔다.

서선 지방의 그 도회는 산도 아름다우려니와 물의 고을이어서 여름 한철이면 강 위에는 배가 흔하게 떴다. 나룻배, 고깃배, 석탄배 외에 지붕을 덩그렇게 단 놀잇배와 보우트와 모터보우트가 강 위를 촘촘하게 덮었다. 놀잇배에서는 노래가 흐르고 춤이 보여서 무르녹은 나무 그림자를 띄운 강 위는 즐거운 유원지로 변한다. 산 너머 저편은 바로 도회에서 생활과 싸움으로 들볶닥거리건만 산 건너 이편은 그와는 별세상인 양 웃음과 노래와 흥이 지천으로 물 위를 흘렀다.

현보와 남죽도 보우트를 세내서 타고 그 속에 한몫 섞이니 시원한 물 세상 사람이 된 듯도 싶었다. 백양나무가 늘어선 위로 흰 구름이 뭉실뭉실 떠서 강 위에서는 능라도 일대의 풍경이 아름다웠다. 현보는 손수 노를 저으면서 물결을 거슬러 올라가 섬께로 향하였다. 속을 헤아릴 수 없는 푸른 물결이 뱃전을 찰싹찰싹 쳤다.

"언니에게서 편지가 왔는데 ― 요새는 염소 젖두 적구 그렇게 쉽게 노자를 구할 수 없다나요."

남죽은 소매 속에서 집어낸 편지를 봉투째 서너 조각으로 쭉쭉 찢더니 물 위에 살며시 띄웠다. 별로 언니를 원망하는 표정도 아니요, 다만 침착한 한마디의 보고였다.

"며칠 동안 카페에 들어가 여급 노릇이나 해서 돈을 벌어 볼까요?"

이 역 원망의 소리가 아니고 침착한 농담으로 들리기는 하였으나 그 어디인지 자포자기의 기색이 보이지 않는 것도 아니었다.

"차차 무슨 방법이든지 있을 텐데 무얼 그리 조급하게 군단 말요."

현보는 당찮은 생각은 당초에 말살시켜 버리려는 듯이 어세가 급하고 퉁명스러웠다. 그러나 고향을 그리는 남죽의 원은 한결같이 절실하였다.

"얼음 속에 갇혀 있으면 추억조차 흐려지나 봐요. 벌써 머언 옛일 같아요······. 지금은 유월, 라일락이 뜰 앞에 한창이고 담 위 장미는 벌써 봉오리가 앉았을걸요."

이것은 남죽이 늘 즐겨서 외이는 〈고래〉 속의 한 구절이었으나 남죽의 대사는 이것으로서 그치는 것이 아니었다. 물 위에 둥둥 떠서 멀리 사라지는 찢어진 편지 조각을 바라보며 남죽의 고향을 그리는 정은 줄기줄기 면면하였다.

"솔골서 시작해서 바다 있는 쪽으로 평야를 꿰뚫은 흰 방축이 바로 마을 앞을 높게 내닫고 있어요. 방축이라니 그렇게 긴 방축이 어디 있겠어요. 포플라나무가 모여 서고 국제 열차가 갈리는 정거장 근처를 지나 바다까지 근 십 리 장간을 일직선으로 뻗쳤는데 인도교와 철교 사이를 거닐기에두 이십 분이나 걸려요. 물 한 방울 없는 모래 개천을 끼고 내달은 넓은 둑은 희고 곧고 깨끗해서 마치 푸른 풀밭에 백묵으로 무한대의 일직선을 그은 것두 같구 둑 양편으론 잔디가 쪽 깔린 속에 쑥이 나고 패랭이꽃이 피어서 저녁해가 짜릿짜

링 쪼이면 메뚜기와 찌르러기가 처량하게 울지요. 풀밭에는 소가 누운 위로 이름 모를 새가 풀 위를 스치면서 얕게 날고 마을로 향한 쪽에는 조, 수수, 옥수수밭이 연하여서 일하는 처녀 아이가 두어 사람씩은 보이죠. 여름 한철이면 조카 아이와 같이 염소를 끌고 그 둑 위를 거닐면서 세월없이 풀을 먹여요. 항구를 떠난 국제 열차가 산모퉁이를 돌아 기적 소리가 길게 벌판을 울려올 때, 풀 먹던 염소는 문득 뿔을 세우고 수염을 드리우고 에헤헤헤헤헤헤하고 새침하게 한바탕 울어대군 해요. 마을 앞의 그 둑을, 고향의 그 벌판을 나는 얼마나 사랑하는지 몰라요. 그리운지 모르겠어요."

남죽의 장황한 고향의 묘사는 무대 위에서와는 또 다르게 고요한 강물 위를 자유롭게 흘러내렸다. 놀잇배에서 흘러나오는 레코오드의 음악이 속된 유행가가 아니고 만약 교향악의 반주였던들 남죽의 대사는 마디마디 아름다운 전원교향악으로 들렸을 것이다. 그의 〈전원교향악〉에 취하였던 것은 아니나 그의 고향에 대한 — 적어도 현재 이외의 생활에 대한 그리운 정이 얼마나 간절한가를 느끼며 현보는 속히 여비를 구해야 할 것을 절실히 생각하면서 능라도와 반월도 사이의 여울로 배를 저어 올렸다. 얕아는 졌으나 센 물살을 거슬러 저으면서 섬에 오를 만한 알맞은 물기슭을 찾았다.

"첫가을이면 송이의 시절 — 좀 있으면 솔골로 풋송이 따라 가는 마을 사람들이 둑 위를 희끗희끗 올라가기 시작하겠어요. 봉곳이 흙을 떠받들고 올라오는 송이를 찾았을 때의 기쁨! 바구니에 듬짓하게 따 가지고 식구들과 함께 둑길을 걸어 내려올 때면 송이의 향기가 전신에 흠뻑 배이지요. 풋송이의 향기 —〈고래〉 속의 라일락의 향기 이상으로 제겐 그리운 것이에요."

듣는 동안에 보지 못한 곳이언만 현보에게도 그의 말하는 고향이 한없이 그리운 것으로 생각되었다. 모래 바닥이 보이는 강가로 배를 몰아 놓고 섬기슭을 잡으려 할 때 배가 몹시 요동하는 바람에 꿈에 잠겼던 남죽은 금시에 정신이 깨인 모양이었다. 백양나무가 늘어선 사이로 새 풀이 우거져서 섬 속은 단걸음에 뛰어 들어가고도 싶게 온통 푸르게 엿보였다. 발을 벗고 물속을 걷기도 귀찮아서 남죽은 뱃전에 올라서서 한걸음에 기슭까지 뛰어 건너려 하였다. 뒤뚝거리는 배를 현보가 뒤에서 붙들기는 하였으나 원체 뭍의 거리가 먼데다가 남죽은 못 미치는 다리에 풀뿌리를 밟은 까닭에 껑청 발을 건너자 배가 급각도로 기울어지며 현보가 위태하다고 느꼈을 순간 풀뿌리에서 미끄러지며 볼 동안에 전신을 물속에 채워 버렸다. 현보가 즉시 신발채로 뛰어들어 그의 몸을 붙들어 일으키기는 하였으나 전신은 물에 빠진 쥐였다. 팔에 걸린 몸이 빨랫짐같이도 차고 무거웠다.

하루의 작정이 흐려지고 섬의 행락이 틀어졌다. 소풍이 지나쳐 목욕이 된 셈이나 물에 빠진 꼴로는 사람들 숲에 섞일 수도 없어 두 사람은 외따로 떨어져 섬 속의 양지를 찾았다. 사람들 엿보지 못하는 호젓한 외딴 곳에서 젖은 옷을 대충 말리는 수밖에는 없었다.

현보는 신과 바지를 벗어서 널고 남죽은 속옷만을 남기고 치마 저고리를 벗어서 양지 쪽 풀밭에 펴놓았다. 차라리 해수욕복이나 입었던들 피차에 과히 야릇한 꼴들은 아니었을 것이나 옷을 반씩들 벗은 이지러진 자태 — 마치 꼬리와 죽지를 뽑히우고 물벼락을 맞은 자웅의 닭과도 같은 허수한 꼴들은 한층 우스운 것이었다. 더구나 팔다리와 어깨를 온전히 드러내고 젖어서 몸에 붙은 속옷 바람으로 풀밭에 선 남죽의 꼴은 더욱 보기 딱한 것이어서 그 자신은 그다지 시스러워 여기지 않음에도 현보는 똑바로 보기 어려워 자주 외면하지 않을 수 없었다.

별수없이 그 꼴 그대로 틀어진 반날을 옷 말리우기에 허비하고 해가 진 후 채 마르지도 못한 축축한 옷을 떨쳐 입고 다시 배를 젓고 내려올 때, 두 사람은 불시에 마주 보고 껄껄껄 웃어댔다. 하루의 이지러진 희극을 즐겁게 끝막으려는 듯 웃음소리는 고요한 저녁 강 위에 낭랑하게 퍼졌다.

그 꼴로 혼자 돌려보내기가 가여워서 현보는 그 길로 남죽의 숙소에 들린 채 처음으로 밤이 이슥할 때까지 같이 지내게 되었다. 뜻속의 것이었던지 혹은 뜻밖의 것이었던지 그날 밤 현보는 또한 남죽과 모든 열정을 주고받았다. 그것은 반드시 한쪽의 치우친 감정의 발작이 아니라 피차의 똑같은 감정의, 말하자면 공동 합작이었으며 그 감정 또한 우연한 돌발적인 것이 아니요 참으로 칠 년 전부터 내려오는 묵고 익은 감정의 합류였다. 늦은 밤거리에 나왔을 때 현보는 찬란한 세상을 겪은 뒤의 커다란 피곤을 일시에 느꼈다.

일이 일인만큼 큰 경험 후에 오는 하루를 현보는 집에 묻힌 채 가지가지 생각에 잠겼다. 묵은 감정의 합류라고는 하더라도 하필 그 시간에 폭발된 것은 이때까지 피차에 감정을 감추고 시험해 왔던 까닭일까. 그런 감정에는 반드시 기회라는 것이 필요한 탓일까 생각하였다. 결국 장구한 시기를 두었다가 알맞은 때를 가늠 보아 피차에 훔쳐 낸 감정에 지나지 않았다. 사랑이라기에는 너무도 어처구니없는 것인지는 모르나 그러나 사랑이 아니라고 할 수도 없는 것이, 비록 미래의 계획이 없는 한 막의 애욕극이었다고는 하더라도 거기에 이르기까지는 오랜 시간의 양해가 있었던 것이라고 생각하였다. 남죽의 마음 또한 그러려니는 생각하면서도 현보는 한편 남자된 욕심으로 남죽의 허랑한 감정을 의심도 하여 보았다. 대체 지난 칠 년 동안의 그에게는 완전히 괄호 안의 비밀인 남죽의 생활이 어떤 내용의 것이었을까 하는 것이었다. 그에게 있어서 간간이 생리의 정리가 필요하듯이 남죽에게도 그것이 필요하지 않았을까?

혹은 한 번쯤은 결혼까지 하였다가 실패하였는지도 모르며 ― 더 가깝게 가령 그와 다시 만나기 전에 친히 지냈던 민삼과는 깊은 관계가 없었을까 하는 생각이 갈피갈피 들었으나 돌이켜 보면 그렇게 그의 결벽하기를 원하는 것은 순전히 자기 자신의 지나친 욕심이며 그것을 희망할 자격은 자기에게는 없다는 것을 느끼게 되었다. 괄호 안의 비밀, 그의 눈에 비치지 않은 부분의 생활은 그의 관계할 바 아니며 다만 그로서는 그에게 보여준 애정만을 달게 여기면 족한 것이라고 결론하면서 그의 애정을 너그럽게 해석하려고 하였다.

값으로 산 애정은 아니었으나 남죽의 처지가 협착한 만큼 현보는 애정에 대한 일종의 책임을 느껴서 그의 여비 일건을 더욱 절실히 생각하게 되었다.

그를 오래도록 붙들어 둘 수 없는 이상 원대로 하루라도 속히 고향에 돌려보내는 것이 애정의 의무일 것같이 생각되었다.

여비를 갖춘 후에 떳떳이 만날 생각으로 그 밤 이후 며칠 동안은 남죽을 찾지 않았다. 여비를 갖춘대야 생판 날탕인 현보에게 버젓한 도리가 있을 리는 없었다. 이미 친한 동무 준구에게 한번 청을 걸어 여의치 못한 이상 다시 말해 볼 만한 알맞은 동무는 없었으며 그렇다고 그의 일신에 돈으로 바꿀 만한 귀중한 물건을 지닌 것도 아니었다.

옳은 길이라고는 생각지 않았으나 별수없이 남은 한 길을 취할 수밖에는 없었다. 진종일을 노리다가 사랑 문갑에서 예금 통장을 집어내기에 성공하였던 것이다. 은행과 조합의 통장이 허다한 속에서 우편예금 통장을 손쉽게 집어내서 도장까지 위조하여 소용의 금액을 감쪽같이 찾아내기는 하였으나 빽빽한 주의 아래에서 그것에 성공하기에는 온 이틀을 허비하였다. 가정에 대한 그 불측한 반역이 마음을 괴롭히지 않는 바도 아니었으나 그만한 희생쯤은 이루어진 애정에 대한 정성과 봉사의 생각으로 닦아 버리려고 생각하였던 것이다.

그 밤 이후 처음으로 만나는데 소용의 금액을 넌지시 내놓음이 받은 애정의 대상을 갖는 것도 같아서 겸연쩍기는 하였으나 그러나 한편 돈을 가진 마음은 즐겁고 넉넉하였다. 마음도 가뿐하고 걸음도 시원스럽게 현보는 오후는 되어서 남죽의 여관을 찾았다.

여관 안은 전체로 감감하고 방에는 남죽의 자태가 보이지 않았다. 원체 아무 세간도 없는 방인 까닭에 텅 빈 방 안을 현보는 자세히 살펴볼 것도 없이 문을 닫고 아마도 놀러 나갔으려니 하고 거리로 나왔다. 찻집과 백화점을 한바퀴 돌고는 밤에 다시 찾기로 하고 우선 집으로 돌아왔을 때 뜻밖에도 남죽의 엽서가 책상 위에 있었다.

연필로 적은 사연이 간단하게 읽혔다.

— 왜 며칠 동안 까딱 오시지 않았어요. 노여운 일이 계세요. 여러 날 폐만 끼친 채 여비가 되었기에 즉시 떠납니다. 아마도 앞으로는 만나 뵙기 조련치 않을 것 같아요. 내내 안녕히 계세요. 남죽 올림. —

돌연한 보고에 현보는 기를 뽑히우고 즉시로 뒷걸음을 쳐서 여관으로 향하였다.

여러 날 안 왔다고 칭원稱冤을 하면서 무슨 까닭에 그렇게도 무심하고 급작스럽게 떠나 버렸을까? 여비라니 다따가 오십 원의 여비를 대체 어떻게 해서 구하였을까? 짜장 며칠 동안 카페 여급 노릇이라도 한 것일까 — 여러 가지로 생각하면서 여관에 이르러 다시 방문을 열어 보았을 때 아까와 마찬가지로 텅 빈 것이었으나 그런 줄 알고 보니 사실 구석에 가방조차 없었다. 경솔한 부주의를 내책하면서 그제서야 곡절을 물어 보려 안문을 들어서서 주인을 찾았다.
궂은 일을 하던 노파는 치맛자락으로 손을 훔치면서 한마디 불어대고 싶은 듯도 한 눈치로 뜰 안에 나서며 간밤에 부랴부랴 거둬 가지고 떠났다는 소식을 첫마디에 이르고는 뒤슬뒤슬 속있는 웃음을 띄웠다.
"그게 대체 여배우요, 여학생이요? 신식 여자들은 겉만 보군 알 수가 없으니."
무슨 소리를 하려는 수작인고 하고 그다지 반갑지는 않았으나 현보는 잠자코 있을 수만 없어서,
"여학생으로두 보입디까?"
되려 한마디 반문하였다.
"그럼 여배우군. 어쩐지 행동거지가 보통이 아니야. 아무리 시체 여학생이기루 학생의 처신머리가 그럴까 했더니 그게 여배우구료."
"행동이 어쨌단 말요."
"하긴 여배우는 거반 그렇답디다만."
말이 시끄러워질 눈치여서 현보는 귀치않은 생각에 말미를 돌렸다.
"식비는 다 치렀나요."
그러나 그 한마디가 도리어 풀숲의 뱀을 쑤신 셈이었다. 노파의 말주머니는 막았던 봇살같이 한꺼번에 터져 나오기 시작하였다.
"식비 여부가 있겠수. 푸른 지전이 지갑 속에 불룩하던데. 수단두 능란은 하련만 백만장자의 자식을 척척 끌어들이는

걸 보문 여간내기가 아닌 한다 하는 난군입디다. 그런 줄 알구 그랬는지 아마두 첫눈에 후려 낸 눈친데 하룻밤 정을 줘두 부자 자식이 좋기는 좋거든. 맨숭한 날탕이던 것이 하룻밤 새에 지전이 불룩하게 쓸어든단 말요. 격이 되기는 됐어. 하룻밤을 지냈을 뿐 이튿날루 살랑 떠난단 말요."
 청천의 벼락이었다. 놀랍고 어처구니가 없어서 노파의 입을 쥐어박고도 싶었으나 그러나 실성한 노파가 아닌 이상 거짓말도 아닐 것이어서 현보는 다만 벌렸던 입을 다물 수 없었다.
 "백만 장자의 자식이라니 누 누구란 말요?"
 아마도 말소리가 모르는 결에 떨렸던 성싶었다.
 "모르시오? 김 장로의 아들 말이외다. 부랑자루 유명한⋯⋯."
 현보는 아찔해지며 골이 핑 돌았다.
 더 물을 것도 없고 흉측한 노파의 꼴조차가 불현듯이 보기 싫어져서 뒤도 돌아보지 않고 허둥허둥 여관을 나와 버렸다.
 '그것이 여비의 출처였던가.'
 모르는 결에 입술이 찡그려지며 제 스스로를 비웃는 웃음이 흘러 나왔다.
 김 장로의 아들이라면 며칠 전 바아에서 돌연히 남죽에게 춤을 청한 놈팡이인데 어느 결에 그렇게 쉽게 교섭이 되었던가. 설사 여비를 구하기 위한 수단이라고 하더라도 어둠의 여자와 다를 바가 무엇인가 생각할 때 무서운 생각에 전신에 소름이 쭉 돋으며 허적허적 꼬이는 다리에 그 자리에 쓰러져 울고도 싶었다.

남죽은 그렇게까지 변하였던가. 과거 칠 년 동안의 괄호 속의 비밀까지가 한꺼번에 눈앞에 보이는 듯하여 현보는 속았다는 생각만이 한결같이 들어 온전히 제 정신 없이 거리를 더듬었다.

우울하고 불쾌하고 ― 미칠 듯도 한 며칠이었다. 칠 년 전부터 남죽을 알아 온 것을 뉘우치고 극단이고 무엇이고를 조직하려고 한 것조차 원 되었다. 속히운 것은 비단 마음뿐이 아니고 육체까지임을 알았을 때 현보는 참으로 미칠 듯도 한 심정이었던 것이다.

육체의 일부에 돌연히 변조가 생기기 시작한 것은 다음날부터였으나 첫 경험인 현보는 다따가의 변화에 하늘이 뒤집힌 듯이나 놀랐고 첫째 그 생리적 고통은 견딜 수 없이 큰 것이었다. 몸에는 추잡한 병증이 생기며 용변할 때의 괴로움이란 살을 찢는 듯도 하여 이루 헤아릴 수 없었다. 세상에서 흔히 말하는 병이 바로 이것인가 보다고 즉시 깨우치기는 하였으나 부끄러운 마음에 대뜸은 병원에도 못 가고 우선 매약점에를 들렀다가 하는 수 없이 그 길로 의사를 찾았다. 진찰의 결과는 예측과 영락없이 들어맞아서 별수없이 의사의 앞에서 눈을 감고 부끄러운 치료를 받기 시작하면서 찡그린 마음속에는 한결같이 남죽의 자태가 떠올랐다.

마음과 몸을 한꺼번에 속인 셈이나 남죽은 대체 그런 줄을 알았던가 몰랐던가.

처음에는 감격하고 고맙게 여겼던 애정이었으나 그렇게 된 결과로 보면 일종의 애욕의 사기로밖에는 생각되지 않았다. 칠팔 년 전 건강하고 아름다운 꿈으로 시작되었던 남죽의 생애가 그렇게 쉽게 병들고 상할 줄은 짐작도 할 수 없었던 것이다. 굳건한 꿈의 주인공이 칠 년 후 한다 하는 밤의 선수로 밀려 떨어질 줄은 생각할 수 없었던 것이다. 아담하던 꽃은 좀이 먹었을 뿐이 아니라 함빡 병들어 상하기 시작하지 않았던가.

책점 대중원 뒷방에서 겨울이면 화롯전을 끼고 앉아서 독서에 열중하다가 이론 투쟁을 한다고 아무나 붙들고 채 삭이지도 못한 이론으로 함부로 후려대다가는 이튿날로 학교의 사건을 지도한다고 조금 출출한 동무들이면 모조리 방에 끌어다가는 이론과 토의가 자자하던 칠 년 전의 남죽의 옛일을 생각할 때 현보는 금할 수 없는 감회에 잠기며 잠시는 자기 몸의 괴로움도 잊어버리고 오늘의 남죽을 원망하느니보다는 그의 자태를 측은히 여기는 마음이 끝없이 솟았다.

어린 꿈의 자라 가는 길은 여러 갈래일 것이나 그 허다한 실례 속에서 현보는 공교롭게도 남죽에게서 가장 측은하고 빗나간 한 장의 표본을 본 듯도 하여서 우울하기 짝이 없었다.

부정한 수단을 써 가면서까지 여비로 만든 오십 원 돈이 뜻밖에도 망칙한 치료비로 쓰이게 된 것을 생각하고 그 돈의 기구한 운명을 저주하면서 답답한 마음에 현보는 그날 밤 초

저녁부터 바아에 들어가 잠겼다. 거기에서 또한 우연히도 문제거리의 부랑자 김 장로의 아들을 한자리에서 마주치게 된 것은 얼마나 뼈저린 비꼬움이었던가. 반지르르하면서도 유들유들한 그 꼬락서니가 언제 보아도 불쾌하고 노여운 것이었으나 그러나 남죽 자신의 뜻으로 된 일이었다면 그도 하는 수 없는 노릇이며 무엇보다도 그 당장에 그 녀석을 한 대 먹여서 꼬꾸라뜨릴 만한 용기와 힘 없음이 현보에게는 슬펐다. 녀석도 또한 그 자리로 현보임을 알아차리고 가소로운 것은 제 술잔을 가지고 일부러 현보의 탁자에 와 마주 앉으며 알지 못할 웃음을 띠는 것이다.
"이왕 마주 앉았으니 술이나 같이 듭시다."
어느 결엔지 여급에게 분부하여 현보의 잔에도 술을 따르게 하였다. 희고 맑은 그 양주가 향기로 보아 솔내 나는 진인 것이 바로 그 밤과 같은 것이어서 이 또한 우연한 비꼬움으로밖에는 생각되지 않았다.
"……이렇게 된 바에 무엇을 속이겠소. 터놓고 말이지 사실 내겐 비싼 흥정이었소. 자랑이 아니라 나도 그 길엔 상당히 밝기는 하나 설마 그런 흠이 있을 줄이야 뉘 알았겠소. 온전히 홀리운 셈이지. 그까짓 지갑쯤 털리운 거야 아까울 것 없지만 몸이 괴로와 못 견디겠단 말요. 허구한 날 병원에만 댕기기두 창피하구, 맥주가 직효라기에 날마다 와서 켰으나 이 몸이 언제나 개운해질는지……."
술잔을 내놓고는 얼굴을 찡그리고 쓴웃음을 띠우는 것을 보고는 녀석을 해낼 수도 없고 맞장구를 칠 수도 없어서 현

장미 병들다 95

보는 얼떨떨할 뿐이었다.

"당신도 별수없이 나와 동류항일 거요. 동류항끼리 마음을 헤치구 하룻밤 먹어 봅시다그려."

하면서 굳이 술잔을 권하는 것이다.

현보는 녀석의 면상에 잔을 던지고 그 자리를 일어나고도 싶었으나 — 실상은 웃지도 못하고 울지도 못할 난처한 표정으로 그 자리에 빠져 앉아 있을 수밖에는 없었다.

(1938년)

황제

……어둡다 요란하다 우뢰 소리 번갯불 바람은 천지를 쓸어 가련 건가 구름은 우주를 뭉개 버리련 건가 파도 소리 저 파도 소리 절벽을 물어 뜯는 저놈의 파도 소리 수십 길 절벽을 뛰어넘어 이 집을 쓸어가려는 듯 차라리 쓸어가 버려라 집까지 섬까지 한 모금에 삼켜 버려라 오늘은 어인 일고 아침부터 이 바람 소리 파도 소리 오월이라 며칠이냐 날짜조차 까마아득 내 세월을 잊고 지낸 지 오래거니 이 외로운 섬에서 롱웃의 쓸쓸한 언덕에서 세월을 잊은 지 오 년이라 육 년이라 지내 온 세상일이 벌써 등뒤에 아득하게 멀구나 자연이 무심할쏘냐 그대만이 나를 알아주누나 내 마지막을 일러주누나 오늘의 그대의 이 뜻을 내 모를 바 아니요 이 어두운 천지의 조화와 부질없는 대서양의 파도 소리가 무엇을 재촉하는지를 내 모를 바 아니다 오늘이 올 것을 마음속에 생각하고 있었고 기다리고 있었다 며칠 전에 섬 위로 쏜살같이 혜

성이 떨어짐을 내 보았으니 옛적 시이저가 세상을 떠날 때 떨어지던 그 혜성이 섬에 떨어짐을 보았으니 내 무엇을 모르랴 그러나 내 무엇을 겁내랴 '광야의 사자'인 내 감히 무엇을 겁내랴 차라리 이 불측한 곳을 한시바삐 떠나구 싶다 이 무례한 고장을 얼른 떠나고 싶다.

해발 이천 척의 언덕 위에 덩그렇게 올려놓은 이 나무집 병영으로 쓰이던 낡은 집 일 년이면 아홉 달은 바람과 비에 눅어지고 나머지 석 달은 복닥더위에 배겨 낼 수 없는 오랑캐땅 땡볕과 바람 속에서는 초목 한 포기 옳게 자란단 말인가 자연의 정취는커녕 말동무조차 없는 열대의 이 호지 — 사람을 죽이는 땅이다 꽃 시들어 버리는 땅이다 나를 이곳으로 귀양 보낸 건 필연코 피트의 뜻이렷다 무더운 바람으로 사람을 죽이자는 셈 템즈 강가에 사는 그 불측한 놈들이 아니고는 이런 잔인 무도한 짓은 못 할 것이다 나를 학살함은 영국의 귀족 정치이다 영국놈같이 포악무도한 인종이 세상에 있을까 내게 처음부터 거역한 그놈들 내 평생에 파멸을 인도한 것도 그놈들 그놈들에 대한 원한은 골수에 젖어들어 자나 깨나 잊을 날이 없다 불측하고 무례한 허드슨 로오 — 이런 놈에게 나를 맡기는 행사부터가 글렀지 이놈은 사람의 예를 분별하지 못하는 놈이야 이만 파운드의 연액을 팔천 파운드로 깎다니 음식을 옳게 가져온단 말인가 신문과 잡지를 보인단 말인가 시종들과의 거래를 금하고 구라파로 보내는 편지를 몰수해 버리구 그 즐기는 승마까지를 금하는 모두가 로오의 짓 불측한 영국놈의 짓 나와 사귐이 깊다구 시의 오

메아라를 쫓고 라카아스를 쫓고 구울고오드를 멀리한 것도 그놈의 소위 내 기르는 시종들을 위해 지니고 왔던 그릇까지를 팔게 한 것도 그놈의 짓인 것이다 그러나 참을 수 없는 한 가지의 모욕은 — 나더러 장군 보나파르트라구 내 일찍이 이런 모욕을 받아 본 일이 없으니 분수를 모르고 천리를 그르치는 놈이지 장군 보나파르트라니 영국놈이 무엇이라구 하든지 간에 나는 황제 나폴레옹이다 황제인 것이다 지금에도 변함없는 황제인 것이다 천년 만년에 한 사람 태어나는 뭇 별 중에서 제일로 빛나는 제왕성 황제로 태어나 황제로 끝을 막는 것이다 코르시카의 집안에 태어난 가난뱅이 귀족의 후예가 아닌 것이다 잠시 그 집의 문을 빌렸을 뿐 천칠백육십구년 팔월 십오일 — 이날은 세상의 뭇 백성이 영원히 기억해 두어야 할 날 이 마리아 승천절날 태후 레티사 나를 탄생하시매 침대 요 위에는 시이저와 알렉산더의 초상이 있어 스스로 제왕의 선언을 해주다 천팔백삼년 오월 십팔일 백성들은 드디어 내 제왕의 몸임을 발견하고 황제로 받들었다 원로원은 공화제를 폐지하고 전국민의 뜻 삼백오십칠만 이천삼백이십구 표의 투표로써 황제로 추대하매 로마에서는 법왕이 대관식을 거행하러 몸소 파리로 왔고 십이월 이일 튜일러리 왕궁에서 노트르담으로 이르는 십오 리 장간의 길을 보병이 늘어서고 일만의 기병이 팔두마차의 전후를 삼엄하게 경계하는 속으로 위풍이 당당하게 거동할 때 연도의 군중은 수백만 은은한 축하의 포성과 백성들의 기쁨의 부르짖음으로 파리의 시가는 한바탕 뒤집힐 듯 그 귀한 날을 얼마나 축복

했던고 내 죠세핀과 함께 노트르담에 이르자 나선형의 스물한 층의 층계 그 위에는 진홍빛 융합을 둘러친 옥좌가 놓여 내 그날 있기를 기다리지 않았던가 죠세핀과 함께 층계를 올라가 옥좌에 나란히 걸치매 문무백관 시종과 시녀 엄숙히 읍하고 있는 속으로 삼백 명으로 된 합창대의 찬송가가 궁을 떠들어갈 듯 장엄하게 울려올 때 백성들은 비로소 그들의 황제를 찾아내인 것이다 내 마음 기쁘고 만족해서 몸에 소름이 치고 가슴에 감격이 넘치다 법왕이 왕관을 받들고 내 앞에 나오매 내 그것을 받아 가지고 하늘의 주 내게 이것을 보내다 나 이외에 아무도 감히 이것을 다칠 수 없도다 외치고 스스로 머리에 얹고 이어 죠세핀에게도 손수 국모의 관을 이어주었으니 이것으로써 구라파에 새로운 천지가 탄생되었고 주가 황제로서 나를 땅 위에 보냈음이 인류의 역사와 함께 영원히 지울 수 없이 하늘과 땅과 인류의 마음속에 새겨진 것이다 이날부터 한 달 동안 불란서의 천지는 뒤집힐 듯 상하 축하의 잔치에 정신이 없었고 해를 넘어 오월 밀라노에 거동해 이태리 왕위에 오르고 리그리아 공화국와 시스알비나 왕국을 합쳤으니 나는 불란서뿐이 아니라 전 구라파 천지에 군림하게 되었다. 구라파의 황제의 위에 오른 것이다 군소의 뭇 토끼들이 사자의 앞에 숨이나 크게 쉬었으랴 내 위엄 앞에서 구라파는 떨고 겁내고 정신을 잃었다 불측한 것이 영국 내 위를 소홀히 하고 예를 잃고 거역하고 끝까지 화살을 던져 온 발칙한 백성 — 바다 건너 이 섬나라를 내 어찌다 원망하고 저주하리 내 황제임을 거역하고 배반하는 분수를 모르고 천리를 그르친 백성들이지 장군 보나파르트라니 그놈들이 무엇이라구 하든지 간에 나는 황제 나폴레옹이다 황제인 것이다 영원히 ― 지금에도 변함없는 황제인 것이다. 섬에서 병을 얻은 지 이태 몸 고달프고 마음 어지러워 전지 소풍을 원하나 목석 같은 악한 로오는 종시 들어주지 않는다. 내 목숨이 진한 후 유골이나마 사랑하는 불란서 세느 강 언덕에 묻어 주기를 원하나 이 역 그 무도한 백성이 들어줄 것 같지는 않다 백만의 군졸을 거느리고 구라파의 천지를 뒤흔들던 이 내 힘으로 이제 한 사람의 냉혈한 로오의 뜻을 휘이지 못함은 어인 일고 내게 왕관을 보내고 황제로 택하신 주여 이제 내게 영광을 거절하고 욕을 줌은 어인 일고 원하노니 그 뜻을 말하소 우주의 비밀을 말하소 하늘의 조화를 말하소 그대의 뜻이 무엇을 원하고 무엇을 기하관대 인간사를 이렇게 섭리하는고 영광은 오래 가지 말란 건가 기쁨은 물거품같이 꺼지란 건가 '영원'의 법칙은 공평되지 못하단 건가 변화와 무상이 우주의 원리란 말가 주 그대에게도 미움이 있고 질투가 있단 말인가 사랑이 지극하듯 미움도 지극하단 말인가 천재를 만들고 이를 질투하듯 영웅을 낳아 놓고 이를 질투한단 말가 원하노니 비밀을 말하소 조화를 말하소 내 그대의 뜻을 몰라 얼마나 마음 어지럽고 몸 고달프게 이 날 이 마지막 시간까지 의심과 의혹의 세상을 헤매임을 안다면 내게 말하소…… 나무와 무명으로 엮어 놓은 이 낡은 침대 ― 이것이 황제의 침대여야 옳단 말가 진홍빛 용합은 못 둘러칠지언정 황제의 몸을 용납하기에 족한 것이어야 할 것을 이 나무와 무명의 침대는 어인 일고 주여 그대도 보았으리니 무도한 로오의 인색함에 못 견디어 지난 겨울 한 대의 침대를 도끼로 쪼개어 불을 피우고 추위를 막지 않았던가 둘밖에 없는 창에는 검은 무명 휘장이 치었으니 황제의 거실의 치장이 이것으로 족하단 말가 창틈으로는 구름이 엿보고 빗발이 치고 바람이 새어 드니 이것으로 제왕의 품위를 보존하기에 족하단 말가 병에는 벌써 한 방울의 포도주도 없고나 이것도 인색한 로오의 짓 날마다의 포도주의 분량을 덜어 버린 것이다. 우리 안의 짐승에게 던져 주는 음식의 분량같이 일정한 분량을 제 마음대로 정한 것이다 왕을 대접하는 도리가 이것이다 이곳은 왕이 살되 왕이 살 곳이 아니며 전부 야인의 거처하는 곳도 이보다는 나으렷다. 왕을 이같이 무시하는 자 그들이 옳을 리가 없으며 그 어느 때 천벌이 없을 건가 불란서 백성이 조석으로 전전긍긍 외이고 복종하던 윤리 문답에 비추이면 그들은 응당 지옥가음이다 ― "우리들의 황제에 대한 의무를 결하는 자는 사도 바울에 의하면 주께서 결정한 율법을 물리치는 자로서 영원의 지옥에 빠질 것이니라."

생각나는 건 지나간 영광의 나날 ― 튜일러리 궁중의 생활 ― 궁전은 화려하고 장엄한 설비와 치장을 베풀었으나 내 자신의 생활은 검박해서 말 한 필과 일 년에 일천이백 프랑만 있으면 유쾌하게 지낼 수 있음을 입버릇같이 외이면서 그러나 주위는 될 수 있는 대로 화려하게 해서 제왕으로서의 위엄을 보이고 조화를 지니기에 넉넉한 것이었다 평생 네 시간

이상을 자본 일이 없는 나는 오전 일곱시면 반드시 기침해 시의 콜비사알의 건강 진단을 받고 다음에 목욕 — 목욕은 가장 즐겨하는 것 끝나면 솔로 전신 마찰을 하고 수염을 밀고 아홉시에 예복을 입고 등각 대신 이하 문무백관 열람식을 마치고 아침 식사 포도주와 코오피 한 잔씩을 마시고 나면 하루의 정사가 시작된다 비서 부우리엔이나 마느발이나 펜을 데리고 서재나 국무원에서 국가 경륜의 대책을 초잡고 궁리하고 의논하고 만찬 후에는 죠세핀의 방에서 무도회 — 내 침실을 지키는 건 여섯 사람 이웃방에 롱스탕이 숙직 그 다음 방에 시종 두 사람 사환 두 사람 마부 한 사람의 여섯 사람 — 말메에송 별장에서의 죠세핀과의 즐거운 생활의 가지가지 죠세핀의 일 년 세액은 삼백만 프랑 의복 칠백 벌 모자 이백오십 보석 일천만 프랑 화장의 비용 삼천 프랑 그의 곁을 모시는 여관 백 명 — 그러나 이것도 루이 십육세의 왕후 마리 앙토아넷의 생활에 비기면 검박하기 짝없는 것 — 모든 범절이 질소하면서도 늠름한 위풍을 보인 것이 튜일러리 궁중의 생활이었다 백성들은 내 작정한 윤리 문답을 알뜰히 외우고는 나 황제에 대한 의무를 추상같이 엄하게 여겼다.

  기독교도는 그들을 통치하는 뭇 군주에게 특히 우리들의 황제 나폴레옹 일세에 대해서 바쳐야 할 것은 사랑 공경 순종 충성 병역의 의무와 제국급 그의 제위를 유지하고 옹호함에 필요한 세금 이것이다 우리로 하여금 특히 우리들의 황제 나폴레옹 일세와 연결시키는 동기는 무릇 그야말로 국가 다난의 시대를 당하여 우리들의 선조의 신성한 종교의 일반적

숭배를 부활시키고 그 보호자를 삼기 위해 주께서 특히 선택하신 사람 그 심원하고 활동적인 지혜로 백성의 질서를 회복하고 그것을 유지한 사람 그 위풍 있는 수단과 힘으로써 국가를 옹호한 사람 그리고 전 가톨릭 교회의 수장인 법왕에게서 성별을 받고 주께서 도유塗油를 받은 사람인 까닭이므로니라.

그러나 그러면서도 내게는 한 가지 불만이 있었던 것이다 비록 그 최고의 선택된 자리에 있기는 하나 시대가 시대라 내 하늘의 아들이니라고는 자칭할 수 없었던 것이다 알렉산더는 동방을 정복하고 스스로 제우스의 아들이라고 선언했을 때 그의 모 아틴파스 그의 스승 아리스토텔레스와 아테네의 학자들을 제외하고는 동방의 모든 백성이 그것을 믿었다 그러나 그것은 옛일 지금엔 벌써 내 스스로 제우스의 아들이라고 일컬을 수는 없다 이것이 나의 불만이라면 불만이었다 하늘의 아들 못 되는 불만이지 황제로서의 불만은 아니다 알렉산더와 시이저를 넘던 그 내 위풍 해같이 빛나고 바람같이 세차고 힘 산을 뽑고 뜻 세상을 덮고 나는 새까지 떨어뜨리던 그 위엄과 세력 지금 어디메 갔느뇨 그 십 년의 영화와 이십 년의 과거가 하룻밤 꿈이런가 한 장의 요술이런가 꿈과 요술이 잠시 이 몸을 빌어서 나타난 것인가 요술을 받을 때의 몸과 지금의 이 몸이 다른 건가 지금의 이 머리 바로 이 위에 왕관이 오르지 않았던가 이 입으로 삼군을 호령하지 않았던가 이 팔로 이 주먹으로 장검을 휘두르지 않았던가 이 몸이 튜일러리 궁전 용상에 오르지 않았던가 그 몸과 이 몸이 다른 것인가 지금 이 몸은 이 살은 이건 허수아비인가 모르겠노라 비밀의 문 내게 닫혀졌고 세상이 내게 어둡도다 섬의 날은 음산하고 대서양의 바람은 차다 사면을 둘러싼 망망한 바다 가이없는 그 너머를 바라볼 때 마음 차지고 눈이 아득하다 그 바다 너머로 하루 한시라도 마음 달리지 않은 적 있었던가 달과 함께 바람과 함께 파도를 넘어서 항상 달리는 곳은 바다 저쪽 몸은 이곳에 있어도 마음은 그곳에 하루에도 몇 차례씩 억만 리 길을 쏜살같이 달려 다뉴브 강 언덕을 피라밋 기슭을 이태리의 벌판을 눈 쌓인 아라사의 광야를 헤매이다 번개같이 파리의 교외로 달리다가는 금시에 코르시카의 강산으로 날으다 나를 길러 준 보금자리 그리운 코르시카의 강산 고향인 아야쑈 항구 따뜻한 어머니의 애정 — 아니 태후 레티사 — 아니 어머니 — 태후이든 무엇이든 어머니임에 틀림없다 태후라느니보다는 나는 지금 어머니라고 부르고 싶은 것이 음산하고 황량한 이 섬 속에서는 어머니라고 부르는 것이 정다운 것이다 쓸쓸하고 쓰라린 속에서 제일 많이 생각나는 것은 어머니의 자태 어머니의 애정 그의 품은 결국 내 영원한 고향이다.

옛적의 장군 흘레펠네스는 여자를 멸시하고 어머니를 무시했으나 그릇된 망상 예수도 어머니에게서 난 아들 알렉산더 시이저도 어머니가 있은 후에 생긴 몸 내게도 어머니가 있음은 치욕이 아니요 영광이다 인자하고 용감스런 여걸인 어머니 조국 코르시카의 독립과 혁명을 위해서는 그의 뛰는 심장 아래에 나를 밴 채 손에 칼을 들고 출진하지 않았던가 일찍이 내게 가르치기를 사람의 앞에 굴하지 말라 다만 주 앞에만 머리를 숙이라고 — 나는 평생에 사람 앞에 머리를 숙인 적이 없다 — 단 한 번 숙인 일이 있다면 천칠백팔십오년 열일곱 살 때 라페엘 연대에 불란서 주둔병 포병 소위로 승급되었을 때 월급은 근근 사십 원 가난뱅이 사관같이 해먹기 어려운 노릇은 없어서 사교계에 나서야 된다 몸치장을 해야 한다 양복도 사야 하구 장화도 맞춰야 하구 하는 수 없이 양복 장수에게 한 번 머리를 숙인 일 — 이것이 전무 후무 단 한 번의 굴복이었다 굴복이라느니보다는 생각하면 즐거운 추억의 한 토막 — 조그만 추억의 실마리에도 어머니의 기개와 품격이 서러워서 그를 그리는 회포 더욱 간절하구나 어머니는 내게 허다한 진리와 모범을 드리웠고 나는 과거의 모든 것을 전혀 그에게서 힘입었다 어머니는 내 영광의 보금자리요 마음의 고향 낯설은 타향에 부대끼는 고달픈 마음에 서리우는 향수 — 그것은 어머니에게로 향하는 회포이기도 하다.

고향 — 마음의 고향이라면 어머니의 다음에 그리운 것은 역시 죠세핀 무어니 무어니 해도 내게는 잊을 수 없는 여자이다 무슨 소문을 내고 어떤 풍문을 흘렸던 간에 점차 나를 정성껏 사랑했음은 사실이며 나 역시 그를 영원히 잊을 수 없다 아름답고 요염한 걸물 세상이 넓다 해도 그에게 비길 여자 없다 내게 행복을 준 것은 죠세핀 바로 그대 잊기나 할소냐 파리의 혁명이 지나 폭동을 진정시킨 후 파리 주둔병 사령관의 임명을 받자 즉시로 시민들의 무기를 압수했을 때 그 속에 한 자루의 피 묻은 칼이 있었으니 그것이 그대와 나와의 인연을 맺어 줄 줄야 꿈엔들 생각했으랴 하룻날 유우젠이라는 소년이 와서 돌아간 아버지의 유검이라고 그것을 원한다 단두대의 이슬로 꺼져 버린 지롱드 당의 지사 보오알제에의 유검이었던 것이다 비록 원수의 사이라고는 해도 소년의 자태가 가엾어서 칼을 내주매 어린 마음에 감격되어 그 자리로 눈물을 흘리더니 이튿날 내 호의를 사례하러 찾아온 것이 보오알제의 미망인 삼십 전후의 죠세핀이었던 것이다 유분으로 얼굴을 치장하지는 않았어도 그 초초하고 검박한 근심에 싸인 자태가 스물일곱 살의 내 마음을 흠뻑 당겼다 사교계에서 거듭 만나는 동안에 마음이 작정한 바 있어 천칠백구십육년 삼월 십구일 바라아의 알선으로 드디어 결혼해 버렸다 왕위에 올라 내 손에서 여왕의 관을 받을 때까지 그의 행실이 어쨌든지 간에 내게는 조강의 아내였고 왕위에 오른 후부터 내게 대한 사랑이 더욱 극진해 갔음을 나는 안다 튜일러리 궁전에서 혹은 말메에송의 별장에서 가지가지 즐거운 추억의 씨를 뿌려 주었다 흡사 수풀 속의 샘물 같아서 길어 내고 길어 내도 다하지 않는 그런 야릇한 매력을 가진 그였다 확실히 그는 여걸이요 천재였다 내가 그를 이혼한 것은 그에게 대한 사랑이 진한 까닭이 아니었고 자나깨나 마음 속에서 서리워 오는 위대한 욕망 채우지 않고는 견딜 수 없는 원—이것이 나로 하여금 그를 버리게 했다.

　불란서의 이익을 위해서 그에게 대한 애정을 베어 버리지 않으면 안 되었던 것이다 왕위를 이으려면 왕자가 필요한 것이나 죠세핀에게 그것을 바랄 수 없음은 그나 내나 다 같이 아는 바 드디어 죠세핀이여 그대 내 뜻을 굽히지 말라고 원했을 때 그는 슬픔과 절망을 못 이겨 그 자리에서 기절을 했것다 보오알제에의 유자 올탕과 유우젠이 어미를 위로해 주었것다 천팔백구년 십이월 십오일 이혼식을 거행한 후 몇 달 장간을 울어서 그는 눈이 보이지 않았더라고 내 엘바 섬에 흐르는 날 병석에 누운 것이 종시 못 일어나고 오월 삼십일 내 초상을 부둥켜안고 마지막 작별을 하고 그날 저녁으로 세상을 버렸다는 것이다 가엾다 나를 얼마나 원망하고 저주했을까 그러나 그의 자태가 내 마음속에 이렇게 생생하게 지금껏 살아 있는 이상 마지막까지 마음의 고통이 삐지 않았고 사랑의 실마리가 얽혀 있음은 사실 그에게 비길 여자는 없다 내게 행복을 준 것은 그대 죠세핀이었던 것이다 이제 특히 그대에게 대한 생각이 간절함은 그 까닭이다 그대의 뒤를 이어서 황후로 등극한 오지리의 공주 마리 루이즈 — 이를 맞이한 것은 비록 정책에서 온 것이라고는 하더라도 당시에 백성들이 상심하고 통탄히 여겼던 것같이 나의 큰 실책이요 만려의 일실이었던가.

그 후의 정사에 어떤 변동이 생기고 역사가 어떻게 변했든지 간에 나는 아무도 모르는 루이즈의 여자로서의 면을 아는 것이다 이것이 내게는 가깝고 친밀하고 귀중한 것도 된다 당시 열여덟 살 건강하고 혈색이 좋고 무엇보다도 내 마음을 당긴 것은 그 푸른 눈 하늘빛같이 푸른 눈 품성이 냉정은 하나 그다지 억센 편은 아니어서 적국의 공주이면서도 불란서에 들어서는 역시 불란서 사람 내 아내로서 원망도 분함도 잊어버리고 원만한 부부의 사이였던 것이다 죠세핀만큼 다정하지는 못하나 남편을 섬기는 도리는 극진해서 부부 생활로 볼 때 나는 그를 죠세핀보다 얕게 칠 수는 없다 여자란 쪼개 보고 헤쳐 보면 다 같은 것 그에게 비록 죠세핀의 재기가 없고 프러시아 왕후 루이제의 고상한 이상은 없었다고 해도 단순한 여자로서의 일면에 있어서는 그들과 같은 것 나는 내 황후에게서 그 여자의 면을 구하면 되었지 그 이상의 것은 도시 귀찮은 것 이 점에서 나는 그를 죠세핀과 같은 정도로 사랑할 수 있었고 지금에도 역시 내 황후임에는 틀림없어 가장 먼저 생각나는 것은 그이다.

  지금 어디에서 어떻게 하고 있을 것인고 나의 가장 가까운 가족인 그가 나의 유일의 황자 프랑소와 죠셉을 데리고 어디서 어떻게 하고 있을 것인가 가장 궁금한 것이 그것이다 지리 멸렬하게 찢어진 내 생애의 파멸의 마지막 걸음에서 가장 생각나고 원하는 것은 일가의 단란이다 황제라고 해도 영웅이라고 해도 그에게 항상 필요한 것은 이 단란 여기에 산 보람이 있고 인생의 기쁨이 있는 것이 아닌가 조물주나 악마만이 혼자 살 수 있는 것이요 사람은 단란 속에 살라는 마련이다 반생 동안 단란을 무시하고 버려 온 내게 이제 간절히 생각나는 건 그것이다 이것도 인과의 장난인가 조물주의 내게 대한 복수인가 무엇이든 간에 내 지금 간절히 생각나는 건 루이즈와 죠셉의 일신 편지가 끊어지고 소식조차 아득하니 마음 더욱 안타깝다 영국놈 로오 그 불측한 놈이 편지조차 허락지 않는다 도척에겐들 한 줄기의 눈물이 있지 녀석은 악마이다 지옥의 악마이다 인면을 쓴 악마인 것이다 죠셉이여 루이즈여 죠세핀이여 어머니와 함께 내 그대들을 생각할 때마다 철벽 같은 이 가슴속에도 눈물이 어리누나 구름이 막히누나 죠세핀이여 루이즈여 — 도합 일곱 사람의 여인이여 이제 그대들의 자태가 무엇보다도 먼저 선명하게 차례차례로 떠오름은 이 어인 일고 그대들을 생각할 때 나는 황제도 아니요 영웅도 아니요 한 사람의 범상한 지아비요 그것으로써 만족한 것이다 그대들을 대할 때 나는 황제도 아니었고 영웅도 아니었고 세상의 뭇 사내와 다를 바 없는 지아비에 지나지 못했던 것이다 이제 나는 그대들을 사랑한 범상한 지아비의 자격으로서 생각하는 것이요 그편이 즐겁고 훨씬 생색도 있다 그대들이 침실에서 내 턱을 치고 하던 말이 "오 황제 나폴레옹이여"가 아니고 "사랑하는 보나파르트여"였던 것이요 나 또한 황제의 복색을 벗고 평범한 알몸으로 그대들의 사랑을 받지 않았던가 루이즈가 그러했고 죠세핀이 그러했고 — 그리고 죠세핀이여 그대 이전에 내 열아홉 살 때 그레노오블 포대에 중위로 있을 시절 내게 접근해 온 쥬코롱베에의 딸 — 이가 말하자면 내게는 첫사랑이었다 그와의 사이가 깨끗은 했었으나 평생에 내 앞에 나타난 일곱 사람의 여자 중에서 그 제일 첫째 손가락에 꼽힐 여자가 그였다 나는 그의 옛정을 버릴 수가 없어 죠세핀 그대가 황후가 되었을 때 그대의 곁에 데려다가 시관을 삼지 않았던가 그 여자의 다음 즉 둘째 손가락에 꼽힐 여자가 죠세핀 그대이다 셋째가 천팔백이년 리용에서 안 여자 그 다음이 천팔백육년에 안 루벨 부인 다섯째가 다음해 폴란드에서 사귄 와레브스카 백작 부인 여섯째가 두 번째 황후 마리 루이즈였고 마지막 일곱째가 이 섬 센트 헬레나에 와서 안 한 사람의 시녀이다 이 일곱 사람의 여자가 내 마음속에는 순서도 어김없이 차례로 적혀서 가장 즐거운 추억을 실어 오고 유쾌한 정서를 일으켜 준다 마음속에 첩첩으로 포개 들어앉은 반생 동안의 파란 중첩한 사건과 역사 속에서 그대들의 역사만이 가장 참스럽고 아름답고 몸에 사무쳐 온다 일곱 자태가 일곱 개의 별같이 가슴속에 정좌하고 들어앉아 모든 것에 굶주린 내 마음을 우련하게 비치어 준다.

그 별들을 우러러볼 때만 내 마음 꽃을 보듯이 반기고 누그러진다 그 한 떨기의 성좌는 내 고향이요 일곱 개의 별은 각각 그 고향의 한 간씩의 방 나는 내 열쇠를 가지고 일곱 간의 방문을 열고 차례차례로 각기 방 안의 모든 것 빛과 그림자와 치장과 분위기와 비밀의 모든 것을 살피고 별의 안과 밖 마음과 육체의 모든 것을 알아 버린 것이다. 세상에서 가장 가깝고 친한 것이 별들 이제 그 별들과 하직하고 이렇게 떨어졌으려니 생각나는 것은 그 고향 일곱 간의 방 안 자장가의 노래같이 귀에 쟁쟁거리고 강가의 풀소리같이 마음 기슭에 울려오는 건 고향의 회포 — 고향의 언덕과 수풀과 강가와 노래와 방 안의 그림자와 비밀과 꽃과 모든 것 — 그 고향의 산천만이 내 심회를 풀어 주고 넋을 위로해 줄 것 같다 그러나 그 고향 지금 어디메 있나뇨 그 별들 어디메 있나뇨 손 닿지 않는 바다 저편에 멀리 마치 하늘의 북두칠성같이도 까마득하구나 별을 그리는 마음 오늘에 이토록 간절하도다 간절하도다 황제의 회포를 지금 이토록 아프게 하는 것이 별 것 아니다 그 북두칠성이다 범부의 경우와 다를 바 없는 이 내 심서를 내 부끄러워하지 않고 욕되게 여기지 않노라.
　북두칠성의 자랑에 비하면 지난날의 가지가지의 영광과 승리도 오히려 생색이 엷어진다 혁명의 완성 이태리 원정 애급 정벌 통령시대 제정시대 ― 이십 년 동안의 싸움과 사자의 토끼 사냥 ― 그러나 알지 못쾌라 영광에는 왜 반드시 치욕이 섞이고 승리에는 패배가 뒤를 잇는고 무슨 까닭이며 무슨 조화인가 영광은 날이요 치욕은 씨인가 승리는 날이요 패배는 씨인가 그 날과 씨가 섞여서야 비로소 인생의 베를 짤 수 있는 것인가 영광만의 승리만의 비단결은 왜 짤 수 없는가 무서운 치욕을 위해서 영광을 버릴 건가 영광을 얻은 값으로 치욕도 달게 받아야 할 것인가 치욕에 얼굴을 붉히면서도 그래도 영광을 바라는 욕심 많은 인생이여.
　곰곰이 생각하면 차라리 처음부터 범부의 일생을 보냈던들 얼마나 편한 노릇이었을까고 뉘우쳐진다 코르시카에 태어난 몸이 코르시카에서 평생을 보내게 되었던들 얼마나 평화롭고 안온하였으리 만약 영광을 위해 태어난 몸이라면 차라리 공명의 마지막 고비 워털루의 벌판에서 쓰러져 말가죽 속에 시체를 쌌던들 혹은 드레스덴의 싸움터에서 넘어져 마지막을 고했던들 이제 만고의 부끄럼을 이 외로운 섬 속에 남기게 되지는 않았을 것을 모스크바에서 돌아온 이후 내 스스로 내 목숨을 끊으려 했을 때 코오렌쿠울이며 시의 콘스탕이며 이이방이며가 왜 긴치 않게 나를 간호하고 다시 소생하게 했던고 그들이 원수만 같다 한번 때를 놓치자 그 후부터는 좀해 그런 기회조차 얻을 수 없다 왜 알맞은 때 알맞은 곳에서 곱게 진해 버려 영광의 뒷갈망을 깨끗이 못 하고 이 목숨이 이렇게도 질기게 남아 영원의 원한을 끼치게 하는고.

 알지 못괘라 내 조물주의 뜻을 알 수 없노라 그는 연극을 즐겨하는 것인가 계책을 사랑하는 것인가 장난이라고 할까 시험이라고 할까 그가 꾸며 놓은 막이 열린 것은 천칠백팔십구년 칠월 십사일 카토올스쥬이에 파리의 거리가 불란서의 전토가 폭발하고 뒤끓던 날 — 이날로부터 시작된다 혁명이 이루어지자 동란은 동란을 낳아서 천지가 뒤집히는 듯 오지리와 프러시아의 팔만의 연합병이 파리의 시민을 위협할 때 마르세이유의 군중 오천 명은 애국의 노래를 부르면서 파리로 들어오고 삼천의 왕당이 화를 맞고 구원의 살육이 일어나고 루이 십육세가 형을 받고 공포 시대는 시작되었다 우리 집안이 코르시카에서 불란서로 옮겨 간 것은 이때 루우론에 의거해서 영국 서반아 연합 함대를 물리친 공으로 소위에서 일약 여단장의 급에 오르니 이것이 오늘의 운의 실마리였던 것이다 구십오년 새로운 헌법이 준가되자 반대당이 일어나 소란은 그칠 바 없고 폭도 사만 명이 왕궁을 쳐들어오자 의회는 그들을 방어하기에 힘을 다해 시장 바라아는 드디어 나를 총독으로 임명하고 진정의 책임을 맡겼다 때에 내 나이 스물일곱 노장군들은 아연 실색해서 풋둥이 사관이 무엇을 하려는가 하고 나를 백안시하는 것이었으나 내 대답해 가로 되 "승산 없는 일을 감히 하려는 어리석은 내 아니다 역량을 세밀히 헤아린 후에 이 사업을 맡은 것이다" 곧 세느 강가에 오십 대의 대포를 늘리고 포병을 배치하고 루우브르 궁전에 팔천의 주력을 모으고 폭도를 진무할 새 수만의 난민은 바람에 불리는 꽃같이 물에 밀리는 개미 떼같이 여지없이 쓰러져 그날의 파리 성하의 참혹한 꼴을 입으로 다할 수 없었다.

내 시민의 여망을 두 어깨에 지고 즉시로 파리 주둔병 사령관의 임명을 받게 되다 평생의 대망이 시작된 것은 이때부터 죠세핀과 결혼한 지 수일을 넘지 않아 이태리 주둔병 사령관의 임을 받은 것을 다행으로 드디어 이태리 원정을 떠나게 된 것이다.

니이스의 병영에 이르러 볼 때 군세가 말할 수 없이 쇠미하고 빈약한 것이었으나 이를 격려시켜 오히려 이태리의 대군에게 향하게 하며 북이태리에서 이를 격파하고 사월 하순 트리노로 향해 사르디니아 왕 아마데오로 하여금 니챠를 베어 바치게 하고 다음날 밀라노에 들어가 보로냐에서 로마 법왕 비오 육세와 화를 강하고 더욱 나아가 네에챠를 함락시키고 케른텐을 거느리고 스타이에른의 부륙을 치다 눈 속의 알프스 산을 넘어 오지리의 비인에서 성하의 맹세를 맺게 하고 사월에 레오벤에서 가조약을 맺은 후 오월 베네챠에 들어가 그 공화제를 버리고 시스알비나 공화국을 창설 제노바를 리구리아 공화국으로 고치다 시월 십칠일 오지리와 캄보풀미오에서 본조약을 맺으니 이때의 불란서의 영토는 네덜란드

이오니아 제도 베네챠 라인 강반 시스알비나 공화국 리구리아 공화국의 광범한 것이었다.

 이 년 동안의 원정에 생광 있는 승리를 한 것이요 적군의 포로 십일만 오천 군기 일백칠십 대포 일천백사십 그 외에 쓸어 온 미술품과 조각 등은 산을 이루다 백성들은 나를 군신 수호신이라고 받들어 파리 개선의 날 성하의 열광은 거리를 쓸어갈 듯 개선식 거행의 날 뤽상부르 궁전은 적국의 군기로 찬란히 장식된 속에서 내 엄숙히 나아가 조약서를 내고 전리품을 바친 후 거리로 나가 수만 군졸을 거느리고 앞잡이를 서서 행진을 할 때 시민의 열광 속에서 군졸들의 늠름히 노래하는 말이 정부의 속관들을 물리치고 나폴레옹을 수령으로 하자는 뜻이었던 것이다.

 바라아가 나를 찬탄해 하는 말 "나폴레옹을 만들어 내기에 조물주는 그 전력을 다하고 조금도 여력을 남기지 않았으렷다" 보나파르트의 집안은 차차 일기 시작해 일가 족속이 중요한 지위에 올라 명문 귀현들의 숭배의 중심이 되다 그러나 내 마음은 만족은커녕 한시도 편한 날이 없어 야심만만 소심익익 이 오 척의 단신 속에 감출 계획은 아무도 옆에 앉은 죠세핀조차도 알 바 없었다 승전 후 소란한 도읍을 떠나 뤼칸티렌의 시골에서 유유자적 독서와 사색에 몰두할 때 가슴속에는 염염한 불꽃이 피어 올라 생각과 계획에 한시도 쉬일 새가 없었다 이때야말로 나의 황금 시대였던 것이나 사람의 욕망이란 왜 그리도 한이 없는 것인가 구구한 구라파의 한쪽 구석은 내 대망의 곳이 아니요 위대한 경륜을 행하기에 너무도 척박한 땅이었다 차라리 내 가서 동쪽에 기골을 시험함만 같지 못하다 무릇 세계의 영걸이 그 위대함을 이룬 것은 동방에 의거하지 않음이 없으니 나도 구라파를 떠나 시이저와 같이 애급으로 갈 것이다 애급으로 동방으로! 이렇게 해서 애급 정벌이 시작되었다 구십팔년 오월 십구일 군함 십삼 척 소선 십사 척 운송선 사백 척 군졸 사만 학자 백 명 바다에 나서 반월의 진을 치니 그 길이 십팔 노트에 뻗치다 유월 말타 섬에 올라 이를 항복시키고 알레산드리아를 빼앗고 카이로에 나아가 칠월 이십일일 이를 함락시키고 시리아를 향해 가사를 빼앗고 야파를 떨어뜨리고 상장 다아크를 포위했으나 사나운 토이기 군 때문에 동방 정략이 채 이루어지지 못한 채 본국의 위난을 듣고 쿨벨에게 애급을 맡기고 일로 불란서로 향했던 것이다. 혁명 정부의 전복을 계획하는 구라파 열강은 제이차 연합군을 일으켜서 본국을 침범하게 되매 위기는 날로 더해 정부의 위신 땅에 떨어지고 민심 더욱 소란해 감을 들었던 까닭이다 악한 정사에 국가는 피폐하고 백성들은 굶주려 원망의 소리 구석구석에 넘쳐 흐를 때 정부의 요인들은 사리 사욕을 채울 줄밖에는 모르고 오히려 민심을 돌보지 않은 것이다 단신 파리로 향하는 도중에 내 뒤를 따르는 민중 몇천 몇만이던가 십일월 십일 나는 드디어 무력으로 정부를 넘어뜨리고 새로운 헌법을 준가해서 집정을 폐지하고 세 사람의 통령 제도를 세워 그 제일 통령에 오른 것이다 문란한 정사를 바로잡고 국내를 정리하고 열국과 화평을 구하나 고집스런 영국이 종시 휘어들지 않는다 내 다시 분연히 일어나 허리에 우는 칼을 뽑아 들었다 뮈러와 마세나를 각각 오지리와 이태리에 향하게 하고 나는 롬바르디 방면으로 나아가 시스알비나 공화국을 재흥시키고 마렝고에 격전해서 이태리를 정복 뮈러는 다뉴브 강을 건너고 모로는 프러시아를 쳐서 불란서는 다시 대승하고 신성로마제국은 여기에 완전히 멸망해 버렸다 영국도 드디어 뜻을 굽혀 조오지 삼세 아미앙에 열국과 화평을 구하게 됐으니 이때 불란서는 바야흐로 황금 시대 내정과 외교가 크게 부흥되어 팔백이년 팔월 이일 의원의 제의로 국민의 추대를 받아 삼백오십만 표로써 종신 통령이 되어 시스알비나 리구리아 두 공화국의 통령까지를 겸하고 튜일러리 왕궁에 살게 되니 왕궁에 몸을 들이게 된 처음이다 내 적은 항상 영국 — 영국은 다시 아미앙 조약을 버리고 애급과 말타에다 아직도 손을 대는 것이요 국내에서는 공화당이 내 주권을 즐겨하지 않는 눈치이다 차라리 공화 정치를 버림만 같지 못해 오월 십팔일 원로원은 국민의 투표를 얻어 나를 황제의 자리에 올려놓았다 때에 서른 다섯 살 코르시카의 조그만 집에 태어나 오 척 단구에 담았던 대망 가슴속은 항상 염염히 타올라 한시도 잊을 새 없던 그 대망이 그제야 이루어진 것이다 백년 천년에 한 사람 선택될까말까 한 주께서 특히 골라 내는 그 인류 최고의 영광의 자리에 올랐을 때 내 마음은 얻을 것을 얻어 비로소 놓이고 만족했다 노리던 것을 얻은 그날로 내 목숨이 진했다고 해도 기쁘고 만족스러웠을 것을 내 힘은 너무도 크고 뜻은 너무도 높았다 흡사 땅 위의 태양 하늘에 해가 있고 땅 위에

내가 있다 솟아오르는 태양의 위력 앞에 무엇이 거역하랴 열
국이 제삼차 연합군을 일으켰댔자 사자 앞에 토끼 폭이나 되
랴 뮈러로 하여금 원을 치게 하고 마세나를 이태리로 보내고
나는 이십만을 거느리고 동쪽에서 아라사를 치니 구라파의
전국이 드디어 내게 항하는 자 없게 되다 일가 족속으로 하
여금 구라파 전토를 다스리게 함은 원래부터 내 소원 형 죠
셉을 서반아 왕으로 뮈러를 나폴리 왕으로 동생 제롬을 웨스
트팔리아 왕으로 루이를 화란 왕으로 봉해서 라인 연맹을 일
으키고 내 그 맹주가 되니 여기에 구라파 통일은 완성되고
나는 서반구에 군림하다 마리 루이즈를 두 번째 황후로 맞아
들여 황자 죠셉을 탄생하매 왕업의 터 더욱 견고해지고 백년
왕통의 대계가 완전히 서게 되었다 위력이 서반구에 떨치고
경륜이 사해에 뻗쳐 참으로 이제는 하늘의 해와 마주 서고
그와 만패를 다투게 된 것이다 한 가지의 부족이 있다면 알
렉산더같이 내 자신 제우스의 아들이라고 선언하지 못한 그
일뿐이다 그 외에 더 바랄 것도 원할 것도 없었다 힘껏 당긴
활이니 그에게 무엇이 두려운 것이 있으며 꽉 찬 만월이니
그에게 무엇이 더 그리운 것이 있으랴 ― 그러나 슬프다 그
활이 왜 늦춰져야 하고 그 만월이 왜 이지러져야 하는가 영
원의 만족 영원의 행복 영원의 정복이라는 것은 없는 법인가
그것이 우주의 법칙인가 만물은 흐르고 움직이고 변하는 것
― 그것이 우주의 법칙인가 무엇하자는 법칙인가 누구를 위
한 무엇 때문의 법칙인가 조물주의 심술인가 질투인가 조물
주는 자기가 절대의 소유자이므로 자기 이외의 절대라는 것

은 작정하지 않고 허락하지 않는 것인가 인간과 땅은 지배할 수 있는 나로되 이 우주의 법칙과 조물주의 뜻만이야 어찌 지배할 수 있으랴 영광의 뒤를 잇는 굴욕을 행복의 뒤를 잇는 불행을 만족의 뒤를 잇는 슬픔을 내 어찌 막아 낼 수 있었으랴 굴욕과 실패의 자취를 생각하면 치가 떨리고 피가 솟고 이가 갈리나 — 오호라 그것은 오고야 말았다 물결 밀리듯 밀려들고 말았다 영광의 시대가 올 때와 마찬가지로 막아 내는 재주 없이 제물에 기어코 와버리고야 말았던 것이다 구라파의 뭇 생쥐들이 내 앞에 쏙닥질을 하고 항거하기 시작했다 각국은 대륙 조약을 헌신짝같이 버렸고 이베리아 반도에서는 영장 웰링턴이 군건하게 항전하고 아라사는 연내의 분풀이를 걸어왔다 내 하는 수 없이 북국 정벌을 계교하고 오월 드레스덴에 사십만 병을 거느리고 니이멘 강을 건넜을 때에는 육십만을 넘어 팔월 스몰렌스크를 떨어뜨리고 구월 노장 쿠소프를 보로디노에 깨뜨리고 일로 모스크바를 들어갔으나 — 실패는 여기서 왔다 그 북쪽의 호지 눈과 추위와 거기다 화재는 나고 군량은 떨어지고 수십만 부하를 눈 속에 빼앗기고 간신히 목숨만을 얻어 가지고 되땅을 벗어나온 것이 다음해 칠월 — 한 번 기울기 시작하는 형세는 바로잡을 도리 없어 어리석은 자의 옥편 속에만 있던 '불가능'의 글자가 어느덧 내 마음속에도 살아나기 시작했던 것이다 연합군 이십오만과 라이프찌히에서 대전하다가 사흘 만에 패하자 라인 연맹은 와해되고 이베리아 반도는 웰링턴의 손에 떨어지고 뮈러는 오지리와 통하고 연합군은 불란서의 변경을 침범하게 되어 팔백십사년 삼월 드디어 파리 함락하다 오호라! 사월 육일 내 풍텡블로오에서 주권을 던지고 엘바 공에 임봉되니 근위병 근근 사백 명 세액 이백만 프랑 불란서 제정 이에 몰락되다 이십일 궁전 앞에 근위병을 모아 놓고 마지막 고별을 할 때 비창하다 세상 일 그렇게 무상하고 슬픔이 뼛속에 사무친 적이 있었던가 사령관 부리이를 안고 군기에 입을 대고 군대에 읍하고 마차에 올라 엘바로 향해 떠날 때 사랑하는 군졸의 얼굴에 눈물이 비 오듯 느끼는 소리 이곳저곳에서 나더니 전부대가 일제히 고함을 치고 우누나 느껴 우누나 그 울음소리 내 오장육부를 녹이고 뼈를 긁어내는 듯 눈을 꾸욱 감았다 얼굴을 창으로 돌리나 다시 흐려지는 눈동자에는 사랑하는 부하들의 얼굴 모습조차 꺼지고 내 정신 점점 혼몽해질 뿐 엘바의 가을은 소슬하고 지중해의 바람은 차고 날이면 날 밤이면 밤 창자를 끊어 내는 쓰라림과 슬픔 — 어젯날 백만의 병을 거느리고 구주의 천지를 좁다고 날개질하던 내 오늘날 수십 리밖에 못 되는 조그만 섬 속에 몸을 던지게 될 때 영웅의 심사 그 얼마나 애닯고 황제의 가슴속 그 어떨소냐 세상 인정은 백지장같이 얇고 인생의 무상은 바람같이 차고 영웅이 목석이 아닌 바에 정도 있고 피도 있나니 내 그때의 회포를 알아줄 이 누구던가 눈물과 한숨은 황제의 것이 아니라면 그도 못 하는 심중이 얼마나 어지럽고 아프던가 엘바를 벗어나 파리에 들어가 백 날 동안 다시 제위에 올랐다고 해도 그것은 내 마지막을 장식하는 한 뼘의 무지개요 한 떨기의 꽃에 지나지 못하는 것 활짝 피었다 지고 확 돋았다 꺼지는 순간의 기쁨이었던 것이다 한번 떨어진 운명의 골패짝을 어찌 바로잡을 수 있으랴 워털루서의 적장 웰링턴과 블뤼허는 내 운을 빼앗은 사람 운명의 방향을 돌린 사람 내 힘 벌써 진하고 기맥이 빠진 뒤이라 적장과 내 지위가 벌써 바뀌어지고 꺼꾸러진 것이다 칠월 칠일 파리가 함락하자 로쉬포올에서 미국으로 건너려 할 때 영국함 베레트폰이 나를 잡아 버렸다 엘바를 벗어난 지 백 날 나는 다시 이 작은 섬 헬레나로 온 것이다 엘바는 이 섬에 비기면 왕토였다 이 세상 끝의 조그만 되땅 여기는 사람 살 곳이 못 된다 땅이 뜨겁고 모래가 달아 수목이 자라지 못하고 무더운 공기가 몸을 찌른다 목숨은 질긴 것 그래도 어언 이 호지에서 육 년 동안을 살아오누나 바람 부는 아침 비 오는 밤 묵묵히 인생을 생각하며 쓰린 속에서 육 년이 흘렀구나 어젯날의 황제가 오늘의 섬사람 ― 그 속에 무슨 뜻이 있는고 무슨 교훈이 있는고 내 날이 맞도록 해가 맞도록 궁리해도 아직 터득하지 못했노라 아무 뜻도 없는 것이다 아무 교훈도 없는 것이다 다만 조물주의 심술인 것이다 질투인 것이다 주여 이후에 영웅을 내려거든 다시 두 번 내 예를 본받지 말지어다 이런 기구한 인생의 창조는 한 번으로써 족한 것이다 애매한 후세의 영웅에게 짓궂은 장난을 다시 베풀지 말지어다 이것이 지금의 내 원인 것이다.

내게 충성을 다하기 위해서 아까운 뼈를 벌판에 내던진 수천만 장졸의 영혼들이 얼마나 나를 원망할 것인가 나는 포악무도한 목석은 아니다 그들을 생각할 때 가슴속에 한줌의 눈물이 없을손가 내 미워하는 건 나를 배반하고 달아난 비열한 장군들 뜻을 굽히고 절개를 꺾어 버린 반역자들 — 가장 총애한 유우젠 빅토르 르페에블 네에 벨체에 그대들은 마치 생쥐들같이 살금살금 퐁텡블로오를 떠나 다시 부르봉 조정에 신하로 들어들 가지 않았던가 황제로서 영웅으로서 사랑하는 부하의 배반을 받았을 때같이 불쾌하고 원통한 일은 없다 그대들이 내 심사를 살펴나 줄 것인가 지난날을 생각이나 해 줄 것인가 나머지의 장군들은 지금 대체 어떻게들 하고 있을 것인가 반생 동안 나와 생사를 같이하고 조정에서나 싸움터에서나 운명을 같이한 수많은 그대들 — 막드날 마세나 벨나톨 쿨베에 오우쥬로오 켈레만 뷜셰엘 말몽 몰체에 란느수울 다부으 몬세에 다들 어디메 있나뇨 어디서 무엇을 하며 나를 생각하나뇨 내 마음 통하면 내 그대들을 생각할 때 그대들 역시 나를 생각하리니 그대들 지금 어디서 나를 생각하나뇨 그대들을 괴롭힌 적군의 장군들 그들 또한 지금에 어디 있을 것인고 차알즈 대공 블뤼허 피트 넬슨 웰링턴 그들의 왕 알렉산더 일세 프란시스 일세 프레데릭 삼세 루이제 왕후 조오지 삼세 — 그들 또한 지금에 내 생각을 하고 있을 것인가 운명의 변화란 골패짝보다도 어이가 없구나 어제와 오늘을 바꾸어 놓고 오늘과 어제를 바꾸어 놓고 그 등뒤에서는 웃는 자 누구인고 얄궂다 원망스럽다 어젯날 내 앞에서 허리를 못 펴고 길을 못 찾던 적장들이 오늘은 나를 바라보고 비웃고 뽐을 낼 것인가 측은히 여기고 조롱할 것인가 그들로 하여금 그렇게 시키기 위해서 오늘의 나를 꾸며 놓은 것인가 일의 전말을 이렇게 배치해 놓은 것인가 오냐 그들의 심사가 무엇이든 간에 나는 오늘 내 부하의 장졸들과 함께 그 적장도 또한 그리운 것으로 생각한다 사람은 일생의 마지막에 있어서는 누구나를 모두 적이나 부하나를 다 함께 사랑할 수 있는 것인가 보다 지금 다 같이 생각나는 것은 적장과 부하와 일곱 개의 별과 어머니와 형제들과 그리고 단 하나의 황자 프랑소와 죠셉과 ― 오오 죠셉이여 내 아들 죠셉이여 지금 어디메서 무엇하고 있나뇨 내 섬에 온 이후 라신의 비극 〈앙드로마크〉를 읽으면서 그대를 생각하고 몇 밤이나 울었던고 앙드로마크의 회포가 나와 흡사하구나 내 그대를 생각하고 몇 밤이나 울었던고 그대의 사진이 지금 내 앞에 있다 사진이 판이 나라고 나는 그것을 바라본다 아침저녁으로 바라보고 바라보아도 또 바라보고 싶은 것 죠셉이여 그대의 사진 제일 그리운 것이 그대의 모습 아무쪼록 이 아비 ― 아니 황제의 사적을 잊지 말고 혈통을 이을지어다 내 원이요 희망이다 명심하라 아아 피곤한 눈에 벌써 그대의 화상조차 흐려지누나 그대의 이마가 흔들리고 볼이 찌그러지누나 오늘이 내 마지막이란 말이냐 이 시간이 내 마지막이란 말이냐 영웅의 말로가 황제의 최후가 이렇단 말인가 아아 피곤하다 너무 지껄였다 내 평생에 이렇게 장황하게 지껄인 날은 한 번도 없다 늘 속에만 품고 궁리에만 잠겼었지 이렇게 객설스럽게 지껄인 적은 없다 영웅도 마지막에는 잔소리를 하나 보다 잔소리를 하지 않으면 안 되게 되었다 묵묵히 사라지기가 원통한 것이다 그러나 지금 내 곁에 비서관 부우리엔이나 마느발이나 펜이 없는 것이 다행이지 그들은 필기의 명인들 행여나 내 이 잔소리를 그대로 받아적어 후세에 남긴단들 반드시 내 명예는 아닐 법하다 잔소리가 많았다 피곤하다 몇 시나 됐누 아아 어둡다 요란하다 여전한 우뢰 소리 번갯불 바람은 천지를 쓸어가련 건가 구름은 우주를 뭉개 버리련 건가 파도 소리 저 파도 소리 절벽을 물어뜯는 저놈의 파도 소리 수십 길 절벽을 뛰어넘어 이 집을 쓸어가려는 듯 차라리 쓸어가 버려라 집까지 섬까지 한모금에 삼켜 버려라 아침부터 진종일 이 바람 소리 파도 소리 자연이 무심할쏘냐 그대만이 나를 알아주누나 내 마지막을 일러주누나 오늘의 그대의 이 뜻을 내 모를 바 아니요 천지의 조화가 무엇을 재촉하는지를 내 모를 바 아니다 오늘이 올 것을 마음속에 생각하고 있었고 기다리고 있었다 내 무엇을 모르랴 내 무엇을 겁내랴 차라리 이 불측한 곳을 한시 바삐 떠나고 싶다 이 무례한 고장을 얼른 떠나고 싶다 시이저도 결국 세상을 떠나고야 말지 않았던가 나 역 그의 뒤를 따르는 것이다 내 세상을 떠나면 구라파로 돌아가 샹젤리제를 거닐고 세느 강가를 헤매이며 부하들과 만날 것이다 쿨베에 데세에 뷜셰엘 쥬로오 뮈러 마세나 이들이 와서 나를 반갑게 맞이할 것이다 옛적의 영웅 스키피오 한니발 시이저 프레데릭 이들과 웃고 피차의 공을 이야기할 것이다 이제 마지막으로 내 머리맡에 모시는 자 단 여섯 사람밖에는 안 되누나. 목사 비갸리이와 의사 앤트말모오 몬트론 아아놀드 그리고 시녀와 시복과 — 이뿐이란 말이냐 단 여섯 사람 하기는 튜일러리 궁중에서도 내 침실에 모시는 자는 여섯 사람이었다 그때의 여섯 사람과 오늘의 여섯 사람 — 오

늘은 왜 이리도 쓸쓸하고 경황없는고 몬트론이여 아아놀드
여 왜 그리들 침울한고 가까이 와서 내 맥을 짚어 보라 몇 분
의 시간이 남았나를 알아맞히라 목사 비갸리이여 그대도 가
까이 와서 나를 위해 기도하라 마지막 기도를 올려라 목숨이
떨어지자 주가 내 손을 이끌어 그의 왼편에 앉히도록 가장
신성한 복음의 구절로 기도를 올리라 그리고 내 진한 후에
모든 것을 구라파의 내 유족에게 전해 달라 어둡다 요란하다
바람 소리 파도 소리 땅 위의 태양이 떨어지다 용기를 내라
탄환이 나를 뚫을 수도 없는 것이다 흠흠으으……

(1939년)

산山

1

　나무하던 손을 쥐고 중실은 발밑에 깨금나무 포기를 들췄다. 지천으로 떨어지는 깨금알이 손안에 오르르 들었다. 익을 대로 익은 제철의 열매가 어금니 사이에서 오드득 두 쪽으로 갈라졌다.
　돌을 집어 던지면 깨금알같이 오드득 깨어질 듯한 맑은 하늘. 물고기 등같이 푸르다. 높에 뜬 조각구름 떼가 햇볕에 뿌려진 조개껍질같이 유난스럽게도 한편에 옹졸봉졸 몰려들었다.
　높은 산등이라 하늘이 가까우련만 마을에서 볼 때와 일반으로 멀다. 구만 리일까, 십만 리일까. 골짜기에서의 생각으로는 산기슭에만 오르면 만져질 듯하던 것이 산허리에 나서면 단번에 구만 리를 내빼는 가을 하늘.
　산속의 아침 나절은 조을고 있는 짐승같이 막막은 하나 숨결이 은근하다. 휘엿한 산등은 누워 있는 황소의 등어리요,

바람결도 없는데 쉴새없이 파르르 나부끼는 사시나무 잎새는 산의 숨소리다. 첫눈에 띄는 하얗게 분장한 자작나무는 산속의 일색. 아무리 단장한대야 사람의 살결이 그렇게 흴 수 있을까. 수북 들어선 나무는 마을의 인총보다도 많고, 사람의 성보다도 종자가 흔하다. 고요하게 무럭무럭 걱정 없이 잘들 자란다. 산오리나무, 물오리나무, 가락나무, 참나무, 줄참나무, 박달나무, 사수래나무, 떡갈나무, 피나무, 물가리나무, 싸리나무, 고루쇠나무, 골짜기에는 산사나무, 아그배나무, 갈매나무, 개옷나무, 엄나무. 산등에 간간이 섞여 어느 때나 푸르고 향기로운 소나무, 잣나무, 전나무, 향나무, 노가지나무 — 걱정 없이 무럭무럭 잘들 자라는 — 산속은 고요하나 웅성한 아름다운 세상이다.

  과실같이 싱싱한 기운과 향기. 나무 향기. 흙 냄새. 하늘 향기. 마을에서는 찾아볼 수 없는 향기다.

  낙엽 속에 파묻혀 앉아 깨금을 알뜰히 바수는 중실은 이제 새삼스럽게 그 향기를 생각하고 나무를 살피고 하늘을 바라보는 것이 아니었다. 그런 것은 한데 합쳐서 몸에 함빡 젖어들어 전신을 가지고 모르는 결에 그것을 느낄 뿐이다. 산과 몸이 빈틈없이 한데 얼린 것이다.

  눈에는 어느 결엔지 푸른 하늘이 물들었고 피부에는 산냄새가 배었다. 바심할 때의 짚북더기보다도 부드러운 나뭇잎 — 여러 자 깊이로 쌓이고 쌓인 깨금잎, 가랑잎, 떡갈잎의 부드러운 보료 속에 목을 파묻고 있으면 몸뚱어리가 마치 땅에서 솟아난 한 포기의 나무와도 같은 느낌이다. 소나무, 참나무 총중의 한 대의 나무다. 두 발은 뿌리요, 두 팔은 가지다. 살을 베이면 피 대신에 나무진이 흐를 듯하다. 잠자코 섰는 나무들의 주고받는 은근한 말을, 나뭇가지의 고개짓하는 뜻을, 나뭇잎의 소곤거리는 속심을 총중의 한 포기로서 넉넉히 짐작할 수 있다. 해가 쪼일 때에 즐겨하고, 바람 불 때 농탕치고, 날 흐릴 때 얼굴을 찡그리는 나무들의 풍속과 비밀을 역력히 번역해 낼 수 있다. 몸은 한 포기의 나무다.

별안간 부드득 솟아오르는 힘을 느끼고 중실은 벌떡 뛰어일어났다. 쭉 펴는 네 활개의 힘이 뻗쳐 금시에 그대로 하늘에라도 오를 듯싶다. 넘치는 힘을 보낼 곳 없어 할수없이 입을 크게 벌리고 하늘이 울려라 고함을 쳤다.

산이 대답하고 나뭇가지가 고개짓한다. 또 하나 그 소리에 대답한 것은 맞은편 산허리에서 불시에 푸드득 날아 뜨는 한 자웅의 꿩이었다.

살찐 까투리의 꽁지를 물고 나는 장끼의 오색 날개가 맑은 하늘에 찬란하게 빛났다. 살찐 꿩을 보고 중실은 문득 배가 허출함을 깨달았다.

아래편 골짜기 개울 옆에 간직하여 둔 노루고기와 가랑잎에 싸둔 개꿀이 있음을 생각하고 다시 낫을 집어 들었다.

첫참 때까지에는 한 짐을 채워 놓아야 파장되기 전에 읍내에 다다르겠고, 팔아 가지고는 어둡기 전에 다시 산으로 돌아와야 할 것이다. 한참 쉬인 뒤라 팔에는 기운이 남았다. 버스럭거리는 나뭇잎 소리가 품안에 요란하고, 맑은 기운이 몸을 한바탕 먹감긴 것 같다. 산은 마을보다 몇 갑절 살기 좋은

가. 산에 들어오기를 잘했다고 중실은 생각하였다.

2

세상에 머슴살이같이 잇속 적은 생업은 없다. 싸울래 싸운 것이 아니라 김 영감 편에서 투정을 건 셈이다. 지금 와보면 처음부터 쫓아낼 의사였던 것이 확실하다. 중실은 머슴 산 지 칠팔 년에 아무것도 쥔 것 없이 맨주먹으로 살던 집을 쫓겨났다. 원통은 하였으나 애통하지는 않았다.

해마다 사경을 또박또박 받아 본 일 없다. 옷 한 벌 버젓하게 얻은 적 없다. 명절에는 놀이할 돈도 푼푼이 없이 늘 개보름 쇠듯 하였다. 장가들이고 집 사고 살림을 내준다던 것도 헛소리였다. 첩을 건드렸다는 생뚱 같은 다짐이었으나, 그것은 처음부터 계책한 억지요, 졸색의 둥글개 따위에는 손 대일 염도 없어던 것이다. 빨래하러 갔던 첩과 동구 밖에서 마주쳐 나뭇짐을 지고 앞서고 뒤서고 돌아왔다고 의심받을 법은 없다. 첩과 수상한 놈팽이는 도리어 다른 곳에 있는 것을 애매한 중실에게 엉뚱한 분풀이가 돌아온 셈이었다. 가살스런 첩의 행실을 휘어잡지 못하고 늘으막판에 속태우는 영감의 신세가 하기는 가엾기는 하다. 더욱 얼크러질 앞날을 생각하고 중실은 차라리 하직하고 나온 것이었다.

넓은 하늘 밑에서도 갈 곳이 없다. 제일 친한 곳이 늘 나무

하러 가던 산이었다. 짚북더기보다도 부드러운 두툼한 나뭇잎의 맛이 생각났다. 그 넓은 세상은 사람을 배반할 것 같지는 않았다. 빈 지게만을 짊어지고 산으로 들어갔다. 그 속에서 얼마 동안이나 견딜 수 있을까가 한 시험도 되었다.

박중골에서도 오 리나 들어간 마을과 사람과는 인연이 먼 산협이다. 산등이 펑퍼짐하고, 양지 쪽에 해가 잘 쪼이고, 골짜기에 개울이 흐르고, 개울가에 나무 열매가 지천으로 열려 있는 곳이다. 양지 쪽에서는 나무하러 왔다 낮잠을 잔 적도 여러 번이었다. 개울가에 불을 피우고 밭에서 뜯어 온 옥수수 이삭을 구웠다. 수풀 속에서 찾은 으름과 나뭇가지에 익어 시든 아그배와 산사로 배가 불렀다. 나뭇잎을 모아 그 속에 푹 파고든 잠자리도 그다지 춥지는 않았다.

이튿날 산을 헤매이다가 공교롭게도 주영나무 가지에 야트막하게 달린 벌집을 찾아냈다. 담배 연기를 피워 벌 떼를 어지러뜨리고 감쪽같이 집을 들어 냈다. 속에는 맑은 꿀이 차 있었다. 사람은 살게 마련인 듯싶었다. 꿀은 조금으로도 요기가 되었다. 개와 함께 여러 날 양식이 되었다.

꿀이 다 떨어지지도 않은 그저께 밤에는 맞은편 심산에 산불이 보였다. 백일홍같이 새빨간 불꽃이 어둠 속 가깝게 솟아올랐다. 낮부터 타기 시작한 것이 밤에 들어가서 겨우 알려진 것이다. 누에에게 먹히는 뽕잎같이 아물아물해지는 것 같으나, 기실은 한 자리에서 아롱아롱 타는 것이었다. 아귀의 혀끝같이 널름거리는 불꽃이 세상에도 아름다웠다. 울밑에 꽃보다도, 무지개보다도, 맨드라미보다도 곱고 장하다.

중실은 알 수 없이 신이 나서 몽둥이를 들고 산등을 달아 오르고, 골짜기를 건너 불붙는 곳으로 끌려 들어갔다. 가깝게 보이던 것과는 딴판으로 꽤 멀었다. 불은 산등에서 산등으로 둘러붙어 골짜기로 타 내려갔다. 화기가 확확 끼쳐 가까이 갈 수 없었다. 후끈후끈 무더웠다. 나무 뿌리가 탁탁 튀며 땅이 쨍쨍 울렸다. 민출한 자작나무는 가지가지에 불이 피어 올라 한 포기의 산호수 같은 불나무로 변하였다. 헛되이 타는 모두가 아까왔다. 중실은 어쩌는 수 없이 몽둥이를 쓸데없이 휘두르며 불 테두리를 빙빙 돌 뿐이었다. 불은 힘에 부치는 것이었다. 확실히 간 보람은 있었다. 그슬려진 노루 한 마리를 얻은 것이다. 불 테두리를 뚫고 나오지 못한 노루는 산골짜기에서 뱅뱅 돌아 결국 불벼락을 맞은 것이다. 물론 그것을 얻은 때는 불도 거의 다 탄 새벽녘이었으나 외로운 짐승이 몹시 가여웠다. 그러나 이미 죽은 후의 고기라 중실은 그것을 짊어지고 산으로 돌아갔다. 사람을 살리자는 산의 뜻이라고 비위 좋게 생각하면 그만이었다. 여러 날 동안의 흐뭇한 양식이 되었다. 다만 한 가지 그리운 것이 있었다. 짠맛―소금이었다. 사람은 그립지 않으나, 소금이 그리웠다. 그것을 얻자는 생각으로만 마을이 그리웠다.

3

힘 자라는 데까지 졌다.

이십 리 길을 부지런히 걸으려니 잔등에 땀이 내뱄다. 걸음을 따라 나뭇짐이 휘춘휘춘 앞으로 휘었다.
간신히 파장 전에 대었다.
나무를 판 때의 마음이 이날같이 즐거운 적은 없었다.
물건을 산 때의 마음도 이날같이 즐거운 적은 없었다.
그것은 가장 필요한 물건이기 때문이다.
나무 판 돈으로 중실은 감자 말과 좁쌀 되와 소금과 남비를 샀다.
산속의 호젓한 살림에는 이것으로써 족하리라고 생각되었다.
목숨을 이어 가는 데 해어쯤이 없으면 어떨까도 생각되었다.
올 때보다 짐이 단출하여 지게가 가벼웠다. 거리의 살림은 전과 다름없이 어수선하고 지지부레하였다. 더 나아진 것도 없다.
술집 골방에서 왁자지껄하고 싸우는 것도 전과 다름없다.
이상스러운 것은 그런 거리의 살림살이가 도무지 마음을 당기지 않는 것이다. 앙상한 사람들의 얼굴이 그다지 그리운 것이 아니었다.
무슨 까닭으로 산이 이렇게도 그리울까. 편벽된 마음을 의심도 하여 보았다. 그러나 별로 이치도 없었다. 덮어놓고 양지 쪽이 좋고, 자작나무가 눈에 들고, 떡갈잎이 마음을 끄는 것이다. 평생 산에서 살도록 태어났는지도 모른다.
김 영감의 그 후의 소식은 물어 낼 필요도 없었으나, 거리에서 만난 박 서방 입에서 우연히 한 구절 얻어 듣게 되었다.

병든 둥글개 첩은 기어이 김 영감의 눈을 감춰 최 서기와 줄행랑을 놓았다. 종적을 수색 중이나 아직도 오리무중이라 한다.

사랑방에서 고시랑고시랑 잠을 못 이룰 육십 노인의 꼴이 측은하게 눈에 떠올랐다. 애매한 머슴을 내쫓았음을 뉘우치리라고도 생각되었다. 그러나 중실에게는 물론 다시 살러 들어갈 뜻도, 노인을 위로하고 싶은 친절도 가지기 싫었다.

다만 거리의 살림살이라는 것이 더한층 어수선하게 여겨질 뿐이었다.

산으로 향하는 저녁길이 한결 개운하다.

4

개울가에 남비를 걸고 서투른 솜씨로 지은 저녁을 마쳤을 때에는 밤이 적이 어두웠다.

깊은 하늘에 별이 총총 돋고, 초생달이 나뭇가지를 올가미 지웠다.

새들도 깃들이고, 바람도 자고, 개울물만이 쫄쫄쫄쫄 숨쉰다. 검은 산등은 잠든 황소다.

등걸불이 탁탁 튄다. 나뭇잎 타는 냄새가 몸을 휩싸며 구수하다. 불을 쪼이며 담배를 피우니 몸이 훈훈하다. 더 바랄 것 없이 마음이 만족스럽다.

한 가지 욕심이 솟아올랐다.
 밥짓는 일이란 머슴의 할 일이 못 된다. 사내자식은 역시 밭갈고 나무하는 것이 옳은 것이다. 장가를 들려면 이웃집 용녀만한 색시는 없다. 용녀를 데려다 밥일을 맡길 수밖에는 없다고 생각하였다.
 용녀를 생각만 하여도 즐겁다. 궁리가 차례차례로 솔솔 풀렸다.
 굵은 나무를 베어다 껍질째 도막을 내 양지 쪽에 쌓아올려 단간의 조촐한 오두막을 짓겠다. 펑퍼짐한 산허리를 일궈 밭을 만들고 봄부터 감자와 귀리를 갈 작정이다. 오랍뜰에 우리를 세우고 염소와 돼지와 닭을 칠 터. 산에서 노루를 산 채로 붙들면 우리 속에 같이 기르고, 용녀가 집일을 하는 동안에 밭을 가꾸고 나무를 할 것이며, 아이가 나면 소같이 산같이 튼튼하게 자라렷다. 용녀가 만약 말을 안 들으면 밤중에 내려가 가만히 업어 올걸. 한번 산에만 들어오면 별수없지ㅡ.
 불이 거의거의 이스러지고, 물소리가 더한층 맑다.
 별들이 어지럽게 깜박거렸다.
 달이 다른 나뭇가지에 걸렸다.
 나머지 등걸불을 발로 비벼 끄니 골짜기는 더한층 막막하다.
 어느맘 때인지 산속에서는 때도 분별할 수 없다.
 자기가 이른지 늦은지도 모르면서 나무 밑 잠자리로 향하였다.

낟가리같이 두두룩하게 쌓인 낙엽 속에 몸을 송두리째 파묻고 얼굴만을 빼꼼히 내놓았다.

몸이 차차 푸근하여 온다.

하늘의 별이 와르르 얼굴 위에 쏟아질 듯싶게 가까웠다 멀어졌다 한다.

별 하나 나 하나, 별 둘 나 둘, 별 셋 나 셋 ―.

어느 결엔지 별을 세이고 있었다. 눈이 아물아물하고 입이 뒤바뀌어 수효가 틀려지면 다시 목소리를 높여 처음부터 고쳐 세이곤 하였다.

별 하나 나 하나, 별 둘 나 둘, 별 셋 나 셋 ―.

세이는 동안에 중실은 제 몸이 스스로 별이 됨을 느꼈다.

(1936년)

낙엽기

 창 기슭에 붉게 물든 담쟁이 잎새와 푸른 하늘 — 가을의 가장 아름다운 이 한 폭도 비늘구름같이 자취 없이 사라져 버렸다.
 가장 먼저 가을을 사랑하던 창 밖의 한 포기의 벚나무는 또한 가장 먼저 가을을 내버리고 앙클한 회초리만을 남겼다. 아름다운 것이 다 지나가 버린 — 늦가을은 추잡하고 한산하기 짝없다.
 담쟁이로 폭 씌워졌던 집도 초목으로 가득 덮였던 뜰도 모르는 결에 참혹하게도 옷을 벗기어 버리고 앙상한 해골만을 드러내 놓게 되었다. 아름다운 꿈의 채색을 여지없이 잃어버렸다.
 벽에는 시들어 버린 넝쿨이 거미줄같이 얼기설기 얽혔고 마른 머루 송이 같은 열매가 함빡 맺혔을 뿐이다. 흙 한 줌 찾아볼 수 없이 푸르던 뜰에서는 지금에는 푸른빛을 찾을 수 없게 되었다.

나는 거의 날마다 뜰의 낙엽을 긁어야 된다. 아무리 공들여 긁어 모아도 다음날에는 새 낙엽이 다시 질볏이 늘어져 거듭 각지를 들지 않으면 안 된다. 낙엽이란 세상의 인총같이도 흔한 것이다. 밑 빠진 독에 물을 긷듯 며칠이든지 헛노릇이라고 여기면서도 공들여 긁어 모은다. 벚나무 아래 수북이 쌓아 놓고 불을 붙이면 속으로부터 푸슥푸슥 타면서 푸른 연기가 모로 길게 솟아오른다. 연기는 바람 없는 들에 아늑히 차서 물같이 고인다. 낙엽 연기에는 진한 코오피의 향기가 있다. 잘 익은 깨금의 맛이 있다. 나는 그 귀한 연기를 마음껏 마신다. 욱신한 연기가 몸의 구석구석에 배어서 깊은 산속에 들어갔을 때와도 같은 풍준한 만족을 느낀다. 낙엽의 연기는 시절의 진미요, 가을의 마지막 선물이다.

화단의 뒷자리를 깊게 파고 타버린 낙엽의 재를 묻어 버림으로써 가을은 완전히 끝난 듯싶다. 뜰에는 벌써 회초리만의 나무들이 섰고, 엉성긋한 포도 시렁이 남았고, 담쟁이 넝쿨이 서리었고, 국화 포기의 글거리가 솟았고, 잡초의 시들어 버린 양이 있을 뿐이니 말이다. 잎새에 가리웠던 둥근 유리창이 달덩이같이 드러나고, 현관 앞에 조약돌이 지저분하게 흩어졌으니 말이다.

낙엽을 장사지내고 가을을 보내니 별안간 생활이 없어진 것도 같고, 새 생활이 와야 할 것도 같은 느낌이 생겼다. 적어도 꿈이 가고 생활의 때가 온 듯하다. 나는 꿈을 대신할 생활의 풍만을 위하여 생각하고 설계하여야 한다. 가령 나는 아내를 대신하여 거의 사흘돌이로 목욕물을 데우게 되었다. 손수 수도에 호오스를 대서 물을 가득 길어 붓고는 아궁이에 불을 넣는다.

음산한 바람으로 아궁이 몹시 낸다. 나는 그 연기를 괴로이 여기지 않는다. 눈물을 흘릴 지경이요, 숨이 막히면서도 연기의 웅덩이 속에서 정성껏 나무를 지피고 불을 쑤시고 목욕간의 창을 열어 연기를 뽑고 여러 차례나 물을 저어 온도를 맞추고 하면서 그 쓸데없는 행동 — 적어도 책상에 맞붙어 책을 읽고 글줄을 쓰는 것보다는 비생산적이요, 소비자적이라고 늘 생각하여 오던 그 행동을 도리어 귀히 여기게 되고 나날의 생활을 꾸며 가는 그런 행동이야말로 가장 생산적이요, 창조적이라고 생각하게 되었다.

정리가 되지 못한 가닥가닥의 생각을 머릿속에 잡아 넣고 살을 깎을 정도로 애쓰고 궁싯거리면서 생활 일에 단 한 시간 허비하기조차 아깝게 여기고 싫어하던 것이 생활에 관한 그런 사소한 잡일을 도리어 귀중히 알게 된 것은 도시 시절의 탓일까.

어두운 아궁이 속에서 새빨갛게 타는 불을 보고 목욕통에서 무럭무럭 오르는 김을 바라보니 나는 이것이 생활이다, 이것이 책보다도 원고보다도 더 귀한 일이다, 이것을 귀히 여김이 반드시 필부의 옹졸한 짓은 아닐 것이며, 생활을 업신여기는 곳에 필부 이상으로 뛰어날 아무 이유도 없는 것이다 — 하고 두서없는 긴 생각에 잠겨도 본다.

이윽고 더운 물속에 몸을 잠그고, 창으로 날아 들어와 물

위에 뜬 마지막 낙엽을 두 손으로 건져내고, 안개같이 깊은 무더운 김 속에 몸과 마음을 푸근히 녹일 때, 이 생각은 더욱 절실히 육체 속에 사무쳐 든다.

거리의 백화점에 들어가 그 자리에서 코오피를 갈아서 손가방 속에 넣고 그 욱신한 향기를 즐기면서 집으로 돌아오는 것도 물론 이러한 생각으로부터이다. 진한 차를 탁자 위에 놓고 피어 오르는 김을 바라보며, 나는 그 넓은 냉방에다 난로를 피우고 침대 속에는 더운 물통을 넣고 한겨울 동안을 지내볼까 어쩔까. 그리고 겨울에는 뒷산을 이용하여 스키이를 시작하여 볼까 어쩔까 하고 겨울 설계를 세워도 본다. 크리스마스에는 올해에도 또 크리스마스 트리를 세우기를 아내와 의논한다.

시절이 여위어 갈수록 멀어 갈수록 생활의 의욕이 두터워짐일까. 생활, 생활. 초목 없는 푸른빛 없어진 멀숭하게 된 집 속에서 나는 하루의 전부를 생활의 생각으로 지내게 되었다. 시절에 대한 반감에서 나온 것일까. 심술궂은 곁머리에서 나온 것일까. 푸른 시절은 일종의 신비였다. 푸른 초목에 싸인 푸른 집 속에서 머릿속에 떠오른 제목은 반드시 생활이 아니었다. 그날그날은 토막토막의 흐트러진 생활의 조각이 아니요 물같이 흐르는 꿈결이었다.

푸른 널을 비스듬히 달고, 가는 모기둥으로 고인 갸우뚱한 현관 차양에도 담쟁이가 함빡 피어 올라 이른 아침이면 넓은 잎에 맺힌 흔한 이슬 방울이 서리서리 모여 아랫잎 위로 뚝뚝 떨어지는 소리를 듣기란 산골짜기 물소리를 듣는 것과도 같아서 금시에 시원한 산의 영기를 느끼게 되었다. 머루 다래의 넝쿨 대신에 드레드레 열매 맺힌 포도넝쿨이 있고, 바람에 포르르르 나부끼는 사시나무 대신에 비슷한 잎새를 가진 대추나무가 있다. 뜰은 그림자 깊은 지름길만을 남겨 놓고는 흙 한 줌 보이지 않게 일면 화초에 덮이었다. 장미, 글라디올러스, 해바라기, 촉규화, 맨드라미, 반금초, 금잔화, 제비초, 만수국, 플록스, 다알리아, 봉선화, 양귀비, 채송화의 꽃밭이 소나무, 벚나무, 버드나무, 황양목, 앵도나무, 능금나무, 대추나무, 배나무의 모든 나무와 어울려 뜰은 채색과 광채와 그림자의 화려한 동산이었다.

유리창에까지 나무 그림자가 깊고, 방 안까지 지천으로 푸른빛이 흘러들었다. 화단에는 나비와 벌이 날아들고 풀숲에는 가을 벌레들이 일찍부터 울기 시작하였다. 나뭇가지에는 새들이 몰려오고 집에는 진귀한 손님이 왔다. 아름다운 것은 진실로 비늘구름과 같이도 쉽게 지나가 버렸다. 나뭇잎이 가고 푸른빛이 없어지고 그늘이 꺼져 버렸다. 지금에는 벌써 벌레 울지 않고 나비 날지 않고 헐벗은 나뭇가지에는 새들도 드물게 앉게 되었다. 지난 시절의 기억이 머릿속에 아리숭하게 멀어졌다. 꿈이 지나고 생활의 때가 왔다. 손수 목욕물을 끓이고 차를 마시게 되었다.

그러나 나머지의 향기라는 것이 있다. 파도의 물결이 길게 주름잡혀 가듯이 꺼진 음악의 멜로디가 귀에 울려오듯이 푸른 집과 푸른 뜰의 향기가 아련하게 남아서 흘러온다.

훤출하고 쓸쓸한 뜰에서 한 떨기의 푸른 깃을 나는 더 없이 신기하고 아름답게 여겼다. 꿈의 찌꺼기이므로 꿈보다 한결 더 귀하게 여겨짐인지도 모른다. 화단 한구석에 남은 푸른 클로우버의 한 줌을 말함이 아니요, 현관 양편 기둥에 의지하여 창 기슭으로 피어 올라간 두 포기의 줄기 장미를 나는 의미한다. 단줄의 장미던 것이 어느 결에 자랐는지 낙지 다리같이 가닥가닥 솟아올라 제법 풍성한 한 포기를 이루었다. 민출한 푸른 줄기에 마디마디 조그만 생생한 잎새를 달고 추위와 서리에도 상하는 법 없이 장하게 뻗어 올랐다. 신선한 야채에서 오는 식욕을 느끼어 잘강잘강 먹고 싶은 충동을 금할 수 없다. 창 기슭으로 올라와 맑은 잎새와 줄기, 푸르면서도 붉은 기운을 약간 띤 줄기와 가시. 붉은 가시의 생각이 문득 나에게 한 폭의 환상을 일으킨다.

깊은 여름밤, 열어젖힌 창으로 나의 방에 들어오다 장미 줄기에 걸리고 가시에 찔려 하이얀 팔과 다리에 붉은 피를 흘리는 낯 모르는 임의의 소녀. ― 가시와 소녀와 피. ― 이것은 한 폭의 꿈일는지 모른다. 글로 쓰거나 머릿속에 생각하여 본 한 폭의 아픈 환영일는지 모른다. ― 가시와 소녀와 피!

그러나 꿈 아닌, 환영 아닌 피의 기억이 있다. 장미의 붉은 줄기와 가시에서 나는 문득 지난 기억을 선명하게 풀어낼 수 있다. 나머지 꿈의 아픈 물결이다. 무르녹은 여름의 하룻날 아침, 일찍이 가족들과 함께 집을 나와 뒷산으로 소풍을 떠났다. 여름은 짙고 송림 속은 그윽하였다. 드뭇한 소풍객들 속에 섞여 그림자 깊은 길을 걸으면서 동물원에를 들어갈까,

강에 나가 배를 타고 하루를 지울까 생각하다 결국 동물원에
들어가기로 하였다. 짐승들의 표정 없는 얼굴을 보고 잠시
동안이라도 근심을 잊어 보자는 생각이었다. 그러나 이 비위
좋은 생각은 여지없이 짓밟히고야 말았다.
　동물원이라고는 하여도 이름만의 것이지 운동장과 꽃밭
한구석에 덧붙이기로 우리 몇 간이 있을 뿐이다. 물새들의
못이 되고 원숭이와 독수리와 곰의 우리가 있을 뿐이다. 비
극은 곰의 우리에서 왔다.
　드문 사람 속에는 휘적휘적 우리와 우리 사이를 돌아 치는
요정의 머슴 비슷한 한 사람의 젊은이가 있었다. 큰 눈이 둥
글둥글 굴고 입이 열린, 맺힌 데 없는 허술한 사나이는 번번
이 일행의 앞을 서서 우리 안의 짐승을 희롱하곤 하였다. 제
흥도 흥이려니와 그 어디인지 철없는 거동을 우리들에게 보
이고자 하는 듯한 허물없고 어리석고 주착없는 생각이 숨어
있음이 눈치에 보였다. 원숭이를 희롱할 때에도 새들을 들여
다볼 때에도, 너무도 지나쳐 납신거리는 것을 우리는 민망히
여기는 끝에 나중에는 불쾌히까지 생각하게 되었다.
　불쾌한 감정은 곰의 우리 앞에 이르렀을 때에 극도로 달하
였다. 철망 사이로 손을 널름널름 들여보내면, 검은 곰은 육
중한 몸을 끌고 와서 앞발을 덥석 들었다. 희롱이 잦을수록
곰은 흥분하여 나중에는 일종의 분에 타오르는 듯한 험상스
런 기세를 보였다. 고개를 끄덕이며 우리 안을 대중없이 왔
다갔다하면서 기회를 노리는 눈치였다. 몇 번째인가 사나이
의 손이 다시 철망 사이에 들어갔을 때, 짐승은 기어이 민

첩하게 왈칵 달려들어 앞발로 손을 잡고, 잡자마자 입을 대었다.

사나이는 문득 꿈틀하며 소리를 치고 손을 빼려 애썼으나 좀체 빠지지 않았다. 겨우 잡아 나꾸었을 때에는 무서웠다. 손가락 끝이 보기에도 무섭게 바른 형상을 잃어버렸었다. 손톱이 빠지고 끝이 새빨갛게 으끄러졌다. 사나이는 금시에 얼굴이 파랗게 질리고 두 눈이 휘둥그레지며 넋 잃은 사람같이 한참 동안이나 멍숭하게 섰다가 비로소 피 흐르는 손을 쥐고 어쩔 줄 모르고 쩔쩔 헤매었다.

민망한 생각도, 불쾌한 느낌도 잊어버리고 우리는 순간 무서운 구렁 속에 휩쓸려 들어갔다. 신경을 퉁기는 짜릿한 느낌이 전신에 흘렀다. 살이 부르르 떨렸는지도 모른다. 끔찍한 꼴을 더 보기도 싫어서 주저하고 있는 동안에, 사나이는 사람 숲에 쓸려 문을 나가 나무 그늘 아래 쩔쩔매고 섰는 것이었다.

이윽고 나가 보았을 때에는 근처 집에서 얻어 온 석유에 손가락을 잠갔다가 반석 위에 내놓고 피 흐르는 손가락을 돌멩이로 찧는 것이었다. 말할 수 없이 미련한 그 거동이 도리어 화가 버럭 날 지경으로 측은하였다. 그러나 생각하면 그의 그 어리석고 철없는 거동이 우리들의 눈을 위한 것임을 생각하면, 얼마간의 허물이 우리 편에 있듯이 짐작되어 마음이 더한층 아파졌다. 될 수 있는 대로의 것을 그에게 베풀어야 할 것을 느끼고, 나는 속히 집으로 데려가서 응급의 소독을 해줄까 느끼다가 그보다도 더 떳떳한 방법을 생각하고 급

낙엽기 143

스러운 어조로 소리를 쳤다.
"얼른 병원으로 뛰어가시오."
소리만 치고 쩔쩔매기만 하는 나보다는 훨씬 침착한 구원자가 있음을 알았다. 아내였다. 그는 지니고 있던 새 손수건을 내서 붕대 삼아 사나이의 피 흐르는 손을 감기 시작하였다. 사나이는 천치 같은 표정으로 손을 넌지시 맡기고 있었다. 나는 오래간만에 아내의 날렵한 자태에 접하여 아름다운 생각을 금할 수 없었다. 지나친 감상이었을까.
병원을 뛰어주기는 하였으나 사나이에게는 그만한 능력이 있을 수 없음을 깨닫고 주머니 속을 들치다가, 나는 또한 그 날 지갑을 잊은 것을 알았다. 집에까지 가서 비용을 가지고 그를 병원에까지 인도하려고 생각할 때에 이번에도 또 아내가 진실한 구원자가 되고 말았다. 지갑 속에서 손쉽게 은화 한 닢을 집어내어 사나이의 손에 쥐어 주는 것이었다. 나는 다만 물끄러미 그의 자태를 바라볼 뿐이었다. 한 사람의 모르는 사나이를 구원함에 공연한 마음의 주저뿐이었고 결국은 두 번 다 앞을 가로채이고 길을 빼앗긴 것을 생각하고 겸연쩍은 마음을 금할 수 없었다.
이제 나에게는 마지막 한 가지의 봉사만이 남았을 뿐이었다. 그 천치 같은 사나이를 근처 병원으로 인도함이었다. 나는 병원을 가리켜 주는 그 길로 아울러 집에 들러 지갑을 가지고 반날의 뱃놀이를 떠나기를 계획하며, 아이들을 송림 속에 남겨 둔 채 사나이를 이끌고 길을 걸어 내려갔다. 아름다운 장면이 머릿속에 쉽사리 꺼지지 않았다. 흰 손수건과 붉은 피가 아름다운 한 폭을 이루었다. 피와 수건의 붉은 것과 흰 것이 조화가 맑고 진하게 오래도록 마음속에 물결치게 되었다.

수풀 속을 거닐 때마다 기억이 새로와지고, 반석 위의 피 흔적을 살필 때마다 지난 때의 광경이 불같이 마음속에 살아났다. 근처 집에서 사나이의 그 뒷소식을 물어 무사하다는 것을 듣고 일종의 알 수 없는 안심조차 느꼈다. 시절이 갈려 가을이 짙고 수풀 속에 낙엽이 산란하게 날릴 때, 오히려 기억은 더 새로왔다.

가을이 다 지난 흙빛만의 뜰에서 잠깐 잊었던 피의 기억을 장미의 붉은 가시로 말미암아 다시 추억해 낸 것이다. 마음을 빛나게 하는 생생한 추억 — 늦게까지 남아 있는 장미 포기와 함께 늦가을의 귀한 마지막 선물이다.

푸른 집 속에 남은 철 늦은 꿈의 물결이다.

생활의 시절이, 단란의 때가 왔다.

어린 것을 데리고 목욕물 속에 잠기는 것도 한 기쁨이 되었다.

크리스마스 트리에 오색 전기를 장식하고 많은 선물을 달아맬 것도 한 즐거운 기대다.

책상 위에는 그림책을 펴놓고 허물 없는 꿈에도 잠길 수 있는 것이다.

가난한 재료로 될 수 있는 대로의 풍성한 꿈이 이 시절에 맡겨진 과제이다. 생활의 재주이다. 낙엽의 암시이다.

(1937년)

분녀

1

 우리도 없는 농장에 아닌 때 웬일인지들 의아하게 여기고 있는 동안에 집채 같은 돼지는 헛간 앞을 지나 묘포밭으로 달아 온다. 산돼지 같기도 하고 마바리 같기도 하여 보통 돼지는 아닌데다가 뒤미처 난데없는 호개 한 마리가 거위 영장같이 껑충대고 쫓아오니 돼지는 불심지가 올라 갈팡질팡 밭 위로 우겨 든다. 풀 뽑던 동무들은 간담이 써늘하여 꽁무니가 빠져라 산지사방으로 달아난다. 허구 많은 지향 다 두고 돼지는 굳이 이쪽을 겨누고 욱박아 오는 것이었다.
 분녀는 기겁을 하고 도망을 하나, 아무리 애써도 발이 재게 떨어지지 않는다. 신이 빠지고 허리가 휘는 엎친 데 덮치기로 공칙히 앞에는 넓은 토벽이 막혀 꼼짝 부득이다.
 옆으로 빗빼려고 하는 서슬에 돼지는 앞으로 왈칵 덮친다. 손가락 하나 놀릴 여유도 없다.
 육중한 바위 밑에서 금시에 육신이 터지고 사지가 떨어지는 것 같다. 팔을 꼼짝달싹할 수 없고 고함을 칠래야 입이 움직이지 않는다.

분녀는 질색하여 눈을 떴다.

허리가 뻐근하여 몸이 통세난다.

문득 짜장 놀라서 엉겁결에 소리를 치나 소리는 나오지 않는다. 입 안에는 무엇인지 틀어 막히우고 수건으로 자갈을 물리워 있지 않은가. 손을 쓰려 하나 눌리웠고, 다리도 허리도 머리도 전신이 무거운 돼지 밑에 있는 것이다. 몸에 칼이 돋히기 전에는 이 몸도둑을 물리칠 수 없지 않은가.

어둠 속에서도 경풍할 변괴에 부끄러운 생각이 났다. 어머니 앞에서도 보인 법 없는 몸뚱이를 하고 옷으로 덮으려 하나 생각뿐이다. 어머니는, 하고 가까스로 고개를 돌리니 웃목에 누웠고, 그 너머로 동생의 코고는 소리가 들린다. 같은 방에 세 사람씩이나 산 넋이 있으면서도 날도둑을 들게 하다니 멀건 등신들이라고 원망할 수도 없는 것은 된 낮일에 노그라져서 함빡 단잠에 취하여 있는 것이다. 발로 차서 어머니를 깨우고도 싶으나 발이 닿기에는 동이 떴다.

삼경이 넘었을까 밤은 막막하다. 열린 문으로는 바람 한 줌 없고 방 안이나 문 밖이 일반으로 까마득하다. 먼 하늘에는 별똥 하나 안 흐른다.

"원망할 것 없다. 둘만 알고 있으면 그만야. 내가 누구든 — 아무에게나 다 마찬가진걸."

더운 날숨이 이마를 덮는다. 부스럭부스럭하더니 저고리 고름을 올개미지워 매어 주는 눈치다.

간단하고 감쪽같다. 도둑은 흔적 없이 훔칠 것을 훔치고 늠실하고 나가 버렸다.

몸이 풀리우자 분녀는 뛰어 일어나 겨우 입봉창을 빼기는 하였으나, 파장 후에 소리를 치기도 객쩍다.

대체 웬 녀석인가. 뛰어나가 살폈으나 간 곳 없다. 목소리로 생각해 보아도 알 바 없고, 맺혀진 옷고름을 만져 보는 건 뜻없다. 하늘이 새까맣다. 그 새까만 하늘이 부끄럽고, 디딘 땅이 부끄럽고, 어두운 밤을 대하기조차 겸연스럽다.

몸이 무시근하다. 우물에서 물을 두어 드레 퍼올려 얼굴을 씻고, 방에 들어가 등잔에 불을 켰다. 어둠 속에서 비밀을 가진 방 안은 밝을 때엔 천연스럽다. 땅 그 어느 한구석이 무지러 떨어졌을 것 같다. 하늘의 별 한 개가 없어졌을 것 같다. 몸뚱이가 한구석 뭉척 이지러진 것 같다. 반쪽 거울을 찾아 들고 얼굴을 비치어 보았다. 코며, 입이며, 볼이며가 상하지 않고 제대로 있는 것이 도리어 신기하게 여겨졌다. 어차피 와야 할 것이겠지만, 그것이 너무도 벼락으로 급작스리 어처구니없게 온 것이 분녀에게는 알 수 없이 겸연스러웠다.

얼굴과 몸을 어루만지며 어머니의 잠든 양을 물끄러미 바라보려니 별안간 소름이 치며 가슴이 떨린다. 무서운 생각이 선뜻 들며 어머니를 깨우고 싶다. 그러나 곤한 눈을 멀뚱하게 뜨고 상기된 눈망울로 이쪽을 바라보는 것을 보며 분녀는 딴 소리밖엔 못 하였다.

"새까맣게 흐린 품이 천둥하고 비올 것 같으우."

묘포 감독 박추의 짓일까. 데설데설하며 엄부렁한 품이 아무 짓인들 못 할 것 같지 않다. 계집아이들 틈에 끼어 인부로 오는 명준의 짓일까. 눈질이 영매스러운 것이 보통 아이는 아니나, 워낙 집안이 억판인 까닭에 일껏 들어간 중등학교도 중도에서 퇴학하고 묘포 인부로 오는 것이 가엾긴 하다. 그러나 그라고 터놓고 을러멧다고 하면 응낙할 수 있었을까. 군청 사동 섭춘이나 아닐까. 한길에서도 소락소락 말을 거는 쥐알 봉수. 그 초라니라면 치가 떨려 어떻게 하나.

잠을 설굳혀 버린 분녀는 고시랑고시랑 생각에 밤을 새웠다. 이튿날은 공교로이 궂은 까닭에 비를 칭탈하여 일을 쉬고, 다음날 비로소 묘포로 나갔다. 같은 생각이 머릿속에 뱅돌아 사람을 만나기가 여간 겸연쩍지 않다. 사람마다 기연미연 혐의를 걸어 보기란 면란스런 일이었다.

하늘이 제대로 개이고 땅이 이지러지지 않는 것이 차라리 시뻐스럽다. 천지는 사람의 일신의 괴변쯤은 익지 않은 과실이 벌레에게 긁히운 것만큼도 대수롭게 여기지 않는 모양이다. 하긴 다행이지 몸의 변고가 일일이 하늘에 비치어진다면 기분이, 순야, 옥녀, 모든 동무들에게 그것이 알려질 것이요, 그들의 내정도 역시 속뽑히울 것이다. 이런 생각이 들자, 별안간 그들은 대체 성할까 하는 의심이 불현듯 솟아오르며 천연스러운 얼굴들이 능청스럽게 엿보였다.

박추와 명준에게만은 속내를 들리운 것 같아서 고개가 바로 쳐들리지 않았다. 다시 살펴도 가잠나룻이 듬성한 검센 박추. 거드름부리는 들대밑. 이 녀석한테 당하였다면 이 몸을 어쩌노. 잠자코 풀 뽑는 무죽한 명준이, 새침한 몸집 어느 구석에 그런 부락부락한 힘이 들어 있을꼬. 사람은 외양으론 알 수 없다. 마치 그것이 명준이요, 적어도 명준이었으면 하는 듯이 이렇게 생각은 하나, 면상과 눈치로는 그가 근지 누가 근지 도무지 거니챌 수 없다. 이러다가는 평생 그 사람을 모르고 지나지나 않을까.

맡은 땅의 풀을 뽑고 난 명준은 감독의 분부로 이깔 포기에 뿌릴 약제를 풀어 무자위로 치기 시작하였다. 한 손으로 물을 뿜으며, 다른 손으로 물줄기를 흔들다가 고물줄이 빗나가는 서슬에 푸른 약물이 옥녀의 낯짝을 쏘았다. 옥녀는 기급을 하여 농인 줄만 알고 "저 녀석 얼뜨개같이 해가지고 요새 무슨 곡절이 있어" 하고 쏘아붙인다. 명준은 픽 웃으며 마침 손이 비인 분녀에게 고무줄을 쥐어 주고 뿌려 주기를 청하였다. 두 사람이 한 무자위로 협력하게 되자 옥녀는 더 말이 없었다.

통의 것을 다 쳤을 때 다시 물을 길을 양으로 분녀는 명준의 뒤를 따라 도랑으로 내려갔다. 도랑은 풀이 가리워 밭에서 보이지 않는다. 명준은 손가락으로 물탕을 치며 낯이 부드럽다.

"일하기 되지 않니?"

대번에 농조로,

"너 어떤 놈에게로 시집가련. 박추한테라도."

"미친 것 다따가?"

"시집갔니? 안 갔니?"

관잣노리가 금시에 빨개진 것을 민망히 여겨 곧 뒤를 이었다.

"평생 시집 안 갈 테냐?"

"망할 녀석."

"난 이 고장에서 없어지겠다. 살 재미 없어. 계집애들 틈에 끼어 일하기도 낯없다. 일한대야 부모를 살릴 수 없고 잡단 세금도 못 물어 드잡이를 당하는 판이 아니냐. 이까짓 고향 고맙잖어. 만주로 가겠다. 돌아다니며 금광이나 얻어 보련다. 엄청난 소리지. 그러나 사람의 운수를 알 수 있니?"

"정말 가겠니?"

"안 가고 무슨 수 있니? 이까짓 쭉쟁이 땅 파야 소용 있나. 거기도 하늘 밑이니 사람이 살지. 설마 짐승만 살겠니?"

물을 나르고 다시 도랑으로 내려왔을 때 명준은 다따가 분녀의 팔을 잡았다.

"금덩이를 지고 올 때까지 나를 기다려 주련!"

눈앞에 찰락거리는 명준의 옷고름이 새삼스럽게 눈에 띄자, 분녀는 번개같이 정신이 번쩍 들었다. 끝을 홀켜 맨 고름이 같은 꼴의 제 옷고름과 함께 나란히 드리운 것이다.

"네 짓이었구나."

분녀는 짧게 외치고 고개를 떨어뜨렸다.

"언제까지든지 나를 기다리고 있으련?"

박추의 소리가 나자 두 사람은 날쌔게 떨어져 밭으로 갔다. 분녀는 눈앞이 아찔하며 별안간 현기증이 났다.

그뿐 명준은 다시 묘포밭에 나타나지 않았다. 다음날도

다음 다음날도. 며칠 후에 짜장 만주로 내뺐다는 소문이 들렸다.

분녀는 마음이 아득하고 산란하여 일을 쉬는 날이 많았다.

2

분녀는 그렇게 눈떴다.

인생의 고패를 겪은 지 이태에 몸은 활짝 피어 지난 비밀의 자취도 어스레하다. 껍질에 새긴 글자가 나무가 자람을 따라 어느 결엔지 형적이 사라진 격이다.

이제 아닌 때 별안간 불풍나게 두 번째 경험을 당하려고 하는 자리에 문득 옛 생각이 떠오르지 않을 수 없었다. 흐르는 향기같이 불시에 전신을 휩싼다. 피가 끓으며 세상이 무섭고 가슴이 두근거리며 손가락이 떨린다. 물동이를 깨뜨린 때와도 같이 겁이 목줄을 조인다.

대체 어떻게 하여서 또 이 지경에 이르렀나 생각하면 눈앞이 막막하다.

거리에 자주 삐죽거린 것이 잘못일까. 만갑이에게는 어찌 되어 이렇게 허름하게 보였을까. 돈도 없으면서 가게에 들어가서 이것저것 탐내는 것부터가 틀렸다. 집안이 들구날 판에 든벌의 옷도 과남한데 단오빔은 다 무엇인가. 돈 있는 사람들의 단오놀이지, 가난한 멀떠구니의 아랑곳인가. 이곳 길숙 저곳 기웃하며 만져 보고 물어 보고 눈을 까고 한숨쉬고 하는 동안에 엉뚱한 딴군에게 온전히 깐보이고 감잡히웠다. 만갑이는 가게에 사람이 비인 때를 가늠 보아 미처 겨를 사이도 없게 몸째 덜렁 떠받들어 뒷방에 넣고 안으로 문을 잠근 것이다.

부락스러운 꼴이 사내란 모두 꿈에서 본 돼지요, 엉큼한 날도둑이다. 훔친 뒤에는 심드렁하다.

"가지고 싶은 것을 말해 봐 ―, 무엇이든지 소용되는 대로 줄게."

"욕을 주어도 분수가 있지, 사람을 어떻게 알고 이 수작이야."

분녀는 새삼스럽게 짜증을 내며 보기 좋게 볼을 올려붙였다. 엄청난 짓을 당하면서 심상한 낯을 지닐 수도 없고 그렇게라도 할 수밖엔 없었다.

"미워 그랬나?"

"몰라, 녀석."

쏘아붙이고는 팔로 눈을 받치고 다따가 울기 시작했다. 사실 눈물도 나왔다. 첫번에는 겁결에 울기란 생각도 안 나던 것이 지금엔 눈물이 솟는 것이다. 그 무엇을 잃은 것 같다. 다시 찾을 수 없을 것 같다. 안타까운 생각에 몸이 떨린다.

"울긴 왜, 사람은 다 그런 것이야 ―, 단오에 들 것 한 벌 갖추어 줄게."

머리를 만지다 어깨를 지긋거리면서,

"삽삽하게만 굴면야 이 가게라도 반 나눠 줄걸."

가게에 인기척이 나는 까닭에 분녀는 문득 울음을 그쳤다.

부르다 주인의 대답이 없으니 사람은 나가 버렸다. 만갑이는 갑작스럽게 말을 이었다.

"여편네가 중풍으로 마저마저 꺼꾸러져 가는 판이니 그렇게만 된다면야 나는 분녀를 새로 맞아다 가게를 맡길 작정인데 뜻이 어떤가?"

울면서도 분녀는 은연중 귀를 솔곳하고 있었다.

"잘 생각해 볼 일이야."

듬짓이 눌러 놓고 만갑이는 한 걸음 먼저 방을 나갔다. 손님을 보내기가 바쁘게 방문을 빼꼼이 열고 불러냈다.

"이것 넣어 둬."

소매 속에다 무엇인지를 틀어넣어 주는 것이다. 분녀는 어안이 벙벙하였다.

집에 돌아와 소매 갈피를 헤치니 지전 한 장이 떨어졌다. 항용 보던 것보다는 훨씬 넓고 푸르다. 과남한 것을 앞에 놓고 분녀는 적이 마음이 느근하였다. 군청 관사에 아침 저녁으로 식모로 가서 버는 한 달 월급보다 많다. 월급이라야 단돈 사 원으로는 한 달 요의 보탬도 못 된다. 화세로 얻어 부치는 몇 뙈기의 밭을 그래도 어머니와 동생이 드세게 극성으로 가꾸는 덕에 제철의 곡식이 요를 도우니 말이지, 그것도 없다면야 분녀의 월급만으로는 코에 바를 나위도 없을 것이다.

왼곳에 가 있는 오빠가 좀더 온전하다면 집안이 그처럼도 군색하지는 않으련만 엉망인 집안에 사람조차 망나니여서 이웃 고을 목탄 조합에 가 있어 또박또박 월급 생애를 하면서도 한 푼 이렇다는 법 없었다. 제 처신이나 똑바로 하였으면 걱정이나 없으련만, 과당하게 건들거리다 기어이 거덜나고야 말았다. 늦게 배운 오입에 수입을 탕갈하다 나중에 공금에까지 손찌검을 한 것이다. 탄로되었을 때에는 오백 소수나 감춰 낸 뒤였다. 즉시 그 고을 경찰에 구금되었다가 검사국으로 넘어간 것은 물론이어니와 신분 보증을 선 종가의 배상액을 빗발같이 청구하므로 종가에서는 펏질 뛰어들어 야기를 부리는 것이다. 집안은 망조를 만난 듯이 스산하고 을씨년스럽다.

불의의 수입을 앞에 놓고 분녀는 엄청나고 대견하였다. 어떻게 했으면 옳을까. 집안일에 보태자니 빛 없고, 혼잣일에 쓰자니 끔찍하고 불안스럽다. 집안 사람들에게는 출처를 어떻게 말하면 좋을까. 관사에서 얻어 내왔다고 해서 곧이 들을까. 가난에 과남은 도리어 무서운 일이다.

왈칵 겁도 났다. 술집 계집이나 하는 짓이 아닌가. 집안 사람도 집안 사람이려니와 명준에게, 상구에게 들 낯이 있는가. 설사 만주에는 가 있다 하더라도, 첫몸을 준 명준이가 아닌가. 그야말로 불시에 금덩이나 짊어지고 오면 어떻게 되노.

그러나 명준이보다도 당장 날마다 만나게 되는 상구에게 대하여서는 어떻게 한단 말인가. 확실히 그를 깔보고 오기는 했다. 그렇기 때문에 벌써 피차에 정을 두고 지낸 지 반 년이 넘는데도 몸 하나 까딱 다치지 못하게 하여 왔다.

그 역 몸은 다칠 염도 하지 않았다. 그러나 그는 깔중보일 인금인가. 명준이같이 역시 눈질이 보통 재물은 아니다. 학교도 같은 학교나 명준이같이 중도에서 폐학할 처지도 아니요. 그것을 마치고는 서울 가서 웃학교를 치를 생각이라니 그렇게만 된다면야 취직도 한층 높아, 고을 학교만을 졸업하고 삼종 훈도로 나가거나, 조합 견습생으로 뽑히는 것과는 격이 다르다. 다만 세월이 너무 장구한 것이 지루하다. 지금 학교를 마치재도 이태, 웃학교까지 필함은 어느 천년일까. 그때까지에는 집안은 창이 날 것이다.

몸까지 허락하면 일이 됩데 틀어질 것 같아서 언약만 하여 놓고 손가락 하나 까딱 못 하게 한 것이다.

상구 역시 그것을 원하지 않았고 공부에 유난스럽게 힘을 들이는 모양이다. 그러는 동안에 이 꼴이 되고 말았다.

허랑한 몸으로 상구를 어찌 대하노. 그렇다고 그를 당장에 단념할 신세도 못 되고, 지은 죄를 쏟아 놓고 울고 떨 수는 더욱 없는 것이다.

생각과 겁과 부끄러움에 분녀는 정신이 섞갈린다.

3

학교가 바쁜지 여러 날이나 상구를 만날 수 없다. 눈앞에 면대하지 않으니 겁도 차차 으스러지고 도리어 마음은 허랑하게만 든다.

실상은 다음날로라도 곧 가려 하였으나, 겸연쩍은 마음에 그럴 수도 없어 며칠은 번졌다. 그날 부랴부랴 그곳을 나오느라고 만갑이 가게에 물건을 잊어 둔 것이다. 물건도 물건, 공칙히 손에 걸치는 옷가지인 까닭에 안 찾을 수도 없고, 밤이 으슥하기를 기다려 분녀는 조심스러이 거리로 나갔다.

한길에는 사람들이 듬성듬성하다. 전과는 달라 한결 조물거리는 마음에 사방을 엿보며 가게로 들어가자 기다리고 있던 듯이 만갑이는 성큼 뛰어나온다.

"올 사람도 없을 듯하군."

밀창을 드르릉드르릉 밀고 휘장을 치고 가게를 닫히는 것이다.

"곧 갈 텐데."

"눈어림만 했더니 맞을까."

골방문을 냉큼 열더니 만갑이는 상자를 집어낸다. 덮개를 여니 뾰족한 구두. 새까만 광채에 분녀는 눈이 어립다.

팔을 나꾸어 쪽마루로 이끈다.

분녀는 반갑기보다도 무섭다.

"그까짓 구두쯤."

불 하나를 끄니 가게 안은 어둑스레하다.

만갑이는 마루에 걸터앉아 강잉히 팔을 잡아 끈다. 뿌리치고 빼다가 전보대 모서리에서 붙들렸다.

"손가락 겨냥 좀 해볼까."

우격으로 끌리운다.

마루에 이르기 전에 만갑이는 날쌔게 남은 등불을 마저 죽여 버렸다.

어두운 속에서 분녀는 씨름꾼같이 왈칵 쓰러졌다. 더운 날

숨이 목덜미를 엄습한다. 굵은 바로 얽어 매인 것같이 몸이 가쁘다.

"미친 것."

즐겨서 들어온 것은 아니나 굳이 거역할 것이 없는 것은 몸이 떨리기는 하나 거듭하는 동안에 마음이 한결 유하여진 것이다. 무엇보다도 어둠에는 눈이 없는 까닭에 부끄러운 생각이 덜하다.

별안간 밀창을 흔드는 인기척에 달팽이같이 몸이 움츠러들었다. 시치미를 떼려던 만갑이는 요란한 소리에 잠자코 있을 수 없어 소리를 친다.

"천수냐?"

하는 수 없이 문을 여니 천수가,

"야단났어요."

어느 결엔지 들어와서,

"병환이 더해서 댁에서 곧 돌아오시라구요."

"더하다니!"

"풍이 나서 사람을 몰라봐요."

"곧 갈게 어서 들어가."

천수가 약빠르게 불을 켜는 바람에 분녀는 별수없이 어지러운 꼴을 등불 아래 드러냈다. 움츠러들며 외면하였으나, 천수의 눈이 등에 와 붙은 것 같다.

"녀석 방정맞게."

만갑의 호통에보다도 천수는 분녀의 꼴에 더 놀랐다.

이튿날 상구가 왔다.

임시 시험이라고는 칭탁하나 오월도 잡아들지 않았는데 모를 소리였다. 어떻든 그를 만나기는 퍽도 오래간만이다. 거의 하루 건너로 찾아오던 것이 문득 끊어지더니 마침 두 장도막을 넘긴 것이다. 하기는 전 모양 그 모양 지닌 책보도 전의 것대로였다. 다만 얼굴이 좀 그슬렸고 눈망울이 그 무슨 먼 생각에 멀뚱하다. 필연코 곡절이 있으련만 — 그것을 꼬깃꼬깃 묻기에 분녀는 심고를 하며 상구의 말과 눈치가 될 수 있는 대로 자기의 일신의 변화 위에 떨어지지 않도록 발뺌을 하노라고 애를 썼다. 속으로는 상구한테서 정이 벌써 이렇게도 떴나 하고 궁리 다른 제 심정을 아프고 민망하게도 여겼다. 거짓 없는 상구의 입을 쳐다보기도 죄망스럽다.

"시골 학교 재미 적다. 서울로나 갈까 생각하는 중이다."

새삼스런 소리에 분녀는 의아한 생각이 나서,

"아무 델 가면 시험 없나? 뚱딴지같이 다따가 서울은 왜."

"조사가 심해서 책도 맘대로 읽을 수 없어. 책권이나 뺏겼다. 서울 가면 책도 소원대로 읽을 거, 동무들도 흔할 거."

"책 책 하니 학교책이나 보면 됐지 밤낮 무슨 책이야."

책보를 끌러 활짝 헤치니 교과서 아닌 책 몇 권이 굴러 나왔다. 영어책도 아니요, 수학책도 아니요, 그렇다고 소설책도 아닌 불그칙칙한 껍질의 두터운 책들이다. 분녀는 전부터도 약간은 상구가 그러스럼한 책을 읽고 있는 것과 그것이 무슨 속인지를 짐작하여 행여나 하는 의심을 품고 오기는 왔다.

"집에 두면 귀찮겠기에 몇 권 추려 가져왔다. 소용될 때까지 간직했다 주렴."

"주제넘게 엉큼한 생각하다 망할 장본이야. 까딱하다 건수, 윤패 꼴 되려구."
"함부로 지껄이지 말어. 쥐뿔도 모르거든."
상구는 눈을 부르댔다.
"너 요새 수상하더라, 태도가 틀렸지."
소리를 치며 책을 넝큼 들어 분녀의 볼을 갈긴다.
"어떻게 알고 그런 주제넘은 대꾸야."
돌리는 얼굴을 또 한 번 갈기다가 문득 고름 끝에 올겨매인 반지를 보았다.
"웬 것야."
잡아채이니 고름이 떨어진다. 상구는 금시에 눈이 찢어져 올라가며 불이라도 토할 듯 무섭게 외친다.
"어느 놈팽이를 웃어 붙였니. 개차반. 천보."
머리채가 휘어잡혔다. 볼이 얼얼하고 이빨이 솟는 듯하나 분녀는 아무 대답 없다.
모처럼의 기회에 차라리 죽지가 꺾이우게 실컷 맞고 싶다. 미안한 심사가 약간이라도 풀려질 것 같다.
"숫제 그 손으로 죽여 주었으면."
실토였다. 눈물을 솟는다.
"큰 것 죽이지 네까짓 것 죽이러 생겨났겠."
결착을 내려는 듯이 몸째 차 박지르고 상구는 훌쩍 나가 버렸다.
어쩐지 마지막 일만 같아 분녀는 불현듯이 설워지며 공연히 그를 설굿친 것을 뉘우쳤다. 저녁때 밭에서 돌아오기가 바쁘게 어머니는 황당하게 설렌다.

"들었니? 상구 말이다."

분녀의 얼굴에는 아직도 눈물 자국이 부숙부숙한 채로다.

"요새 더러 만나 봤니. 이상한 눈치 보이지 않던? ― 들어갔단다."

"예? 언제요?"

분녀는 눈이 번쩍 뜨인다.

"망간 거리에서 소문 듣고 오는 길이다. 윤패, 건수들과 한 줄에 달릴 모양이다. 사람 일 모르겠다."

"낮쯤 와서 책까지 두고 갔는데요."

"낌새 채고 하직차로 왔었나 보다. 멀건 소소리패들과 휩쓸려 지내더니 아마도 그간 음특한 짓을 꾸민 게야."

"눈치가 이상은 하였으나 그렇게까지 되다니요."

사실 분녀는 거기까지는 어림하지 못하였다. 아까 상구와 끝내 말다툼까지 하다 그의 심사를 설긋치게 된 것도 실상은 그의 말이 전과는 달라 수상하게 나온 까닭이었다.

"녀석들의 언걸 입었거나 그렇지 않으면 철모르고 새롱새롱 덤볐거나 한 게야. 사람은 겉볼안이 아니구면. 이 일을 어쩌노."

어머니로서는 공연한 걱정이었다.

"웃학교는 아시당초 틀렸지. 초라니 같은 것. 사람 잘못 가렸어."

슬그머니 딸을 바라본다. 분녀의 얼굴은 안온한 것도 같고 아득한 것도 같다.

"사람과 생각이 다른 것야 하는 수 없지요."
"넌 어떻게 생각하느냐 말이다. 분하지 않느냐."
"분하긴요."
먼숙한 얼굴을 은연중 바라보며 어머니는 은근한 목소리로,
"너희들 그간 아무 일 없었니?"
분녀는 부끄러운 뜻에 화끈 얼굴이 달며 착살스런 어머니의 눈초리에서 외면하여 버렸다.
"있었다면 탈이다."
수삽스런 생각에 어머니가 자리를 뜬 것이 얼마나 시원한지 알 수 없다. 어머니에게 대하여서보다 애매한 상구에게 대하여 더 부끄럽다. 일신이 별안간 더럽고 께끔하다. 어쩐지 어심아하여 밤이 늦었을 때 분녀는 골목을 나갔다. 남문 거리에 가서 한 모퉁이에 서기만 하면 웬만한 그날 소식은 거의 귀에 들려온다. 한길 복판 게시판 옆에 두런두런 모여서들 지껄지껄하는 속에서 분녀는 영락없이 상구의 소문을 가달가달 훔쳐낼 수 있었다.
건수가 괴수였다. 모여서 글 읽는 패를 모으려다가 들키운 것이다. 학교에서는 상구 외에도 두 사람, 거리에서는 건수와 윤패네 세 사람. 상구가 건수에게서 책을 빌었을 뿐이나, 집을 속속들이도 수색당하고 학교에서는 나오는 대로 퇴학을 맞을 것이다.
상구도 이제는 앞길이 글렀구나 생각하면서 분녀는 발을 돌렸다.

이렇게 될 것을 예료하고 그를 숨기고 허랑하게 처신을 하여 온 것 같아 면목없고 언짢다.

집에 돌아오니 상구의 두고 간 책이 유난스럽게 눈에 띈다. 그립기보다도 도리어 책망하는 원혼같이 보여서 쓸어 들고 아궁이 앞으로 내려갔다.

"차라리 태워 버리는 것이 글거리가 남잖아 피차에 낫지."

불을 그어대니 속장부터 부싯부싯 타기 시작한다. 먹과 종이 냄새가 나며 두터운 책이 삽시간에 불덩어리가 된다. 어두운 부엌 안이 불길에 환하다. 상구와는 영영 작별 같다. 악착한 것 같아 분녀는 눈앞이 어질어질하다.

4

날이 지남에 따라 무겁던 마음도 차차 홀가분하여지고 상구에게 대하여 확실히 심드렁하게 된 것을 분녀는 매정한 탓일까 하고도 생각하였다. 굴레를 벗은 것같이 일신이 개운하다. 매일 곳 없으며 책할 사람 없다고 느끼는 동안에 마음이 활짝 열려져 엉뚱한 딴 사람으로 변한 것 같았다.

어느 날 저녁 느직하게 돼지물을 주고 우리에 의지하여 하염없이 들여다보고 있을 때, 문득 은근한 목소리에 주물트리고 돌아서니 삽짝문 어귀에 사람의 꼴이 어뜩한다. 홀태 양복을 입고 철 잃은 맥고를 쓴 것이 갈 데 없이 만갑이다. 혹시 집안 사람에게라도 들키면 하고 밖으로 손짓하며 뛰어갔다.
"동문 밖까지 와줄 텐가. 성 밑에서 기다리고 있을게."
만갑은 외면하여 돌아서며 다짜고짜로 부탁이다.
"의논할 일이 있어. 안 오면 낭패야."
대답할 여지도 없게 다짐하고는 얼굴도 똑똑히 보이지 않고 사람의 눈을 피하는 듯히 휙 가버린다. 어둠 속에 달아나는 꼴이 어렴칙하다. 약바른 꼴이 믿음직은 하나 너무나 급작스러워서 분녀는 미심하게 뒷모양을 바라본다. 여편네 병이 위중한가.
방에 돌아와 망설이다가 행티가 이상한 까닭에 담보를 내서 가보기로 하였다. 물론 그에게 그만큼 마음이 익은 까닭도 있었다.
동문을 나서니 벌판이 까마아득하고 늪이 우중충하다. 오리 밖 바다가 보이는지 마는지 달 없는 그믐밤이 금시에 사람을 호릴 듯하다.
길 없는 둔덕으로 들어서 성곽 밑으로 다가서기가 섬짓하고 께름하다. 여우에게 홀리는 것이 그래도 낫겠지 하는 생각에 문득 성 벽에 납짝 붙은 만갑을 발견하였을 때에는 차라리 반가왔다.
사내는 성큼 뛰어와 날쌔게 몸을 끌었다. 무서운 판에 분녀는 뿌듯한 힘이 믿음직하여 애써 겨르려고도 하지 않고 두 팔에 몸을 맡겨 버렸다.
"분녀."
이름을 부를 뿐 다른 말도 없이 급작스리 허리를 조이더니 부락스럽게 밀친다.

"다짜고짜로 개처럼 무어야, 원."

분녀는 세부득 쓰러지면서 게정거리나 어기찬 얼굴이 입을 덮는다. 팔이 떨리며 몸짓이 어색하다.

"말이 소용 있나."

목소리에 분녀는 웅끗하였다.

"녀석 누구야."

소리를 지르나 입이 막히운다.

"만갑인 줄만 알았니. 어수룩하다."

"못된 것 각다귀."

손으로 뺨을 하나 올려쳤을 뿐 즉시 눌리워 꼼짝할 수도 없다.

"듣지 않을 듯해서 깜쪽같이 만갑이로 변해 보았다. 계집을 속이기란 여반장이야. 맥고 쓰고 홀태 양복만 입으면 그만이니."

천수도 사내라 당할 수 없이 빡세다.

"딴은 만갑이와 좋긴 좋구나. 여기까지 나오는 것 보니. 녀석도 여편네는 마저마저 거꾸러지는데 말 아니야. 물건을 낚시 삼아 거리의 계집애들 다 망쳐 놓으니."

천수의 심청은 생각할수록 괘씸하였으나 지난 후에야 자취조차 없으니 할 일 없는 노릇이다. 마음속에 담고 있을 뿐 호소할 곳도 없으며 물론 말할 곳도 없다. 그러나 이상하게도 날이 지나갈수록 괘씸한 생각은 차차 스러져 갔다.

어차피 기구하게 시작된 팔자였다. 명준이 때나 천수 때나 누구인 줄도 모르고 강박으로 몸을 맡겼다. 당초에 몸을 뜯고 울고 하였으나, 지금 와보면 명준이나 천수나 만갑이까지도 — 다 같다. 기운도, 욕심도, 감동도 사내란 사내는 다 일반이다. 마치 코가 하나요, 팔이 둘인 것같이 뛰어나지 못한 사내도, 나은 사내도 없고 몸을 가지고만 아는 한정에서는 그 누구가 굳이 싫은 것도 무서운 것도 없다. 명준에게 준 몸을 만갑에게 못 줄 것 없고, 만갑에게 허락한 것을 천수에게 거절할 것이 없다.

다만 부끄러울 뿐이다. 벗은 몸을 본능적으로 가리게 되는 것과 같은 심정으로 그것은 여자의 한 투다.

문만 들어서면 세상의 사내는 다 정답다. 천수를 굳이 괘씸히 여길 것 없다.

분녀는 이렇게까지 생각하게 되었다. 마음이 허랑하여졌다고 할까. 확실히 새 세상을 알기 시작한 후로 심정이 활짝 열리기는 열렸다. 아무리 마음속을 노려보아도 이렇게밖엔 생각할 수 없다. 천수를 안된 놈이라고만 칭원할 수 없다.

정신이 산란하여 몸이 노곤하다. 살림은 나아지는 법 없고 일반인데다가 어느 날 또 발등에 불이 떨어졌다. 이웃 고을 재판소에서 검사국으로 넘어갔던 오빠의 재판이 열리는 것이다. 조합 당사자들에게 호출이 왔을 것은 물론이나, 경찰에서 참량하여 집에도 통지가 왔다. 들어간 후로는 꼴을 본 지도 하도 오랜 까닭에 어머니만이라도 참례하여 징역으로 넘어가기 전에 단 눈보기만이라도 하였으면 하나, 재판을 내일같이 앞두고 기차로 불과 몇 시간이 안 걸리는 곳인데도 골육을 보러 갈 노자가 없는 것이다. 어머니는 딸을, 딸은 어머니를 쳐다만 보며 종일 동안 궁싯거릴 뿐이었다.

생각다 못해 분녀는 밤늦게 거리로 나갔다. 만갑이밖엔 생각나는 것이 없다. 통사정하면 물론 되기는 될 것이다. 말하기가 심히 거북하여서 주저될 뿐이다.

휑드렁한 가게에는 그러나 만갑의 꼴은 보이지 않는다. 구석에 박혀 있던 천수가 빈중빈중 웃으며 나올 뿐이다.

"만갑이 보러 왔니? 온천으로 놀러 갔다."

위인이 없다면 말도 할 수 없기에 얼빠진 것같이 우두커니 섰노라니 천수는 민망한 듯이 덜미를 친다.

"요전 일 노엽니?"

뒤를 이어,

"무슨 일인지 내게 말하렴. 났으니 말이지 만갑이에게 말해도 소용 없을 줄이나 알아라. 네게서 벌써 맘 뜬 지 오래야. 요새는 남돗집 월선이와 좋아서 지내는 모양이더라. 여편네 병은 내일내일 하는데."

분녀는 불시에 뒤통수를 얻어맞은 것 같다. 눈앞이 아득하다.

"가게라도 반 떼어 주겠다고 꼬이지 않던? 여편네가 죽으면 후실로 들여 가게를 맡기겠다고 하지 않던? 누구에게든지 하는 소리. 그게 수란다."

기둥을 잃은 것 같다. 몸이 떨린다. 그를 장래까지 믿었던 것은 아니나, 너무도 간특스럽게 속힌 셈이다.

"만갑이처럼 능청스럽지는 못하나 네게 무엇을 속이겠니.

무슨 일이든 말하렴. 내 힘엔 부친단 말이냐?"
"아무것도 아니다."
"어떻게 생각할지 모르나, 돈이라면 여기 잔돈 푼이나 있다. 어떻게 여기지 말고 소용되는 대로 쓰려무나."
천수는 지갑을 내서 통째로 손에 쥐어 준다. 분녀는 알수 없이 눈물이 솟는다. 예측도 못한 정미에 가슴이 듬뿍해서 도리어 슬프다.

5

어머니는 재판소에 갔다 온 날부터 심화가 나서 누웠다 일어났다 하였다.
훌렁 바지를 입고 용수를 쓴 오빠의 꼴이 눈앞에 어른거려 잠을 못 이루는 눈치다.
눈물이 마를 새 없고 눈시울이 부어서 벌갰었다. 몇 해 징역이나 될까. 판결이 궁금하다기보다 무섭다. 엄정한 재판장의 모양이 눈에 삼삼하다. 종가에서는 발조차 일체 끊었다.
스산한 속에서도 단오가 가까워 온다.
거리 앞 장대에서는 매년같이 시민 운동회가 성대하게 열린다는 바람에 거리 사람들은 설렌다. 일년에 한 번 오는 이 반가운 명절 때문에 사람들은 사는 보람이 있는 듯하다. 씨름이 있고, 그네가 있고, 활이 있고, 자전거 경주가 있다. 사람들은 철시하고 새옷 입고 장대로 밀릴 것이다.

분녀는 정황이 못 되었으나 그래도 명절이 은근히 기다려진다. 제사지낼 떡은 못 빚을지라도 만갑이에게서 갖추어 얻은 것으로 이럭저럭 몸치장은 될 것이다. 무엇보다도 올해는 그네를 뛰어 상에 들 가망이 있는 것이다.

"자전거 경주에 또 나가 보겠다."

천수가 뽐내는 것을 들으면 분녀도 마음이 뛰놀았다.

"을손이를 지울 만하냐?"

"올해야 설마 짓구땡이지 어디 갈랴구. 우승기 타들고 거리를 돌게 되면 나와 살겠니?"

"밤낮 살 공론이야."

이렇게 말한 것이 실상에 당일에는 어찌된 일인지 도무지 신명이 나지 않았다.

못을 박은 듯이 빽빽이 선 사람 틈으로 자전거 경주를 들여다보고 있노라니, 앞장 서서 달아나던 천수는 꽁무니를 쫓는 을손과 마주 스치더니 급작스런 모서리를 돌 때 기어이 왈칵 쓰러져 일어나는 동안에는 벌써 맨 뒤에 떨어져 버렸다. 을손의 간악한 계교에 얼입히웠다고 북새를 놓았으나, 을손이 벌써 일등을 한 뒤라 공론이 천수에게 이롭지 못하였다. 조마조마 들여다보던 분녀는 낙심이 되어 차례가 와서 그네에 올랐을 때에도 마음이 허전하였다.

나조차 마저 실패하면 어쩌노 생각하며 애써 힘을 주어 솟구기 시작하였다. 휘뚝거리던 설개도 차차 편편하여지고 두 손아귀의 바도 힘차고 탐탁하게 활같이 휘었다 펴졌다 한다. 그네와 몸이 알맞게 어울려 빨리 닫는 수레를 탄 것같이 유쾌하다. 나갈 때에는 눈앞이 휘연하고 치맛자락이 너볏이 나부낀다. 다리 밑에 울며줄며 선 사람들의 수천의 눈망울이 몸을 따라 왔다 갔다 한다. 하늘에 오를 것 같고 땅을 차지한 것도 같다. 땅 위의 걱정은 어디로 날아간 듯싶다.

바에 달린 줄이 휘엿이 뻗쳐 방울이 딸랑딸랑 울릴 때도 얼마 남지 않은 것 같다. 아래에서는 연방 추스르는 말과 힘을 메기는 고함이 들린다. 몸이 펴질 대로 펴지고 일등도 멀지 않다.

그때였다. 들어왔다. 마지막 힘을 불끈 내어 강물같이 후렷이 솟아 나갈 때, 벌판으로 달리는 눈동자 속에 문득 맞은편 수풀 속의 요절할 한 점의 광경이 눈에 들어왔다. 순간 눈이 새까매지고 허리가 휘친 꺾이우며 힘이 푹 스러지는 것이었다.

'왕가일까.'

추측하며 재차 솟구며 나가 내려다보니 움직이지도 않고 그대로 서 있는 꼴이 개울 옆 수풀 그늘 아래 완연하다. 그 불측한 녀석은 참다못해 그 자리에 선 것이 아니요, 확실히 일부러 그 꼴을 하고 서서 이쪽을 정신없이 쳐다보는 것이다. 아마도 오랫동안 그 목적으로 그 짓을 하고 섰던 것이 요행 주의를 끌어 눈에 띈 것이리라. 거리에서 드팀전을 하고 있던 중국인 왕가인 것이다.

'음칙한 것.'

속으로는 혀를 차면서도 이상하게도 한눈이 팔려 분녀는 노리는 동안에 팽팽하게 당기던 기운이 왈싹 줄어들며 그네가 줄기 시작하였다. 허리가 꺾이우고 다리가 허전하여지더니 다시 힘을 줄래야 줄 수 없다. 팔이 떨려 바가 휘친거리고 발에 맥이 풀려 설개가 위태스럽다. 벌써 자세가 빗나가고 몸과 그네가 틀리기 시작하였다. 거의 방울이 마저마저 울리려 하던 푯줄이 움츠려들게만 되니 그네는 마지막이요 일등은 날아갔다. 분녀는 아홉 슘음의 공을 한 슘음의 실책으로 단망할 수밖엔 없었다. 줄 아래 사람들은 공중의 비밀은 알 바 없어 혹은 탄식하고 혹은 소리치며 다만 분녀의 못 미치는 재주를 아까와하는 것이다.

 이렇게 된 바에야 하고 분녀는 줄어드는 그네 위에서 담대스럽게 녀석을 노려서 물리치려고 하였다. 그러나 이상한 것은 노리는 동안에 그를 물리치기는커녕 이쪽의 자세가 어지러워질 뿐이다. 오금에 맥이 빠지고 나부끼는 치마폭이 부끄럽다.

 일종의 유혹이었다. 천여 명 사람 속에서 왕가의 그 꼴을 보고 있는 것은 분녀뿐이다. 말하자면 두 사람은 많은 총중의 눈을 교묘하게 피하여 비밀히 만나고 있는 셈도 된다. 왕가의 가특스런 손짓과 마주치는 분녀의 시선은 말없는 대화인 셈이다. 분녀는 부끄러운 생각에 얼굴이 붉어졌다.

 줄에서 내렸을 때까지도 좀체 흥분이 사라지지 않았다.

 좀 상에는 들었으나, 상보다도 기괴한 생각에 몸이 무겁다.

 이 괴변을 누구에게 말하면 좋은가. 혼자만 알고 있는 것이 옳을까 생각하며 천수를 찾았으나, 많은 눈 속에서 소락소락 말을 붙일 수도 없어서 집으로 돌아와서야 겨우 기회를 잡았으나, 천수는 홧김에 술이 거나하게 취하여 있다.
"개울가로 나오련? 요절할 이야기 들려줄게."
"분해 못 견디겠다. 을손이 녀석."
 분녀는 혼자 먼저 나갔으나 시납시납 거닐어도, 천수의 나오는 꼴이 보이지 않았다. 분김에 을손과 맞붙어 싸우지나 않은가.
 양버들 숲을 서성거리는 동안에 어두워졌다. 개울까지 나갔다 다시 수풀께로 돌아오면서 할 일 없이 왕가의 생각에도 잠겨 본다. ─ 초라한 꼴로 거리에 온 지 오륙 년이나 될까, 처음에는 마병 장사를 하던 것이 차차 늘어 지금에는 드팀전으로도 제일 크다. 실속으로는 거리에서 첫째 부자라는 소리도 있으나, 아직도 엄지락총각의 신세를 면하지 못하여 가끔 술집에 가서는 지전을 물쓰듯 뿌린다고한다. 중국 사람은 왜 장가가 늦을까. 여편네가 귀한 탓일까…….
 수풀 그늘 속으로 들어가려던 분녀는 기급을 하고 머물렀다. 제 소리의 범이 있는 것이다. 왕가는 마치 그를 기다리고 있던 것같이 벙글벙글 웃으며 앞에 막아선다. 하기는 낮에 섰던 바로 그 자리이긴 하다. 도깨비에게 홀린 것도 같다.
 쭈뼛 솟았던 머리끝이 가라앉기도 전에 몸이 왕가의 팔 안에 있다. 입을 벌리기에는 너무도 어처구니없고 삽시간이라 겨를 틈도 없다.

"평생이 이다지도 기구할까."
 분녀는 혼자 앉았을 때, 스스로 일신이 돌려보였다.

수풀 속에서 왕가에게 경박을 당하였을 때, 악을 다하여 결었다면 견지 못하였을까. 가령 팔을 물어뜯는다든지 돌을 집어 얼굴을 찧는다든지 하였으면 당장을 모면할 수는 있지 않았던가. 그럼에도 그는 그것을 할 수 없었고, 이상한 감동에 몸이 주저 들자 기운도 의사도 사라져 버려 그뿐이었다.
마치 당시에는 함빡 술에라도 취하였던 듯싶다.
천수를 대할 꼴도 없다. 하기는 만갑과의 사이를 아는 그가 왕가와의 사이인들 굳이 나무랄 이치도 없기는 하다. 천수는 만갑에게서 그를 빼앗았고 차례로 왕가에게 빼앗긴 셈이다. 몸이란 나루에서 나루로 멋대로 흘러가는 한 척의 배 같다. 하기는 만약 그날 저녁 약속한 천수가 어김없이 개울가로 나와 주었더면, 그렇게 신세가 빗나가지는 않았을 것이다. 천수를 한할까, 왕가를 원망할까.
분녀는 길게 한숨지으며 생각에 눈이 흐리멍덩하다. 천수를 한할 바도 못 되거니와 왕가를 미워할 수도 없는 것이다.
생각하기도 부끄러운 일이나 사실 왕가는 특별한 인간이었다. 사내 이상의 것이라고 할까. 그로 말미암아 분녀는 완전히 눈을 뜨게 된 것이다.
왕가를 보는 눈이 전과는 갑자기 달라져서 은근히 그가 그리운 날이 있었다. 피가 수물거려 몸이 덥고 골이 땅할 때조차 있다. 그런 때에는 뜰 앞을 저적거리거나 성 밖에 나가 바람을 쏘일 수밖에는 없었다. 그러나 그것만으로는 도무지 몸이 식지 않는 때가 있다.
하룻밤은 성 밖까지 나갔다 돌아오는 길에 거리를 거쳤다.

눈치를 보아 왕가와 만날 수가 있지나 않을까 하는 속심도 없는 바 아니었다.

두근거리는 마음에 남문을 지날 때 돌연히 천수를 만났다. 조바심하는 탓으로 태도가 드러나 보였는지 천수는 어둠 속으로 소매를 이끌더니 첫마디에 싫은 소리였다.

"요새 꼴이 틀렸군."

영문을 몰라 맞장구를 쳤다.

"꼴이 틀렸다니 눈이 뒤집혔단 말이냐."

"눈도 뒤집혔는지 모르지."

"무슨 소리냐."

"요새 환장할 지경이지."

"또 술 취했구나. 을손이한테 지더니 밤낮 술이야."

"어물쩡하게 딴소리 그만둬."

쏘더니 목소리를 갈아,

"사람이 그렇게 헤푸면 못쓴다. 아무리 너기로서니 천덕구니가 되면 마지막이야."

"무엇 말이냐?"

"그래도 시침을 떼니? 왕가와의 짓 말야."

분녀는 뜨끔하여 입이 막혀 버렸다.

"수풀 속에서 본 사람이 있어. 하늘은 속여도 사람의 눈은 못 속이다."

따귀를 붙인다. 분녀는 주춤하며 자세가 휘었다.

"다시 그러면 왕가를 찔러라도 눕힐 테야. 치가 떨려 못 살겠다."

한참이나 잠자코 섰던 분녀는 겨우 입을 열었다.
"너 옷섶이 얼마나 넓으냐? 내가 네게 매었단 말이냐. 왕가와 너와 못 하고 나은 것이 무엇 있니?"

6

그 후로 천수와의 사이가 뜬 것은 물론이어니와 분녀에게는 여러 가지 궁리가 많아서 얼마간 거리와 일절 발을 끊었다.
아침 저녁으로 관사에 다니는 것도 일부러 궁벽한 딴 길을 골랐다. 관사에서 일하는 이외의 여가는 전부 집에서 보냈다.
빈 집을 지키며 울밑 콩 포기도 가꾸고 우물물을 길어 몸도 퍼찔 씻고 하는 동안에 열이 식어지고 마음도 차차 잡혔다. 몸이 깨끗하고 정신이 맑은데다 뜰 앞의 조촐한 화초 포기를 바라보고 있으면 지난 일이 꿈결같이밖에는 생각나지 않는다. 그 무슨 무더운 대병이 나서 치르고 난 것같이 몸이 거뿐하다. 모든 것이 지나간 꿈이었다면 차라리 다행이겠다고 생각해 보면 머리채를 땋아 내린 몸으로 엄청난 짓을 한 것이 새삼스럽게 뉘우쳐진다. 명준, 만갑, 천수, 왕가 머릿속에 차례차례로 떠오르는 환영을 힘써 지워 버리려고 애쓰면서 날을 보냈다.
그러나 사람의 마음처럼 조화 많은 것은 없는 듯하다. 언제까지든지 찬 우물을 끼얹어 식히고 얼리울 수는 없었다. 견물생심으로 다시 분녀의 마음을 움직이게 한 변괴가 생겼다. 망칙스런 꼴이 눈에 불을 붙여 놓았다.

여름의 관사는 까딱하면 개망신처가 되기 쉽다. 문이란 문, 창이란 창은 죄다 열어젖히고 대신에 얇은 발이 치이면 방 안의 변이 새이기 맞춤이다. 문이란 벽 속의 비밀을 귀띔하는 입이다. 그 안에 사는 임자가 밤과 낮조차 구별할 주착이 없을 때에 벽은 즐겨 망신 주기를 좋아하는 것 같다.

그날 저녁 무렵은 유난히도 무더웠다. 더우면 사람들은 해변에서나 집 안에서나 옷벗기를 즐겨 한다. 분녀는 이 역 유난스럽게도 일찍이 부엌일을 마치고는 목욕물을 가늠 보러 목욕간으로 들어갔다. 물줄을 틀어 더운물을 맞추면서 한결같이 누구보다도 먼저 시원한 물속에 잠겼으면 하는 불측한 생각뿐이었다. 그러나 대체 주인 양주는 이때껏 무엇을 하고 있나 하고 빈지 틈에 눈을 대었다. 이 괴망스러운 짓이 실수였는지도 모른다. 빈지 틈으로는 맞은편 건넌방이 또렷이 보인다. 분녀는 하는 수 없이 방 안의 행사를 일일이 보지 않을 수 없었다.

거의 숨을 죽였다. 피가 솟아 얼굴이 확 단다. 목구멍이 이따금 울린다. 전신의 신경을 살려 두 손을 펴고 도마뱀같이 빈지 위에 납짝 붙었다.

수돗물이 쏟아질 대로 쏟아져 목욕탕이 넘쳐 나는 것도 잊어버리고 분녀는 어느 때까지나 정신없이 빈지에 붙어 앉았다. 더운 김에 서리어서인지, 눈에 불이 붙어서인지 몸이 불덩이같이 덥다.

날이 지나도 흥분이 쉽사리 사라지지 않는다.

'그런 세상도 있구나.'

거기에 비하면 지금까지 겪은 세상은 너무도 단순하고 아무것도 아닌, 방 안의 세상이 아니요, 문 밖 같은 생각이 든다. 가지가지의 경험을 죄진 것같이 여기던 무거운 생각도 어느 결엔지 개어지고 도리어 자연스럽고 그 위에 그 무엇이 부족하였다는 느낌조차 들었다.

관사의 광경은 확실히 커다란 꾀임이었다. 일시 잠자던 것이 다시 깨어나 이번에는 더 큰 힘으로 움직이기 시작하였다. 아무리 우물물을 퍼서 몸에 퍼부어도 쓸데없다. 한시도 침착하게 앉아 있을 수 없이 육신이 마치 신장대 모양으로 설레는 것이다.

만약 그날로 돌연히 상구가 눈앞에 나타나지 않았더면, 분녀는 어떻게 일신을 정리하였을까.

요술과도 같이 뜻밖에 상구가 찾아왔다. 들어간 지 거의 달포 만이다. 얼굴은 부숭부숭 부었으나, 어느 틈엔지 머리까지 깎은 후라 일신은 단정하다. 짜장 반가운 판에 분녀는 조금 수다스럽게 소리를 걸었다.

"고생했구나."

"맞았다! 동무들이 가엾다."

상구는 전과는 사람이 변한 것같이 속도 열리고 말도 걱실걱실 잘 받는 것이 분녀에게는 알 수 없이 반갑다.

"몸이 부은 것 같구나. 거북하지 않으냐?"

"넌 내 생각 안 했니?"

다짜고짜로 몸을 끌어당긴다. 분녀는 굳이 몸을 빼지 않았다.

"이번같이 그리운 때는 없었다."

"별안간 싼들한 것 같구나."

핑계 겸 일어서서 분녀는 방 문을 닫았다.

상구에게 대한 지금까지의 불만도 뉘우침도 다 잊어버리고 상구의 하는 대로 몸을 맡겼다. 누구보다도 지금에는 상구가 가장 그리운 것이다. 지난날도 앞날도 없고 불붙는 몸에는 지금이 있을 뿐이다. 상구의 입술이 꽃같이 곱다.

다음날 관사에 나갔을 때는 분녀는 천연스런 양주의 얼굴을 속으로 우습게 여기는 한편 천연스런 자신의 꼴을 한층 더 사특하게 여겼다.

그날 밤도 상구가 오기는 왔으나 간밤같이 기쁜 낯으로가 아니었다. 밤늦게 오면서도 그는 전과 같이 노여운 태도였다. 퉁명스런 목소리였다.

"너를 잘못 알았다."

발을 구르며,

"네까진 것한테 첫 몸을 준 것이 아까와."

이어,

"짐승 같은 것. 너를 또 찾은 내가 잘못이었지. 그렇게까지 된 줄이야 알았니?"

기어이 볼을 갈겼다.

"소문 다 들었다."

"……."
"굳이 일일이 이름 들 것도 없겠지. 어떻든 난 쉬 떠나겠다."

7

상구는 말대로 가버렸다. 차라리 실컷 얻어나 맞았더라면 시원할 것을 더 말도 못 들어 보고 이튿날로 사라졌으니 할 일없다. 서울일까. 사람이란 눈앞에만 안 보이게 되면 왜 이리도 그리운가.
그러나 상구의 실종보다도 더 큰 변이 생기고야 말았다. 마을 갔던 어머니는 황급한 성질에 펄펄 뛰어들더니 손에 몽둥이를 집어 들었다.
"분녀야 정말이냐?"
분녀에게는 곡절이 번개같이 짐작되었다. 금시에 몸이 녹는 것 같더니 넋 없는 몸뚱이가 허공을 나는 것 같다.
"허구한 곳 다 두고 하필 종가에 가서 끔찍한 소문을 듣다니 무슨 망신이냐."
올 때가 왔구나 하고 숨을 죽였다.
"일일이 대봐라. 행실머릴 이 자리에서."
첫 매가 내렸다.
"만갑이, 천수 또 누구냐 대라. 치가 떨려 견딜 수 있나. 몸치장이 수상하더니 기어이 이 꼴이야?"

물매가 내리기 시작하였다. 분녀는 소같이 잠자코만 있다가 견딜 수 없어서 매를 쥔 팔을 붙들었다. 어머니는 더욱 노여워할 뿐이다.

"이 고장에 살 수 없다. 차라리 죽어라."

모진 매에 등줄기가 주저 내리는 것 같다. 종아리에서 피가 튄다. 분녀는 하는 수 없이 매를 벗어나서 집을 뛰어나왔다. 목소리는 나지 않고 눈물만이 바짓바짓 솟는다.

바다에라도 빠질까. 목이라도 매일까. 성문을 나서 환장할 듯한 심사에 정신없이 벌판을 달렸다. 큰길을 닫기도 부끄러워 옆길로 들었다. 허전거리다가 밭두둑에 쓰러졌다. 굳이 다시 일어날 맥도 없어 그 자리에 코를 박고 밤 되기를 기다렸다. 바다에까지 나가기도 귀찮아 풀포기에 쓰러진 채 밤을 새웠다.

다음날도 집에 들어가지 않고 그렇다고 갈 곳도 없어 사람 눈에 안 띄게 종일이나 벌판을 헤매이다가 밭 속 초막 안에서 잤다. 그런 지 나흘 만에 벌판으로 찾아 헤매는 식구의 눈에 띄어 하는 수 없이 집으로 끌려갔다. 어머니는 때리는 대신에 눈물을 흘렸다.

큰일이나 치르고 난 것 같다. 몸도 가다듬고 마음도 조여졌다. 딴 사람으로라도 태어난 것 같다. 관사에서 떨어진 후로는 들에 나가 밭일을 거들었다. 거리를 모르게 되고 밭과 친하였다.

여름이 짙어지자 벌써 가을 기색이었다. 들에는 곡식 냄새에 섞여 들깨 향기가 넘쳤다. 들깨 향기는 그윽한 먼 생각을 가져온다.

분녀는 날마다 들깨 향기에 젖어서 집에 돌아왔다. 그런 하룻날 돌연히 낯선 청년이 찾아왔다.

"날 모르겠어?"

아무리 뜯어보아도 알 듯 알 듯하면서 미처 생각이 돌지 않는다.

"명준이야."

듣고 보니 틀림없다. 반갑다. 삼 년 만인가.

"만주 갔다 오는 길야. 나도 변했지만 분녀도 무던히는 달라졌군."

"금광은 찾았누."

"금광 대신에 사람놈이나 때려 죽였지."

명준은 빙그레 웃는다. 고생을 하였으련만 그다지 축나지도 않았다. 도리어 몸이 얼마간 난 것 같다.

"고향은 그저 그 모양이군."

분녀는 변화 많은 그의 일신 위에 말이 뻗칠까 봐 날쌔게 말꼬리를 돌렸다.

"어떻게 할 작정인구."

"밭뙈기나 얻어 갈아 볼까. 수 틀리면 또 내빼구."

말투가 허황하면서도 듬직하다. 생각하면 명준은 첫 사람이었다. 귀찮은 금덩이를 가져오지 않은 것이 차라리 개운하다. 허락만 한다면 그와 나 마음 잡고 평생을 같이하여 볼까 하고 분녀는 생각하여 보았다.

(1936년)

오리온과 능금

1

나오미가 입회한 지는 두 주일밖에 안 되었고 따라서 그가 연구회에 출석하기는 단 두 번임에 불구하고 어느덧 그의 태도가 전연 예측지 아니하였던 방향으로 흐름을 알았을 때에 나는 놀라지 않을 수 없었다. 사람의 감정의 움직임이란 예측하기 어려운 것이지만 짧은 시간에 그가 나에게 대하여 그런 정서를 품게 되었다는 것은 도무지 뜻밖의 일이었음을 나는 놀라는 한편 현혹한 느낌을 마지않았던 것이다.

하기는 나오미가 S의 소개로 입회하게 된 첫날부터 벌써 나는 그에게서 '동지'라는 느낌보다도 '여자'라는 느낌을 더 많이 받았다. 그것은 나오미가 현재 어떤 백화점의 여점원이요. 따라서 몸치장이 다소 사치한 까닭이라는 것보다도 대체로 그의 육체와 용모의 인상이 너무도 연하고 사치한 까닭이었다. 몸이 몹시 가늘고 입이 가볍고 눈의 표정이 너무도 풍부하였다. 그의 먼 촌 아저씨가 과거에 있어서 한 사람의 굳건한 ××으로서 현재 영어의 몸이 되어 있다는 소식도 S를 통하여 가끔 들은 나였지마는 그러한 나의 지식과 나오미의 인상과의 사이에는 한 점의 부합의 연상도 없고 물에 뜬 기름 모양으로 서로 동떨어진 것이었다.

그것은 마치 같은 가지에 붉은 꽃과 푸른 꽃의 이 전연 색 다른 두 송이의 꽃이 천연스럽게 맺히는 것과도 같은 격이었다. 그러나 연약한 인상이라고·그의 미래를 약속하지 못하는 법은 없을 것이다.

그러므로 진실한 회원이요, 믿음직한 동지인 S가 그를 소개하였을 때에 우리는 그의 입회를 승낙하기에 조금도 인색하지 않았던 것이다.

그러자 차차 그를 만나게 될수록 동지라는 느낌은 사라지고 여자라는 느낌이 그에게서 받는 느낌의 거의 전부였다.

한편 나에게 대한 그의 태도와 행동은 심히 암시적이었다. 내가 그것을 깨닫게 된 것은 물론 다음과 같은 일이 있은 후로부터였지만.

나오미가 입회한 후 두 번째 연구회에 출석하던 날이었다. 오륙 인 되는 회원들이 S의 여공임을 비롯하여 학생 점원 등 층층을 망라한 관계상 자연 모이는 시간이 엄수되지 못하였고, 또 독일어의 번역과 대조하여 읽고 토의하여 가던 《×× ××》에 어려운 대문이 많았던 까닭에 분량이 많이 나가지 못하는데다가 회를 마치고 나면 모두 피곤하여지는 까닭에 될 수 있는 대로 초저녁에 모여서 밤이 깊기 전에 파하는 것이 일쑤였다. 그날 밤도 일찍이 파하고 S의 집을 나오니 집에의 방향이 같은 관계상 나는 또 나오미와 동행이 되었다.
"어떻소, 우리들의 기분을 대강은 이해할 만하게 되었소?"
회원들 가운데 피를 달리한 사람은 나오미 한 사람뿐이므로 낯익지 않은 그루프 속에 들어와서 거북한 부조화와 고독을 느끼지 않는지를 염려하여 오던 나는 어두운 골목을 걸어 나오면서 그의 생각도 들어 보고 또 그를 위로도 할 겸 이런 말을 던졌다.
"이해하고말고요. 그리고 저는 이 분위기를 대단히 좋아해요. 저를 맞아 주는 동무들의 심정도 좋고 선생님께 대하여서는 더구나 친밀한 느낌을 더 많이 품게 되었어요."
"그렇다면 다행이외다. 혈족에 대한 그릇된 편견으로 인하여 잘못을 범하는 예가 아직도 간간이 있으니까요."
"깨달음이 부족한 까닭이겠지요. 어떻든 저는 우리 회합에서 한 점의 거북한 부자유도 느끼지 않아요. 마음이 이렇게 즐겁고 좋아요."
진실로 즐거운 듯이 나오미는 몸을 가늘게 요동하며 목소리를 내서 웃었다.
미묘하게 움직이는 그의 시선을 옆얼굴에 인식하면서 골목을 벗어 나오니 네거리에 나섰다.
늘 하는 버릇으로 모퉁이 서점에 들러 신간을 한바퀴 살펴본 후 다시 서점을 나올 그때까지 나오미의 미소는 꺼지지 않았다.
서점 옆 과일점 앞을 지날 때에 나오미는 그 미소를 정면으로 나에게 던지면서 복잡한 표정으로 나를 쳐다보며 제의

하였다.
"능금이 먹고 싶어요!"
"능금이?"
의외의 제안인 까닭에 나는 반문하면서 그를 바라보았다.
"신선한 능금 한 입 먹었으면!"
나오미는 마치 내 자신이 한 개의 능금인 것같이 과일점의 능금 대신에 나를 똑바로 쳐다보며 바싹 나에게로 붙었다.
나는 은전 몇 닢을 던져 주고 받은 능금 봉지를 나오미에게 쥐어 주었다.
걸으면서 나오미는 밝은 거리를 꺼리는 법 없이 새빨간 능금을 껍질째 버적버적 먹었다.
"대담하군요."
"어때요, 한길에서 ― 능금 ― 프롤레타리아답지 않아요?"
나오미의 하이얀 이빨이 웃음을 띠우며 능금 속에 빛났다.
"금욕은 프롤레타리아의 도덕이 아니에요. 솔직한 감정을 정직하게 표현하는 것이 프롤레타리아가 아닐까요?"
그러나 밝은 밤거리에서 아름다운 여자가 능금을 버적버적 먹는 풍경은 프롤레타리아답다느니보다는 차라리 한 폭의 아름다운 '모던' 풍경이었다. 그만큼 아름다운 나오미의 자태에는 프롤레타리아다운 점은 한 점도 없으며, 미래에도 그가 얼마나한 정도의 프롤레타리아 투사가 될까도 자못 의문이었다. 너무도 아름답고 사치하고 '모던' 한 나오미였다.
"능금 좋아하세요?"
"싫어하는 사람이 어디 있겠소."

"모두 아담의 아들이요, 이브의 딸들이니까요…… 자 그럼 한 개 잡수세요."

나오미는 여전히 미소하면서 능금 한 개를 나의 손에 쥐어 주었다.

"그렇지요. 조상 때부터 좋아하던 능금과 우리는 인연을 끊을 수는 없어요. 능금은 누구나 좋아하던 것이고 또 영원히 좋은 것이겠지요. 공간과 시간을 초월하여 높게 빛나는 능금이지요. 마치 저 하늘의 '오리온'과도 같이 길이길이 빛나는 거예요."

"능금의 철학이라고 해도 좋지요…… 그러니까 프롤레타리아 투사에게라고 결코 능금이 금단의 과일이 아니겠지요. 밥을 먹지 않으면 안 되는 투사가 능금을 먹지 말라는 법이 어디 있어요."

나오미의 암시가 나에게는 노골적 고백으로 들렸다. 그러므로 나는 예민하게 나의 방패를 내들지 않을 수 없었다.

"그것이 진리임은 사실이나 문제는 가치와 효과에 있을 것이오. 우리에게나 일정한 체계와 절제가 있어야겠지요. 아무리 아름다운 능금이기로 난식을 하여서 도리어 계급적 사업에 해를 끼치게 된다면 그것은 값 없는 것이 아니겠소?"

2

이런 일이 있은 후로부터는 나는 웬일인지 항상 나오미와 능금을 연상하게 되어서 그를 생각할 때에나 만날 때에는 반드시 먼저 능금의 연상이 머릿속을 스치게 되었다. 그렇게 하여 때로는 그가 마치 능금의 화신같이 생각되는 때도 있었다. 물론 다음과 같은 일이 있은 후로부터는 그런 인상은 더욱 두터워 갔다.

두 주일 가량 후이었을까, 오랫동안 생각 중에 있던 어떤 행동에 있어서의 다른 어떤 회와의 합류 문제가 돌연한 결정을 지었던 까닭에 그 뜻을 회원들에게 급히 알려야 할 필요상 나는 그 보고를 가지고 회원의 집을 일일이 방문하지 않으면 안 되었다. 그날 저녁때 마지막으로 찾은 것이 나오미였다.

직접 그의 숙소가 아니요 그의 일터인 백화점으로 찾은 까닭에 그 자리에서 장황한 소식도 말할 수 없는 터이므로 진열되어 있는 화장품 사이로 간단한 보고만을 몇 마디 입재게 전하여 줄 따름이었다.

그러나 낯선 손님도 아니요, 그렇다고 동지도 아니요, 마치 정다운 애인을 대하는 듯이 귀여운 미소를 띠며 귀를 바싹 대고 나의 보고를 고요히 듣고 있던 나오미는 나의 말이 끝나자 눈짓을 하고 그 자리를 떠나면서 나에게 뒤를 따르기를 청하였다. 영문을 모르는 나는 의아하면서도 시치미를 떼고 뒤를 따라 그와 같이 올라가는 승강기를 탔다.

위층에서 승강기를 버린 나오미는 층층대로 올라가 옥상 정원에까지 나섰을 때에 다시 은근한 한편 구석 철난간으로 나를 인도하였다.

"무슨 일요?"

심상치 않은 일이 있은 것같이 예측되었기에 그곳까지 이르자 나는 조급하게 물었다.

"선생님께 드릴 것이 있어서요."

철난간에 피곤한 몸을 의지하여 흐트러진 머리카락을 쓸어 올리는 나오미는 조금도 조급한 기색도 없이 천천히 대답하면서 나를 듯짓이 바라보았다.

"무엇이란 말요?"

"무엇인 듯해요?"

"글쎄……."

그러나 나오미는 거기서 곧 대답은 하지 않고 피곤한 듯한 손짓으로 이지러진 옷자락과 모양을 고치면서 탄식하였다.

"하루에 열 시간 이상의 노동을 하려니까 피곤해서 못 배기겠어요."

"그러니까 부르짖게 되지요."

"열 시간 이상 노동 절대 반대…… 그러나 지내 보니까 이 속에는 한 사람도 똑똑한 아이가 없어요. 결국은 이런 곳의 조직의 필요성은 아직 제 시기에 이르지 못한 것 같애요."

"그것은 그렇다고 해두고 나에게 줄 것이 무엇이란 말요?"

"참, 드릴 것을 드려야지요."

하면서 나오미는 새까만 원피스 주머니 속에 손을 넣었다.

"일전에 제가 선생님께 능금을 받았지요. 그러니까 저도 능금을 드려야지요."

바른손에는 한 개의 새빨간 능금이 들려 있었다.

"능금?"
"왜 실망하세요? 능금같이 귀한 것이 세상에 또 있을까요?"
동의를 구하려는 듯이 나오미는 나를 반듯이 바라보았다.
"저곳을 내려다보세요. 번잡한 거리에서 헤매이고 꾸물거리는 저 많은 사람들의 찾는 것이 결국 무엇일까요? 한 그릇의 밥과 한 개의 능금이 아닌가요? 번잡한 이 거리의 부감도俯瞰圖는 아름다운 능금의 탐색도探索圖인 것 같애요."
말하면서 거리로 향한 몸을 엇비슷이 틀면서 손에 든 능금을 높이 쳐들었다. 두어 오리 흐트러진 머리카락과 옆얼굴의 윤곽과 부드러운 다리와 손에 든 능금에 찬란한 석양이 반사되어 완연 그의 전신에서 황금빛 햇발이 발사되는 듯도 하여 그의 자태는 마치 능금을 든 이브와도 같이 성스럽고 신비로운 그림으로 보였다.
"능금을 받으세요."
원피스를 떨쳐 입은 '모던' 이브는 단 한 개의 능금을 나의 앞에 내밀었다. 그의 자태와 행동에 너무도 현혹하여 묵묵히 서 있으려니 그는 어떻게 생각하였는지 한 개의 능금을 두 손 사이에 넣고 힘을 썼다.
"코카서스 지방에서는 결혼할 때에 한 개의 능금을 두 쪽을 내어서 신랑 신부가 그 자리에서 한 쪽씩 먹는다지요."
하면서 두 쪽으로 낸 능금의 한 쪽을 나의 손에 쥐어 주고 나머지 한 쪽을 그의 입으로 가져갔다.
철난간에 의지하여 곁눈으로 저물어 가는 거리의 부감도를 내려다보며 한 쪽의 능금을 먹는 나오미의 자태는 아까의 성스러운 그림과는 정반대로 속되고 평범한 지상적地上的 풍경으로밖에는 보이지 않았다.

3

"그래, 나오미는 어떻게 생각하오?"

"코론타이 자신 말예요?"

"보다도 왓시릿사에 대해서 말요."

"가지가지의 붉은 사랑을 맺어 가는 왓시릿사의 가슴속에는 물론 든든한 이지의 조종도 있었겠지만 보다도 뛰는 피의 감정에 순종함이 더 많았겠지요. 이런 점에 있어서 저도 왓시릿사를 좋아하고 찬미할 수 있어요."

"사업 제1, 연애 제2, 어디까지든지 이 신조를 굽히지 않고 나간 것이 용감하지 않소?"

"그러나 사업 제1이라는 것은 결국 왓시릿사에게는 한 개의 방패와 이유에 지나지 못하는 것이 아닐까요? 한 사람의 사나이로부터 다른 사나이에게 옮아 갈 때 거기에는 사업이라는 아름다운 표면의 간판보다도 먼저 일시적인 좋고 싫다는 감정의 시킴이 있는 것이 아닐까요? 결국 근본에 있어서는 감정 제1, 사업 제2 이것예요. 사랑은, 그것이 장난이 아니고 사랑인 이상 도저히 사업을 통하여서만은 들 수 없는 것이요, 무엇보다도 먼저 피차의 시각視覺을 통해서 드는 것이니까요."

"그렇다고 왓시릿사의 행동을 갖다가 곧 감정 제1, 사업 제2로 판단하는 것은 좀 심하지 않소?"

"그것이 솔직한 판단이지요. 그렇게 판단하지 않고는 왓시릿사의 행동을 이해하기는 어려울 거예요. 그리고 왓시릿사 자신의 본심으로도 실상은 그런 판단을 받는 것이 본의가 아닐까요? 결국 왓시릿사는 능금을 대단히 좋아하였고, 그 좋아하는 감정을 솔직하게 표현하였다고 할 수 있지요. 다만 그는 약고 영리한 까닭에 그것을 표현함에 사업이라는 방패를 써서 교묘하게 그 자신을 캄플라치하고 그의 체면을 보존하려고 하였을 뿐이지요."

감격된 구변으로 인하여 상기된 나오미의 얼굴은 책상 위의 촛불을 받아 한층 타는 듯이 보였다. 진한 눈썹 밑에 열정을 그득히 담은 눈동자는 마치 동물과 같이 교교한 광채를 던지고, 불빛에 물든 머리카락은 그 주위에 열정의 윤곽을 뚜렷이 발산하고 있지 않은가!

"결국 능금이구료."

"그러믄요, 능금이 아니고는 모든 것을 설명할 수 없지요."

"아, 능금……."

나는 내 자신의 의견과 판단도 있었지만 그것을 장황하게 말하기를 피하고, 그 이야기에는 그만 끝을 맺어 버리려고 이렇게 짧은 탄식을 하면서 거짓 하품을 하려 할 때에 문득 나의 팔의 시계가 눈에 띄었다.

"시간이 훨씬 넘었는데 웬일일까?"

"글쎄요, 아마 공장에 무슨 변이 있나 보군요."

"다른 회원들은 웬일일고?"

연구회의 시작될 시간이 넘었고 또 그곳이 S의 방임에 불구하고 회원인 나오미와 나 두 사람이 먼저 와서 기다리고 있은 지도 이미 오래이고, 코론타이의 화제가 끝났을 그때까지도 S 자신은 새려 다른 회원들의 자태가 아직 한 사람도 안 보임이 이상하여서 나는 궁금한 한편 초조한 마음을 금할 수 없었다.

"공장의 기세가 농후하여졌다더니 기어이 폭발되었나 보군요."

"글쎄, S는 그래도 늦는 것 같은데······."

나는 초조한 한편 또 무료도 하여서 중얼거리며 S가 펴놓고 간 책상 위의 '로오사' 전기에 무심코 시선을 던지고 무의미하게 훑어 내려갔다.

"능금이라니 말이지 로오사도······."

같이 쏠려 역시 로오사의 전기 위에 시선을 던진 나오미는 이렇게 화제를 돌리며 말을 이었다.

"그가 본국에 돌아올 때에 사업을 위한 정책상 하는 수없이 기묘한 연극을 하여 뜻에 없는 능금을 딴 일이 있었지만 그것도 실상은 속의 속을 캐어 보면 전연 뜻에 없는 능금은 아니었겠지요. ─ 적어도 저는 그렇게 생각하고 싶어요."

나오미의 말에 끌려 새삼스럽게 나는 그와 같이 시선을 책상 위편 벽에 걸린 로오사의 초상으로 ─ 전기를 끊기우고 할 수 없이 희미한 촛불 속에 뚜렷이 어리운 가난한 방 안과 그 속에서 로오사를 말하고 있는 젊은 여자를 듯짓이 내려다

보고 있는 로오사의 초상으로 무심코 던지지 않을 수 없었다. 그러나 웬일인지 돌연히! 의외에도 로오사의 초상이 우리들의 시선을 거부하는 듯이 걸렸던 그 자리를 떠나서 별안간 책상 위에 떨어졌던 것이다.

순간, 책상 모서리에 부딪힌 초상화판의 유리가 바싹 부서지고 같은 순간에 화판 밑에 깔리운 촛불이 쓰러지며 방 안은 어둠 속에 잠겨 버렸다.

"에그머니!"

돌연히 놀란 나오미는 반사적으로 나에게 바싹 붙었다.

'그에게 대하여 공연히 불손한 언사를 희롱한 것을 노여워함이 아닌가.'

돌연한 변에 뜨끔하여서 이렇게 직각적으로 느끼며 어찌할 바를 몰라 잠시 잠자코 있던 나는 그러나 더 놀라운 것을 당하였다. ― 별안간 목덜미와 얼굴 위에 의외의 따뜻하고 부드러운 촉감을 받았던 것이다. 피의 향기가 나의 전신을 후끈하게 둘러쌌다.

다음 순간 목덜미의 부드럽던 촉감은 든든한 압박으로 변하고 얼굴에는 전면 뜨거운 피를 끼얹은 듯한 화끈한 김과 향기가 숨차게 흘러오고…… 입술에는 타는 입술이 와서 맞닿았다.

그리고 물론 동시에 다음과 같은 떨리는 나오미의 애원하는 목소리가 후둑이는 그의 염통의 고동과 함께 구절구절 찢기면서 나의 귀를 스쳤던 것이다.

"안아 주세요! 저를 힘껏 안아 주세요." (1932년)

삽화

 의외에도 재도 자신의 흉계임을 알았을 때에 현보는 괘씸한 생각이 가슴을 치밀었으나 문득 돌이켜 딴은 그럴 법도 하다고 돌연히 느껴는 졌다. 그제서야 동무의 심보를 똑바로 들여다본 것 같아서 몹시 불유쾌하였다. 그날 밤 술을 나누게 되었을 때에 현보는 기어코 들었던 술잔을 재도의 면상에 던지고야 말았다.
 "사람의 자식이 그렇게도 비루하여졌더냐."
 "오, 오해 말게. 내가 무엇이기로 과장이 내 따위의 말에 따라 일을 처단하겠나. 말하기도 전에 자네의 옛일을 다 알고 있네. 항상 그렇게 조급한 것이 자네 병이야. 세상에 처해 나가려면 침착하고 유유하여야 하네. 좀더 기다려 보게나."
 "처세술까지 가르쳐 줄 작정이야?"
 이어 술병마저 들어 안기려다가 현보의 손은 제물에 주저앉아 버리고 말았다. 문득 재도의 위대한 육체가 눈을 압박해 오는 까닭이었다. 아무리 발악한대야 '유유한' 그 육체에는 당할 재주가 없을 것 같았고 그 육체만으로 승산은 벌써 한풀 꺾이운 것을 깨달았다. 서로 떨어져 있는 몇 해 동안에 불현듯이 늘어난 비대한 그 육체 속에는 음모와 권술과 속세의 악덕이 물같이 괴어 있을 듯이 보였다. 그와 자기와의 사이에는 벌써 거의 종족의 차이가 있고 건너지 못할 해협이 가로놓여 있음을 알았다. 사람이 그렇게까지 변할 수 있을까 하고 느껴지며 옛일이 꿈결같이 생각되었다.

"아예 오해 말게. 옛날의 정의라는 것도 있잖은가."

"고얀 놈."

유들유들한 볼따구니를 갈기고 싶었으나 벌써 좌석이 식어지고 마음이 글러져서 싸움조차가 어울리지 않음을 느꼈다. 거나한 김에 도리어 다시 술을 입에 품는 동안에 가늠을 보았던지 마침 재도 편에서 먼저 자리를 벌떡 일어나서 무엇인지 핑계의 말을 남기고 자리를 물러섰다.

"음칙한 것―."

또 한 수 꺾이운 현보는 발등을 밟히우고 얼굴에 침을 뱉기운 것 같아서 속심지가 치밀며 그럴 줄 알았더면 당초에 놈의 볼따구니를 짜장 갈겨 두었더면 하고 분한 생각이 한결같이 솟아올랐다.

그제 와서는 모든 것이 뉘우쳐졌다. 무엇을 즐겨 당초에 하필 그 있는 곳으로 자리를 구하려고 하였던가. 옛날에 동무가 아니라 동지이던 그 우의를 의지한 것이 잘못이었고 둘째로는 그 자리를 알선하여 준 옛 스승이 원망스러웠다.

아무리 앞길이 막히우고 형편이 곤란하다 하더라도 구구하게 하필 그런 자리가 차례에 왔던가. 하기는 결과는 그제서야 알게 된 것이니 당초에야 짐작할 수도 없는 일이기는 하였으나 재도는 한 방에서 일보게 될 옛날의 동무를 거절하였던 것이다. 현보의 덮여진 전 일을 들추어 내서 과장의 처음 의사를 손쉽게 뒤집어 버린 것임을 현보는 늦게서야 깨달았던 것이다.

사람이 그렇게까지 변할 수 있을까 — 현보에게는 수수께끼요, 신비였다. 그를 그렇게 만든 것은 무엇이었던가? 그의 여위었던 육체가 몰라보리만큼 비대하여진 것같이 그의 마음의 바탕 그것을 믿을 수 없으리만큼 뒤집어 놓은 것은 대체 무엇이었던가 — 생각이 여기 이를 때에 현보는 현혹한 마음을 금할 수 없었다. 저지른 사건도 있고 하여 학교를 나오자마자 현보는 고향을 떠나 오랫동안 동경을 헤매었다. 운동 속으로 풀쑥 뛰어들어 가지는 못하였으나, 그 가장자리를 빙빙 돌아치면서 움직이는 모양과 열정들을 관찰하여 간신이 양심의 양식을 삼았다. 물론 그를 그렇게 떠내보낸 것은 젊은 마음을 움켜잡은 시대의 양심뿐만이 아니라 더 가까운 그의 가정적 사정이었으니 일개의 아전으로 형편이 넉넉지 못한데다가 그의 부친은 집 밖에 첩을 둔 까닭에 가정은 차고 귀찮아서 그 싸늘한 공기가 마침 현보를 쫓아 고향을 떠나게 하였던 것이다. 하기는 늘 그를 운동의 열정으로 북돋게 한 것도 직접 동력은 그것이었던지 모른다.

그가 동경에서 상식을 벗어난 기괴한 생활을 하고 있는 동안 고향과는 인연이 전혀 멀었다.

 그 아득한 소식 속에서 재도는 학교 시대에 현보와 등분으로 가지고 있던 똑같은 사회적 열정을 헌신짝같이 버리고 오로지 일신의 앞길을 쌓아 올리고 안전한 출세의 길을 열기에 급급하였다. 물론 시세의 급격한 변화가 의외에도 갑작스럽게 밀려온 까닭은 있다면 있었다.

 철학과를 마친 재도는 철학을 출세의 장기로는 부적당하다고 여겨 다시 법과에 편입하여 삼 년 동안이나 행정의 학문을 알뜰히 공부하였다. 갑절의 햇수를 허비하고 쓸모 적은 학위를 둘씩이나 얻어서 출세의 무장을 든든히 했던 것이다. 고등문관 시험이 절대의 목표였으나 해마다 실패여서 아직껏 과장급에는 오르지 못하였으나 그러나 이미 수석의 자리를 잡아 이제는 벌써 합격의 날을 기다릴 뿐으로 되었다. 여기에 이르기까지에는 뼈를 가는 노력을 한 것이니 그 노력을 하는 동안에 인간의 바탕이 붉은 것에서 대뜸 검은 것으로 변하였다. 너무도 큰 변화이나 그러나 그의 마음에는 조금도 꺼릴 것이 없게 되고 세상 또한 그것을 천연스럽게 용납하게 되었다. 다만 오랫동안 갈라져 있게 된 현보에게만 ─ 피차의 학교 시대만을 알고 그 사이에 시간의 긴 동안이 떨어졌던 현보에게만 그것은 놀라운 변화로 보였을 뿐이다. 중학교 시대부터 대학까지를 같이한 그 사이의 가지가지의 이야기를 대체 어떻게 설명하면 옳은고 하고 현보는 마음속이 갈피갈피 어지러워졌다.

 어린 때의 민첩한 마음을 뉘것 할 것 없이 한 번씩은 다 끝어 보는 것은 문학의 매력이다. 자라서 자기의 참된 천분의 길을 발견하고 하나씩 둘씩 떨어져 달아날 때까지는 그 부질없는 열정을 누구나 좀체 버리려고 하지 않는다. 현보와 재도들도 그 예에서 벗어나지는 못하였다.

숙성한 셈이어서 중학교 2년급 때에 동인잡지의 흉내를 내었다. 월사금을 발려 가지고 모여들 들어 반지를 사고 묵사지를 사서는 제 식의 원고를 몇 벌씩 복사하여 책을 매어 한 벌씩 나누어 보는 정도의 것이었으나 그 얄팍한 책을 가지게 되는 날들은 장한 일이나 한 듯이 자랑스런 마음을 얼굴에 드러내고들 하였다. 자연히 동인끼리는 친한 한패가 되어서 학교에서도 은연중에 뽐을 내고 다른 동무들의 놀림을 받고 그들과 동떨어지게 되는 것을 도리어 기뻐하였다. 잡지의 내용인즉은 대개 변변치 못한 잡지 쪽에서 훔쳐 온 글줄이거나 간혹 독창적인 것이 있다면 유치하기 짝없는 종류의 것이었으나 그렇게 모여든 기분만은 상줄 만한 것이 있어 그것이 한 아름다운 단결의 실례를 보이는 때도 있었다. 잡지 첫호 첫장에 사진들은 실릴 수 없고 하여 각기의 필적으로 이름들을 적었으니 6, 7명 어지럽게 모여든 이름들 속에서 현보와 재도의 이름이 가장 큼직하게 눈에 띄었다. 자라서 의사가 되고 공학사로도 나가고 혹은 자취조차 감추어 버리고들 한가운데에서 현보와 재도만이 끝까지 인연을 가지게 된 것도 생각하면 기묘한 일이다.

달의 차례가 돌아와 현보의 집에서 모이게 된 날 밤늦도록 일을 하다가 마침내 심상치 않은 장난이라고 노려본 현보의 아버지에게서 톡톡히 꾸중을 당하게 되었다. 한마디 거역하는 수 없이 그대로 못마땅한 얼굴로 헤어질 수밖에는 없었으나 책임을 느낀 현보는 그날 밤에 미안함 김에 술집에 들러서 동무들을 위로하게 되었다. 이것이 술을 입에 대게 된 시초였다. 얼근한 판에 현보는 부친의 무지를 비난하고 술버릇으로 소리를 높여 울었다. 심사풀이로 다음날부터 며칠 동안은 드러누운 채 학교를 쉬었다. 사흘 되는 날 재도에게서 그림엽서의 편지가 왔다. 고리키의 사진 뒤편에는 위안의 말과 함께 이 당대의 문호의 소식이 몇 자 적혀 있었다. 그 짧은 글과 사진은 현보에게는 말할 수 없이 아름다운 것이었다. 그 살뜰한 감격이 깨뜨려질까를 두려워하여 그 한 장의 엽서를 한 권의 책보다도 귀히 여겼다. 현대의 문호 고리끼의 사적을 재도가 자기 이상으로 알고 있다는 것이 그에게는 한 큰 놀람이었고 귀한 그림을 아끼지 아니하고 보내 주는 동무의 마음씨가 고마웠고 셋째로는 폐병으로 신음중에 있다는 그 문호의 애달픈 소식이 웬일인지 문학으로 향한 열정을 한층 더 불지르고 북돋았다. 다음날부터는 갑절의 용기를 가지고 학교에 나갔다. 재도에게는 일종의 야릇한 사랑의 감정을 느끼게 되었다.

　문학의 열정은 더욱 높아져서 그 후 동인잡지가 부서지고 동무들이 다시 심상한 사이로 돌아가게 되어 버린 후까지도 재도와 현보의 뜻은 한결같았고 사이는 더욱 친밀하여졌다. 동인잡지가 없어지고 학년이 높아감에 따라 신문과 잡지에 투고하는 풍속이 시작되었다. 외단으로 실려진 시나 산문을 가지고 와서는 서로 읽고 비평하기가 큰 기쁨이었다.

　투고 중에서 가장 보람 있고 듬직한 것은 신년 문예의 그것이었으니 재도들이 처음으로 그것을 시험한 것은 마지막 학년의 겨울이었다. 재도와 현보는 전에 동인잡지에 한몫 끼었던 또 한 사람의 동무를 꼬여 세 사람이 그 장한 시험을 헛일 삼아 해보기로 작정하고 입학시험 준비의 공부도 잠깐 밀어 놓고 학교를 쉬면서 각각 응모할 소설들을 썼다. 추운 재도의 방에 모여 화롯불에다 손을 녹이면서 각각 자기의 소설들을 낭독한 후 격려하고 예측하고 한 그날 밤의 아름다운 기억을 배반하고 비웃는 듯이 소설들은 참혹하게도 낙선이고 다만 한 사람의 동무의 것이 선외 가작을 뽑혔을 뿐이었다. 재도와 현보의 실망은 컸다. 더구나 재도는 조그만 그 한 일로 자기의 천분까지를 의심하게 되었고 문학에의 열정에 큰 타격을 받은 것도 사실이었다.

　그때에는 벌써 두 사람 사이에는 숨어서 술을 즐기는 버릇이 늘어서 화가 나는 때는 항상 더 좋은 기회가 되었다. 낙선의 소식을 신문에서 본 날 밤 현보는 단골인 뒷골목 집에서 잔을 거듭하면서 울분을 토하고 기염을 올리면서 화풀이를 하고 있었다.

　"그까짓 신문쯤이 명색이 무어야. 신문에 안 실리면 소설 낼 곳이 없나?"

　거나한 김에 재도는 눈을 굴리며 식탁을 쳤다.

　"현보, 낙망 말게. 지금 있는 신문쯤에 연연한다면 졸장부. 참으로 위대한 문학과 지금의 산문과는 아무 관계도 없는 것이야. 현재 조선에 눈에 걸리는 소설가라고 한 사람이 나 있나. 그까짓 신문쯤으로 위대한 작가를 발견할 수는 없단 말이야."

현혹한 기염으로 방 안의 공기를 휘저어 놓더니 현보의 무릎을 치며,

"홧김에라도 내 잡지 하나 기어이 해보겠네. 내 몫으로 차례진 백석지기만 팔면 그까짓 조선을 한번 온통 휘저어 놓지. 옹졸봉졸한 소설가쯤이야 다 끌어다가 신문과 대거리해 볼 테야. 신문의 권위쯤이 무엇이겠나. 자네 소설 얼마든지 실어 줌세. 그때는 내 잡지에 실려야만 훌륭한 소설의 지표를 받게 될 것이니까. 가까운 데 것만 노려보고 대장부가 문학 문학하고 외치는 것이 어리석은 짓이야. 낙담 말고 야심을 크게 가지세."

찬란한 계획에 현보는 눈이 부시고 정신이 얼떨떨하였다.

자라면 잡지를 크게 경영하여 보겠다는 것이 그의 전부터의 원이기는 하였다. 앞으로 올 백석지기가 있다는 것과 그것을 사용함이 온전히 그의 자유라는 것도 전부터 들어는 왔었다. 그러나 맹렬한 그 잡지의 열정도 결국은 자기의 문학의 욕심의 만족을 얻기 위한 것일 것이니 그의 그날 밤의 불붙는 희망은 문학에 대한 미련 ─ 따라서 낙망 이외의 아무 것도 아니었음을 현보는 간파할 수 있었다. 확실히 그 무엇에 홀리었던 취중의 그날 밤이 지나고 맑은 정신의 새날이 왔을 때에 현보는 자기의 간파가 더욱 적중하였음을 깨달았다. 낙망하지 말라고 동무를 격려한 재도 자신의 문학에 대

한 낙망은 컸던 것이다. 거의 근본적으로 절망의 빛을 보였다. 야심을 크게 가지라고 동무에게 권한 그 자신의 야심은 날이 지날수록에 간 곳 없이 사라졌다. 하기는 문학에 대한 야심이 차차 다른 것에 대한 그것으로 형상을 변하여 모르는 곁에 그의 마음속에서 점점 굵게 자라고 있었는지도 모른다.

문학은 사상과 혈족관계가 가까운 듯하며 문학의 길은 사상의 길로 통하기 쉬운 것 같다.

재도와 현보가 중학을 마치고 예과를 거쳐 대학에 들어가게 되었을 때 다 같이 철학적 사색을 즐겨하게 되었으며 시대의 사상에 민첩하였고 과외의 경제의 연구에까지 뜻을 두게 된 것도 전부터의 같은 혈연관계가 시킨 것이 아니었을까? 약속이나 한 듯이 경제 연구회의 임원으로 함께 가입하여 그것이 마침 해산을 당하게 될 때까지 회 임원을 지속한 것은 반드시 일종의 허영심으로 시대의 진보적 유행을 좇은 것만은 아니었다.

현보는 드디어 조그만 행동까지를 가지게 되었으니 당초에 문학을 뜻한 그로서 그것은 결코 당치 않은 헛길은 아니었다. 그러나 연구회의 와해는 시대의 변천의 큰뜻을 가지어서 그 시기를 한 전기로 젊은 열정들은 무르게도 산지사방으로 흩어져 버렸다. 재도의 오늘의 씨를 품게 한 것도 참으로 이때였다고 볼 수 있다. 그때의 재도와 오늘의 재도를 아울러 생각함은 마치 붉은 해를 쳐다보다가 그 눈으로 별안간 검은 개천 속을 들여다보는 것과도 같아서 머리가 혼란하여지는 것이다. 그때의 재도는 그때의 재도로 생각하는 수밖에는 없다.
　대학 예과에서의 1년에 두어 차례씩의 친목의 모임이 있었다. 가제 들어간 첫해 봄의 친목회는 다과를 먹을 뿐만의 것이 아니라 앞으로 발행할 조그만 잡지의 계획을 의논하여야 하는 것으로 일종 특별한 사명을 띤 것이었다. 의논이 분분하고 의견이 백출하여 자연 좌석이 어지럽고 결정이 늦었다. 여러 시간의 지리한 토론에 해는 지고 모두들 지쳐서 이제는 벌써 결정은 아무렇게 되든 속히 회합이 끝나기만 기다리는 지경에 이르렀다. 사람들이 모여서 한번 입을 열게만 되면 이론은 간단하면서도 말이 수다스러워짐은 어느 사회나 일반이어서 조그만 지혜가 솟으면 그것을 헤쳐 보이지 않고는 못 배기고 불필요한 말을 덧붙여서 자신의 존재를 알리고 싶어지고 쓸데없는 고집으로 정당한 말을 일부러 뒤집어 보려고 하는 것이 거의 누구나의 천성이어서 잠자코만 있으면 밑진다는 듯이 반드시 그 어느 기회에 입을 한 번씩은 열어 보고야 만다. 그 어리석고 저급한 공기에 삭막한 환멸을 느끼며 무료한 하품들을 연발할 지경이었으나 별안간의 벽력 같은 소리에 좌석은 문득 놀라지 않을 수는 없었다. 수다스런 의논에 싫증이 난 한 사람이 홧김에 찻잔을 던져 깨뜨린 것이다. 뭇 사람의 눈총을 받은 그 당돌한 학생은 엄연히 서서 누구엔지도 없이 고래 같은 목소리로 호통을 하였다.
　"대체 이것이 무슨 꼴들인가? 요만한 일에 해가 지도록 의논이 분분해서 아직껏 해결이 없으니 그 따위의 염량들을 가지고 일을 하면 무슨 일을 옳게 할 수 있단 말인가? 냉큼 폐

회하기를 동의한다."

돌연한 호담스런 거동에 진행중의 의논도 잠깐 중지되고 모두들 담을 떼우고 할 바를 몰라 잠시 그 무례한 발성자를 우두커니들 바라볼 뿐이었다. 지친 판에 통쾌한 한 대였고 동시에 주제넘은 한마디였다. 그 자신 홧김에 충동적으로 나왔을 것은 사실이나 그러나 또한 심중에 그 거동의 자랑스런 의식이 없었을까. 사실 그는 그 간단한 거동으로서 제각각 영웅이 되어 보려는 총중에서 가장 시기를 잘 나꾸어 효과적으로 손쉽게 영웅이 된 것이다. 확실히 행동 자체가 흐려진 분위기에 한 대의 주사의 효과는 있었으나 그 동기의 관찰이 좌중에 꼴사나운 인상을 준 것도 사실이었다. 더구나 초년급인 그는 하급생의 지위로서 상급생까지를 휘몰아 호통의 주먹을 먹인 셈이 되었다. 이윽고 상급생의 한 사람이 긴장된 장내를 헤치고 성큼성큼 앞으로 나가더니 분개한 꾸지람으로 아니꼬운 영웅을 여지없이 족여 놓았다.

"주제넘은 친구가 누구냐. 버릇없는 야만의 행동이라는 것이다. 거리에 나가 대로상에서나 할 일이지 어떻게 알고 이런 자리에서 그런 무지한 버르쟁이를 피우느냐. 누구를 꾸지람하자는 어리석은 수작이야. 일이 늦어지는 것은 아무의 탓도 아닌 것이다. 여럿이 일을 할 때에는 반드시 적당한 계제를 밟은 후에 결론에 이르는 것이니 쓸데없이 조급하게 구는 것은 예의를 모르는 어린애의 버릇에 지나지 못한다. 다시는 그런 버릇 없기를 동무로서 충고한다."

한마디의 대꾸도 없었다.

장내는 고요하고 긴장되어서 그 무슨 더 큰 것이 터질 듯 터질 듯한 무시무시한 침묵이 흘렀다. 좌중은 두 번째의 통쾌한 자극에 침체되었던 무료를 깨우치고 시원한 흥분 속에서 목을 적신 셈이었다. 상급생의 의젓한 꾸지람도 물론 시원스런 것이었으나 당초의 하급생의 통쾌한 거동의 자극이 너무도 컸던 것이다. 시비와 곡직은 둘째요 사람들은 솔직하게 두 가지의 자극 속을 헤매는 것이 사실이었다. 이런 때의 승패는 이치의 시비에보다도 완전히 행동의 자극에 달린 것이다. 승리는 뒤보다도 앞으로 기운 모양이었다. 더구나 꾸지람에 대하여 반 마디의 대꾸도 없이 고개를 숙이고 침착하게 주저앉은 것이 약한 것이 아니라 기실은 더 굳세다는 인상을 주어서 그 효과는 거의 만점이었다. 현보는 한편 자리에 앉아서 유들유들하고 뻔질뻔질한 그 동무의 뱃심을 놀라움과 신선한 감정 없이는 바라볼 수 없었다. 찻잔을 깨뜨린 그 무례한 영웅은 별 사람 아니라 재도였다—.

이 조그만 재도의 행사를 생각할 때 현보는 한 줄의 결론을 발견하지 않을 수 없었다. 호담스런 호통을 하고는 결국 꾸지람을 당한 것이 마치 중학 때에 자신 있는 소설을 투고하였다가 결국은 낙선을 하여 버린 그 경우와도 흡사하였다. 두 번 다 나올 때는 유들유들하게 배짱을 부리고 나왔다가 결국은 그 무엇에게 보기 좋게 교만을 꺾이우고야 말았다. 그러나 그 당초의 뱃심만은 소락소락 꺾이우지 않고 끝까지 지그시 간직하고 있는 것이다. 그것이 그의 성격인 것같이 현보에게는 생각되었다. 그 배짱 속에 항상 야심野心이 숨어 있고 그 야심의 자란 방향이 오늘의 그의 길이 아니었던가.
호담스럽게 나왔다가 교만을 꺾이운 예라면 또 한 가지 현보의 기억 속에 있었다.
대학 안에서의 연구회가 한창 성할 무렵이었다.
하루저녁 예회例會 아닌 임시회臨時會를 마치고 늦은 밤 거리에 나왔을 때 재도는 현보와 함께 또 몇 잔을 거듭하게 되었다. 술이 웬만큼 돌았을 때 재도는 불만의 어조였다.
"오늘 S의 설화를 어떻게 생각하나. 자랑과 아첨과 교만에 찬 비루한 길바닥, 연설 이상의 것이 아니야. 학문의 타락을 본 것 같아서 불쾌하기 짝없었네. 대체 S라는 인간 자체가 웬일인지 비위에 맞지 않아. 혼자만 양심이 있는 척하고 안 하무인이나 기실은 거만의 옷자락으로 앞을 가리웠을 뿐이 아닌가. 회 자체까지도 나는 의심하게 되네. 모이는 위인들에게서 자존심과 허영심을 제하면 무엇이 남겠나. 다른 사람과 구별되는 무엇이 있겠나. 마치 회원 아닌 사람과는 종족이 다른 척하는 눈꼴들이 너무도 사납단 말이야. 사실 그 축에 섞여 회원 되기가 부끄러워. 자네는 어떤가. 그 유에서 빠질 수 있겠나?"
쓸데없는 불쾌한 소리에 현보는 짜증을 발칵 내며 빈 속에 들어간 술의 힘도 도와서 그의 손은 모르는 결에 재도의 볼을 갈기고 있었다. 갈기고 나서 문득 경솔함을 뉘우치게 되는 그런 거의 무의식중의 일이었다.
"자네 생각이 그르다는 것은 아니나 하필 그런 것을 생각하는 태도가 틀렸단 말이네. 그야 인간성을 말하라면 그 누구 뛰어난 사람이 있겠나. 그러나 우리의 문제는 하필 그런 것이어야 하겠나. 그런 것만 꼬집어 내다가는 까딱하면 옳은 길을 잃고 빗나가기 쉬우니까 말이네."

의아한 것은 재도는 그 이상 더 대거리하려고도 하지 않고 현보의 말에 반박도 하지 않고 잠시 잠자코 있었음이다.

"그럴까. 내 생각이 글렀을까. 그러나 그런 것이 의식에 떠오르지 않는다면 새빨간 거짓말이지. 이 문제가 더 중요한 문제일는지도 모르니까."

"또 궤변이야. 내용이 좀 비지 않았나. 그런 소리만 할 젠."

"주제넘은 실례의 말은 삼가게 ― 회원이든 회원이 아니든 행동이 없는 이상 오십보백보가 아닌가. 회원이라고 굳이 뽐내고 필요 이상의 교만을 피울 것은 없단 말이야. 그 위인들 속에 장차 한 사람이라도 행동으로 나갈 사람이 있겠나. 내 장담을 두고 보게."

"고집두 어지간히는 피운다."

"자네 생각과 내 생각은 아마도 근본적으로 틀리는 모양이네. 마치 체질이 서로 틀리듯이."

현보가 그만 침묵하여 버린 까닭에 말은 거기에서 끊어져 버렸다. 재도의 괴망한 생각이 현보에게는 한결같이 위험하게만 생각되었다. 동무에게 볼을 맞으면서도 대거리는 하지 않으나 마음속에는 그의 독특한 배짱이 변함없이 서리어 있을 것이 현보에게는 분명히 들여다보였다.

그 후로 두 사람의 거리와 생활이 갈라지게 되었으므로 다정한 모임으로는 이것이 마지막이었으나, 생각하면 재도의 마지막 한마디가 두 사람의 근본적 작별을 암시한 무의식중의 한 선언이었던 듯이도 현보에게는 생각되었다.

성수부聖樹賦
―생활의 겨울―

　생활의 귀족 되기는 어려우나 마음의 귀족 되기는 쉬운 듯하다. 외로움이 마음의 귀족을 만들었으나 이제는 귀족다운 마음이 도리어 고독을 즐기게 되었다. 고독에 관한 옛사람들의 명언을 적어도 10여 구를 마음속에 준비하는 동안에 고독은 짜장 품에 사무쳐서 둘 없는 동무가 되었다. 동무들에게서 오는 달명장의 편지, 가끔 문학을 이야기하러 오는 같은 뜻의 벗 ― 이런 교섭 이외에는 거의 외로운 마음의 생활이 있을 뿐이다.
　쓰지 않은 소설의 장면을 생각하여도 좋고 쓸 곳 없는 외국어의 단어를 기억하는 법도 있으며, 할 일 없는 지도와 친히 구는 수도 있다. 보지 못한 풍경에 임의의 채색을 칠하여 봄은 마음의 자유니 그 어느 거리에다 붉은 집들과 하아얀 집들을 배치도 하여 보고 언덕 위 절당에는 금빛 뾰족탑을 세워 보았다. 파랑빛 둥근 탑으로 고쳐 보았다. 다시 거리에는 자작나무와 사시나무의 가로수를 심고 그 속에 찬 공기와 부신 광선을 느껴도 볼 수 있는 이 아름다운 특권을 둘 없이 고맙게 여긴다. 곱게 채색한 그곳은 '포그라니이치나야'라도 좋고 '쌍모릿트'라도 무관하며 무우동의 교외라도 좋은 것이다 — 마음의 꽃 휘날리는 곳에 혼자의 조그만 왕국이 있고 생활이 있으며 천국이 있다. 나는 그 속의 왕이다.

생활이란 무엇인가 스스로 묻고 움직임이다. 스스로 대답하고 움직임에는 방향이 있어야 하지 않는가에 이를 때 귀찮은 생각을 집어 치우면 그만이다. 나에게는 산을 뽑을 힘도 없고 바다를 잦힐 열정도 없고, 별다른 지혜도 없으며 사치를 살 금덩이도 없다. 다만 가난한 꿈 꾸는 재주를 가졌을 뿐이니 꿈속에서만은 장검도 휘둘러 보고 땅도 깨뜨릴 수 있고 하늘의 별도 딸 수 있다. 사람이 있어 식물적 생활이라고 비웃는다 할지라도 나는 아아메녀의 거리, 낡은 성문 어귀에 웅크리고 누워 사막의 달밤을 꿈꾸는 털 빠진 낙타의 모양을 업신여길 수 없으며, 로맨티시스트의 이름을 조롱할 수는 없다. 리얼리스트이면서도 로맨티시스트 — 사람은 그런 것이다.

꿈을 빚어 주는 것에 아름다운 계절 계절이 있다. 여름에는 바다가 푸르고 가을에는 화단이 맑고 봄에는 온실이 화려하며 겨울에는 — 겨울에는 색채가 가난하다. 눈조차 풍성하지 못하면 능금나무 가지는 앙클하며 꿈은 여위어 간다.

크리스마스가 가까워도 눈이 푼푼이 오지 않았다.

나뭇가지는 엉성굿하고 벌판은 휑휑하고 차다.
 일요일 아침 목욕물에 잠기면서 맞은편 예배당에서 흘러오는 찬송가를 듣기란 그것이 겨울임으로 더한층 정서 있는 것이었다. 평화로운 풍금 소리와 아름다운 합창에 귀를 기울이고 있으면 천국의 '세은문'이 탄탄대로같이 눈앞에 드리워 물 위에 너볏이 떠 있는 피곤한 육체에 날개가 돋혀 그대로 쉽게 천당에 오를 듯한 느낌이다.
 가난한 육체를 훑어 보면서 성스러운 노래 속에 천국을 느낌은 유쾌한 일이다. 정신으로보다도 먼저 육체로 하늘을 찾고 싶은 것이다. 즐거운 노래의 여음으로 문득 크리스마스가 가까웠음을 깨닫고 아름다운 정서를 살리기 위하여 크리스마스 트리를 세우려 생각하였다.
 '푸른빛 귀한 방 안에 싱싱한 나무를 세우면 얼마나 아름다울까.'
 생각만으로도 마음이 즐겁게 뛰었다.
 사람을 시키니 반 달 동안이나 깊은 산을 헤맨 후 두 대의 굵은 전나무를 베어 왔다.
 초목이란 초목은 모두 아름다운 것이지만 전나무의 아름다움은 새로운 발견이었다. 곧은 줄기, 검푸른 잎새, 탐탁한 자태, 욱신한 향기 — 바꿀 것 없는 산의 선물을 넓은 방 복판에 세워 놓고 나는 무지개를 쳐다볼 때와도 같은 감격을 느꼈다. 산의 정기와 별의 정기를 담뿍 머금은 두 포기의 생명은 잎새의 끝끝 줄기의 마디마디에 가지가지의 전설과 가지가지의 이야기 — 별 이야기, 밤 이야기, 바람 이야기, 눈이야기, 새 이야기, 짐승 이야기 — 를 가지고 있을 것이나 둔한 신경으로는 그것을 드러낼 수 없는 것만 한 된다.
크리스마스 이브에는 약간 눈이 내렸으나 땅을 덮을 정도가 못 되고 내리자 녹곤 하였다.
낮부터 꾸미기 시작한 것이 저녁 때를 훨씬 넘었다. 아내는 제 일이 바쁘고 아이는 거들 나이가 못 되므로 나는 나 혼자의 독창으로 손을 대었다. 멋대로의 소설을 생각하듯이 비위에 맞도록 창작하면 좋아하였으니까.
잎새 위에 편 솜은 물론 눈을 의미하는 것이요, 조롱조롱단 금방울은 태양의 빛을 나타내자는 것이요, 반짝이는 별들은 산속의 밤을 방불시키자는 뜻이었다. 방울은 바람 소리를 — 휘연휘연 드리운 금빛 은빛 레이스는 자연의 소리를 — 듣자는 것이다. 수많은 인형은 산의 정혼들이요, 나무의 모습대로 방울방울 치장한 오색의 색천지는 정혼들의 찬란한 춤이다.
가난한 책시렁과 철늦은 의자와 벽에는 옛 소설가들의 초상과 타지 않은 파이프만이 있던 방 안이 산의 정기를 맞이하자 신선한 생기를 띠고 빛나기 시작하였다. 책상 위에 오색이 어른거리고 이야기 없는 원고지가 병든 것같이 하얗다.
나는 찬란한 무지개를 느끼면서 이야기 속 사람처럼 감격 속에 앉았었다.
크리스마스 트리만이, 색채만이 눈에 들어오는 것이 아니요, 그 너머에 꿈이, 생활이 눈앞에 어리우는 것이다. 이상한 일이다. 나무는 다만 나무로서는 뜻이 없는 것이요, 인물을 배치할 풍경을 그 너머에 생각함으로 뜻이 있다. 현실은 배후에 꿈을 생각함으로 생색이 있다.

나무를 앞에 놓고도 사람들을 생각하는 것이 즐겁다. 식물이 아니요, 역시 동물이 인연이 가까운 것이다.

밤 늦게 라디오를 틀고 마닐라에서 오는 노래를 듣노라면 남쪽 계집의 열정적인 콧노래가 크리스마스 트리를 휩싸면서 흥에 겨운 야릇한 광경이 안계眼界에 방불하다. 큐라소의 병을 기울이며 투명한 액체를 들여다보면 춤추는 꿀이 잔 속에 거꾸로 비추인다. 라디오의 음파를 갈아 놓으면 크리스마스 캐롤의 한 장면이 들리며 스쿠루우지가 가난한 집 안의 크리스마스를 구경하고 섰는 그림이 크리스마스 트리와 떠블로 떠오른다. 생활이란 더 많이 황당한 마음의 연속이다.

새벽 찬양대의 크리스마스 노래는 지극히 아름다운 것이다. 아련히 흘러오는 고운 멜로디에 잠이 깨었다. 어둠 속에 새벽 노래 줄기줄기 아름답다.

자취 없는 산타클로스는 아이에게는 양푼덩이만한 케이크를 가져 왔으나 나에게는 아무 선물도 가져 오지 못하였다.

크리스마스는 적막하고 고요하고 쓸쓸하다.

전나무가 아직 싱싱한 동안 선물 — 이라고 할까, M에게서 편지가 왔다.

M — 꿈의 한 대상이다. 나는 그의 육체의 구석구석을 모르나 알며, 그의 마음의 갈피갈피를 보지 못하나 본다. 꽃봉오리 같은 젖꼭지를 알 수 있으며 눈망울같이 영리한 마음

속을 볼 수 있다.

그의 육체가 나의 생 속으로 뛰어들려고 하는 것보다는 그의 마음이 나의 꿈속에 헤매는 편이 피차에 행복스러울 것을 나는 잘 안다. '좁은 문'으로 들어가야 할 형편이며 그것이 실상인즉 피차에 이로운 것이다.

어스름한 저녁이 되면 시골 거리의 앞 긴 강 다리 위를 일 없이 건넜다 돌아왔다 건넜다 돌아왔다 하면서 고요한 강물을 하염없이 내려다보다 지치면 강가의 돌을 집어 물 위에 던져도 보고 쓸데없이 풀포기도 뽑아 보며…….

지난 가을의 소식을 쓸쓸히 지낸 소녀는 이렇게 전하였다. 새까만 눈망울과 까스러 올라간 속눈썹과 꼭 끼는 앙상블을 입은 자태가 눈앞에 삼삼하도록 글자 사이에 정서가 넘쳤다.

소녀는 또 그가 꾼 이상한 꿈이야기조차 거리낌없이 고백한다.

— 어디인지 문득 주위와 똑 멀어져 긴 돌층대가 뻗쳐 있다. 층대를 다 올라간 맨 윗편에 내가 앉아서 층대 아래에 서 있는 그에게 손짓한다. 그는 응연히 고개를 숙이고 한 단 한 단 조용히 층대를 올라와 나에게까지 이른다.

읽고 보면 나 역시 언제인가 그런 꿈을 보지 않았던가 생각되어 그의 꿈과 나의 것이 서로 엉클어져서 어느 것이 뉘의 것인지 판단할 수 없는 착각을 느끼게 된다. 그만큼 서로의 생각이 갈피갈피인 것 같다.

그러나 이러한 꿈의 하소연은 나에게는 지나쳐 강렬한 암시요 자극이다. 큐라소를 마실 때와 같이 단 줄로만 안 것이

잔을 거듭하는 동안에 함빡 취하여지고 만다. 이 단 마술을 경계하여야 할 것을 알면서도 나는 어연미연간에 답장의 붓을 들게 되는 것이다.

나는 나의 마음이 대체 몇 갈피나 되는지 내 자신으로도 종잡을 수 없다. 한 줄기가 아니요 낙지다리같이 열 오리 스무 오리 — 그것이 다 거짓이 아니요 참스러운 마음이다 — 사람은 그런 것일까.

답장에 답장이 오고 답장에 답장을 쓰고 — 나무 밑에서 편지를 읽을 때가 많았다. 그러나 편지가 없더라도 꿈이 없는 것은 아니니 그렇기 때문에 편지가 문득 끊어져도 슬픈 것은 아니었다.

그의 객관을 보며 현실에 접하면 나는 도리어 환멸을 느낄 것을 생각한다. 고독하므로 나뭇잎새는 푸르고 색전기는 밝다.

소리의 마음은 하늘의 구름과 같다. 생겼다 꺼졌다 흐려졌다 하며 한결같이 떳떳하지 못함이 그것과 흡사하다. 나는 그의 편지에 가끔 여름의 구름을 보나 슬픈 법도 없으며 마음은 돌부처같이 침착하다.

잎새가 시들어 떨어질 때까지 향기가 날아서 없어질 때까지 크리스마스 트리를 세워 두려고 생각하였다. 그러는 동안에 봄이 오면 온실이 있을 것이요, 여름이 오면 바다가 아름다와질 테니까. 그 계절 계절을 따라 꿈도 새로와질 것이니까.

아름다운 계절들이 차례차례로 지나갔을 때 나는 다시 새로운 크리스마스 트리를 외로운 지붕 밑에 세우리라. 새로운 편지를 장식하리라. 새로운 꿈을 꾸미고 새로운 편지를 읽으리라.

생활의 겨울이 빛나리라.

개살구

 서울집을 항용 살구나뭇집이라고 부르는 것은 바로 집 뒤에 아름드리 살구나무가 서 있는 까닭인데 5대 선조부터 내려온다는 그 인연 있는 고목을 건사할 겸 지은 집이언만 결과로 보면 대대로 내려오는 무준한 그 살구나무가 도리어 그 아래의 집을 아늑하게 막아 주고 싸주는 셈이 되었다. 동네에서 제일 먼저 꽃피는 것도 그 살구나무여서 한참 제철이면 찬란한 꽃송이와 향기 속에 온통 집은 묻혀 무르녹은 꿈을 싸주는 듯도 하지만 잎이 피고 열매가 맺기 시작하면 집은 더한층 그 속에 묻혀 버려서 밖에서는 도저히 집 안을 엿볼 수 없는 형세가 되었다.
 살구나뭇집이라도 결국은 하늘 아래 집이니 그 속에 살림살이가 있을 것은 다 같은 이치나 그 살림살이가 어떠한 것이며 그 속에서는 허구한 날 무엇이 일어나는지 외따로 떨어진 그 집안의 소식을, 호젓한 나무 아래 사정을 동네 사람들이 알아낼 수는 없었다. 모든 것이 나무 속에 감추어져서 하늘의 별조차도 나무 아래 지붕은 고사하고 나무를 뚫고 속사정을 엿볼 수는 없었다. 푸른 열매가 익어갈 때 참살구 아닌 그 개살구의 양은 보기만 하여도 어금니에 군물이 돌았다. 집안의 살림살이도 별수없이 어금니에 군물 도는 그 개살구의 맛일는지도 모르나, 그러나 그 살구를 훔치러 사람들은 집 뒤를 기웃거리기가 일쑤였다.
　도시 함석집이라고는 면내에서는 면소와 주재소, 조합과 학교, 그리고는 서울집이어서 사치하기로는 기와집 이상으로 보였다. 장거리와 뒷마을과의 사이의 넓은 터전은 거의 다 김 형태의 것이어서 그 한복판에다 첩의 집을 세웠다 한들 계관할 바 아니나, 푸른 논 가운데 외따로 우뚝 서 있는 까닭에 회벽 함석지붕의 그 한 채가 유독 눈에 뜨이고 마음을 끌었다. 오대산에 채벌장이 들어서면서부터 박달나무의 시세가 한참 좋을 때에는 산에서 벤 나무토막을 실은 우찻바리가 뒤를 이어 대관령을 넘었다. 강릉 주문진 항구에 부려만 놓으면 몇 척이든지 기선에 싣고는 철로공사가 있다는 이웃 항구로 실어 나르곤 하였다.
　오대산 속에 산줄기나 가지고 있던 형태는 버리는 것인 줄만 알았던 아름드리 박달나무 덕택에 순시에 돈벼락을 맞게 되었다. 논섬지기나 더 늘이게 된 것도 그 판이었고 살구나뭇집을 세운 것도 그때였다. 학교에 돈백이나 기부하여 학무위원의 이름을 가졌고, 조합의 신용을 얻어 아들 재수를 조합의 서기로 취직시킨 것도 물론 그 무렵이었다. 흰 회벽의

집이 야청으로서밖에는 소용이 없다고 생각되었던 동네 사람들은 그 깎은 듯이 아담한 집 격식에 눈을 굴렸다.

뜰 안에 라디오의 안테나가 들어서고 유성기의 노랫소리가 밤낮으로 흘러 나오게 되었을 때에는 혀를 말았다. 박달나무가 가져온 개화의 턱찌꺼기에 사람들은 온통 혼을 뽑히웠던 것이다. 뒷마을 기와집 큰댁과 앞마을 살구나뭇집 작은 댁과의 사이를 한가하게 어슬렁어슬렁 거니는 형태의 양을 사람들은 전과는 다른 것으로 고쳐 보기 시작하였다.

꿈속 같은 호사스런 그 속에서도 가끔 변이 생겨 서울집은 두번째 댁이었다. 첫댁은 집이 서기가 바쁘게 강릉서 데려온 지 해를 못 넘어 달밤에 도망을 쳐버렸다. 동으로 대관령을 넘어가 강릉까지는 80리의 길이었다. 아침에 그런 줄을 알고 뒤를 쫓는대야 헛일이었으며 강릉에 친가가 있는 것이 아니라 온전히 뜬 사람이었던 까닭에 찾을 길이 막막하였다.

다른 사내가 있었다는 말도 듣기도 하여 형태는 영동을 단념해 버리고 이번에는 앞대를 생각하게 되었다. 서로 서울까지는 문재 전재를 넘고 원주 여주를 지나 500리의 길이었다.

이틀 동안이나 자동차에 흔들려서 첫 서울의 길을 밟은 지 거의 달포 만에 꽃 같은 색시를 데리고 첩첩한 산을 넘어 돌아왔다. 뜨물같이 허여멀쑥한 자그마하고 야물어진 서울 색시를 앞대 물을 먹으면 인물조차 그렇거니만 생각하면서 사람들은 자동차에서 내리는 그를 울레줄레 둘러쌌다. 하기는 그만한 인물이 시골에까지 차례지게 되기까지에는 상당한 물재의 희생이 있었으니 형태는 그번 길에 속사리 버덩의 일곱 마지기를 팔아 버렸던 것이다. 들고나게 된 한 가호를 살려 주고 그 값으로 외딸을 받아 가지고 왔다는 소문이었다. 장안에서도 일색이었다는 서울집이 시골 와서 절색임은 물론이었고 마을 사람들은 마치 여자라는 것을 처음 보는 것과도 같이 탄복하고 수군들 거렸다.

첫번 강릉집의 경우도 있고 하여 형태는 단속이 무서웠다. 별수없이 새장에 갇힌 새의 신세였다. 형태는 집 안 재미에 마음을 잡고는 즐겨하던 투전판에도 섞이는 법 없이 육중한 몸을 유들유들하게 서울집에 박혀 있는 날이 많았다. 검은 판장으로 둘러친 울과 우거진 살구나무와는 굳은 성벽이어서 안에서도 짐작할 수 없으려니와 밖에서 엿볼 수도 없었다. 그러나 단속이 심하면 심할수록 갇혀 있는 사람의 마음은 한층 허랑하게 밖으로 날아서 강릉집이 영 너머의 읍을 그리워 하듯이 서울집 또한 첩첩한 산을 넘어 앞대를 그리워하는 심정은 일반이었다.

집에 든 지 달포도 채 못 되어서 하룻밤은 별안간에 헛소동이 일어났다. 서울집이 집 안에 없음을 깨닫고 형태가 황겁결에 도망이라고 외쳤던 까닭에 이웃 사람들은 호기심도 솟고 하여 일제히 퍼져 도망간 서울집을 찾으려 들었다. 마침 그믐밤이어서 마을은 먹을 뿌린 듯이 어두운데 각기 초롱에 불들을 켜 가지고 웬만한 곳은 샅샅이 헤매었다. 어두운 속 군데군데에서 초롱불이 반딧불같이 움직이며 두런두런 말소리가 흘러왔다. 외줄 신작로를 동과 서로 몇 마장씩 훑어보고는 닥치는 대로 마을 안을 온통 뒤졌다.

뒷마을서부터 차례차례로 산기슭 수수밭, 과수원을 들치고 앞으로 나와 서낭숲에서는 느릅나무와 느티나무의 테두리를 샅샅이 살피고 거리를 사이로 아래위로 훑어보고는 냇가의 숲속과 물레방앗간을 뒤졌으나 종시 서울집의 자태는 보이지 않았다. 설레는 마음에 앞장을 서서 휘줄거리던 형태는 홧김에 초롱을 던지고는 말도 없이 발을 돌렸다. 뒤를 따르는 사람들도 입맛을 다시면서 풀린 맥에 초롱을 내저으며 자연 걸음이 느려졌다.

아무래도 서쪽으로 길을 들었을 것이 확실하니 날이 밝으면 강릉서 오는 자동차로 뒤를 쫓는 것이 상수라고 공론들이었다. 강릉집 때에 혼이 난 형태는 실망이 커서 그렇게라도 할 배짱으로 한시가 초조하였다. 담배들을 피우면서 웅얼웅얼 지껄이며 돌밭을 지나 물가에 이르렀을 때에 앞을 섰던 형태가 불시에 주춤하면서 걸음을 멈추고 어둠 속을 노렸다. 한 사람이 초롱불을 앞으로 휙 내밀었을 때 물속에서는 철버덩 소리가 나며 싯허연 고래가 한 마리 급스럽게 숲속으로 뛰어 들어갔다.

어둠 속에서도 유난스럽게 희고 퍼들퍼들한 몸뚱어리였다. 의외의 곳에서 그날 밤의 사냥에 성공하고 마을길을 더듬어 올 때 모두들 웃음에 허리를 꺾을 지경이었다. 도망했다고만 법석을 한 서울집은 좀체 나오기 어려운 기회를 타서 혼자 시냇가에 목물을 나왔던 것이다. 벌써 1년 전의 일이었으나 그 일이 있은 후로 형태는 서울집의 심중에 저으기 안심되어 덮어 놓고 의심하지는 않게 되었다.

집안 사람들의 출입도 잦지 못한 집 안은 언제든지 고요하고 감감하여서 그 속에 무슨 일이 일어나며 변이 생기는지 알 도리가 없었다. 푸른 살구가 맺혀 그것이 누렇게 익어 갈 때면 마을 사람들은 드레드레 달린 누런 개살구를 바라보고 모르는 결에 어금니에 군물을 돌리곤 할 뿐이었다.

1

들에 보리가 익고 살구도 완전히 누런 빛을 더하여 갔다.
 달무리가 있은 이튿날 아침 뒷마을 샘물터는 온통 발끈 뒤집혔다.
 당초에 말을 낸 것은 맨 처음 물 이러 온 금녀였고 그의 말을 들은 것이 다음에 온 제천이었다. 제천이는 이어 온 춘실네에게 그것을 귀띔하고 춘실네는 괘사 옥분에게 전하고 옥분은 히히덕거리며 방앗집 새댁에게 있는 대로 털어 버렸다.
 간밤의 변사는 순식간에 입에서 입으로 온통 번설되고야 말았다. 뒤를 이어 모여든 한패는 물을 길어 가지고는 냉큼 갈 줄을 모르고 물동이를 차례차례로 샘전에 논 채 어느 때까지나 눈길을 흘끗거리면서 뒤숭숭하게 수군거렸다. 한번 말문이 터지면 좀체 수습하기 어려워서 있는 말 없는 말 주워섬기는 동안에 아침 시중이 늦어지는 줄도 모르고 횡설수설이었다. 새침데기이던 방앗집 새댁도 제법 말주머니여서 뒤에 오는 축들을 붙들고는 꽁무니가 무겁게 어느 때까지나

말질이었다.
"세상에 그런 법도 있을까. 집 안이 언제나 감감하길래 수상하다고는 노렸으나 — 하필 김 서기일 줄이야 뉘 알았을꼬. 환장이니 그럴 수가 있나. 무서워라."
두 동이째 물을 이러 온 금녀는 아직도 우물터가 와글와글 뒤끓는 것을 보고 별안간 무서운 생각이 들었다. 처음으로 말을 낸 경솔을 뉘우쳤으나 그러나 한번 낸 말을 다시 입 안으로 거둬들일 수는 없는 노릇이었다. 청을 받는 대로 간밤의 변을 몇 번이고 간에 되풀이하는 수밖에는 없었다. 되풀이 하는 동안에 하기는 마음은 대담하여 가고 허랑하여졌다.
"아마도 무엇에 홀렸던 게지, 아무리 달이 밝기로서니 아닌 밤에 살구 생각은 왜 나겠수. 살구 도적 간 것이 끔직한 것을 보게 된 시초니……."
금녀가 하필 그 밤에 살구나뭇집 살구를 노린 것은 형태가 마침 며칠 전에 읍내로 면장 운동을 떠난 눈치를 알아챈 까닭이었다. 개궂은 그가 출타한 이상 집을 엿보기쯤은 어려운 노릇이 아니었다.
논길을 살며시 숨어들어 살구나무에 기어 올라 우거진 가지 속에 몸을 감추기는 여반장이었으나 교교하게 밝던 보름달이 공교롭게도 별안간 흐려지면서 누리가 금시에 캄캄하여 간 것은 마치 무슨 조화나 붙은 것 같았다. 알고 보니 그 날 밤이 월식이어서 그때 마침 온통 어두워진 하늘에서는 검은 개가 붉은 달을 집어 먹으려고 노리고 있는 중이었다. 모든 것이 물속에 빠진 듯이나 고요하고 어두운 가운데에서 길을 잃은 듯한 박쥐의 떼가 파닥파닥 날아들고 뒷산의 부엉이 소리가 다른 때보다 한층 언짢게 들렸다. 멀리서 달을 보고 짖는 개의 소리가 마디마디 자지러지게 흘러왔다. 지척을 분간할 수 없는 나뭇잎 속에서 금녀는 불길한 생각에 몸서리를 치면서 살구 생각도 없어지고 나뭇가지를 바싹 붙들었다.
 변이라도 일어날 듯한 흉한 밤이었다. 하늘의 개는 붉은 달을 입에 넣고 게웠다 물었다 하다가 드디어 온전히 삼켜 버리고야 말았다. 천지는 그대로 몽땅 땅 속에 묻혀 버린 듯이 새까맣고 답답하여졌다. 부엉이 울음도 개짖는 소리도 어느 결엔지 그쳐진 캄캄한 속에서 금녀는 무서운 김에 팔 위에 얼굴을 얹고 차라리 눈을 감아 버렸다. 눈을 감으면 귀가 밝아져서 어느맘 때는 되었는지 이슥한 속에서 문득 웅얼웅얼하는 사람의 속삭임이 들렸다. 정신이 귀로만 쏠릴수록 말소리도 차차 확실해져서 바로 살구나무 아래편 뒤안 평상 위에서 들려오는 것인 줄을 알았다. 방 안에는 등불이 켜지지 않았고 나무에 오르자 월식이 시작된 까닭에 당초부터 그 아래에 사람이 있는 줄은 몰랐던 것이다.
 비록 얕기는 하여도 굵고 가는 한 쌍의 목소리가 남녀의 목소리임에는 틀림없었다. 여자의 목소리는 서울집의 것이라고 하고 남자의 목소리는 누구의 것일까. 부엌일 하는 점순이 외에는 남자의 출입이라고는 큰댁 식구들도 마음대로 못하게 하는 형편에 아닌 밤에 서울집과 수군거리는 사내는 누구일까 하고 금녀는 무서움도 잊어버리고 이번에는 솟아오르는 호기심에 정신을 바짝 차리고 어둠 속을 노리기는 하나 워낙 어두운데다가 나뭇잎이 우거져서 좀체 분간하기 어려웠다.

무시무시하면서도 한편 온몸이 근실근실하여서 침을 삼키면서 달이 밝아지기를 조릿조릿 기다렸다. 이윽고 하늘개는 먹었던 달덩이를 옳게 삭이지 못하고 불덩어리째로 왈칵 게워 버리고야 말았다. 웅켰던 구름이 헤어지고 맑은 구름이 그 사이로 솟기 시작하자 달았던 불덩어리도 어느 결엔지 온전한 보름달로 변하여 갔다. 하늘의 변화를 우러러보던 금녀는 어느 결엔지 환히 드러난 제 꼴에 놀라 움츠러들며 나무 아래를 날쌔게 나뭇잎 사이로 굽어보다가 별안간 기급을 할 듯이 외면하여 버렸다.

수풀 속에서 뱀을 만났을 때의 거동이었다. 뒤안에 내논 평상 위에 뱀 아닌 남녀의 요염한 꼴을 보았기 때문이었다. 처녀인 금녀로서는 처음 보는 보아서는 안 될 숨은 광경이었다. 그러나 더 놀라운 것은 그 남녀가 서울집과 조합의 김서기 재수란 것이다. 서울집의 소문은 이러쿵저러쿵 기왕부터 있기는 있어서 이제는 벌써 등하불명으로 모르는 부처님은 남편 형태뿐이라는 소문은 소문이었으나 사내가 재수일 줄이야 그 아무도 짐작하지 못한 바이며 그러기 때문에 금녀의 놀람은 컸다. 너무도 어처구니가 없어 다시 한 번 무시무시 아래를 훔쳐보았으나 속일 수 없는 밝은 달은 사정이 없었다.

금녀는 그것을 발견한 자기 자신이 큰 죄나 진 것도 같아서 몸서리를 치면서 애비 아들의 기구한 인연을 무섭게 여겼다. 그들 둘이 아는 외에는 하늘과 땅만이 알 남녀의 속일을 귀신 아닌 금녀가 엿볼 줄이야 어찌 짐작인들 하였으랴.

하기는 그래도 달이 두려워함인지 뒤안이 훤히 밝아지자 남녀는 평상에서 내려와서 방 안으로 급스럽게 들어가는 것이었으나 어지러운 그 뒤꼴들을 바라볼 때 금녀는 다시 새삼스럽게 무서워지며 하늘이 벼락을 내린다면 바로 이런 곳이 아닐까 하고 머릿골이 선뜻하여져서 살구 생각도 다 잊어버리고 부리나케 나무를 미끄러져 내려왔다. 논길을 빠져 집까지는 거의 단숨에 달렸다. 밤이 맞도록 잠 한숨 못 이루고 고시랑고시랑 컴컴한 벽을 바라볼 뿐 하늘과 땅만이 아는 속일을 알았다는 두려움이 한결같이 가슴속에 물결쳤다.

그러나 시원한 아침을 맞아 샘물터에서 동무를 만났을 때에는 웅켰던 마음도 저으기 누그러져 허랑하게 그만 입을 열게 되었다. 하기는 그 끔찍한 괴변은 차라리 같이 알고 있는 것이 속 편한 노릇이지 혼자 가슴속에 담아 두기에는 너무도 무서운 것이었다.

그날은 샘터도 별스러이 소란하여서 아침물이 지내고는 조금 뜸하더니 낮쯤 해서 또 한바탕 들끓고야 말았다. 꽤 먼 마을 한끝에서까지 길러가는 샘이므로 모이는 인물들도 허다한 속에 대개 아첨인물이 한두 사람씩은 끼여 있었다.

"사내가 그른가 계집이 그른고 — 하긴 그런 일에 옳고 그른 편이 있겠소만."

"터가 글렀어. 강릉집 때에두 어디 온전히 끝장이 났수. 오대를 내려온다는 그놈의 살구나무가 번번히 일을 치거든."

이렇게 수군거리는 패도 있었다.

"핏줄에서 난 도적이니 누구를 한하겠소만 면장 운동인가 무언가를 떠난 것이 불찰이지, 버젓이 앉아 있는 최 면장을 떼고 그 자리에 대신 들어앉으려니 그런 억지가 어디 있수. 박달나무 덕에 돈 벌고 땅 샀으면 그만이지 면장은 해 무엇한단 말이오. 과한 욕심 낸 죄로 하면야 싸지. 군수하고 단짝이라나. 이번 길에도 꿀 한 초롱과 버섯 말이나 가지고 간 모양인데 쉬이 군수가 갈린다는 소문이니까 갈리기 전에 한몫 얻으려고 바싹 붙는 모양이야."

"애비보다두 자식이 못 나고 불측한 탓이 아니오. 장가든 지 불과 몇 달에 아내를 뚜드려 쫓더니 그 짓이란 말이야. 춘천 가서 윗학교를 7년 만에 마친 위인이니 제 구실을 할 수야 있겠소? 조합 서기도 애비 덕에 간신히 얻어 한 것이 아니오."

"자식과 원수 된 것을 알면 형태는 대체 어떻게 할꼬."

샘물둔지에는 돌배나무 한 포기 서 있었다. 돌팔매를 던져 풋배를 와르르 떨어서는 뜻없이 샘물 속에 집어 던지면서 변설들이었다.

"이 자리에서만 말이지 까딱 더 번설들 맙시다. 형태 귀에 들어갔단 큰일날 테니."

민망한 끝에 발설을 한 것이 춘실네였다. 그러나 저녁때도 되기 전에 또 점순에게 그것을 귀띔한 것도 춘실네였다.

서울집 부엌데기로 있는 점순은 전날 밤을 집에서 지내고 아침에 일찍이 나가 진종일 집에서만 일한 까닭에 그 괴변을 보지도 듣지도 못하였다. 다시 집으로 갔다가 저녁참을 대고 나올 때에 수수밭 모퉁이에서 춘실네를 만나 들으니 초문이었다. 재수는 전에 그에게도 한번 불측한 눈치를 보인 일이 있어서 그의 버릇은 웬만큼 짐작은 하는 터였으나 역시 놀라지 않을 수는 없었다. 서울집을 극진히 여기는 점순은 그의 변이 번설되는 것을 민망히는 여겼으나 변이 변인만큼 가만 있을 수도 없어 그 걸음으로 다시 집에 들어가 남편 만손에게 전하고 내친 걸음에 거리로 나가 가게 보는 태인에게도 살며시 뛰어 주었다. 태인과는 만손 몰래 정을 두고 지내는 사이였다.

태인은 가게에 모이는 사람들에게 한두 마디씩 지껄이게 되고 만손은 그날 저녁 형태네 큰 사랑에 마을가서 모이는 농군들에게 말을 펴놓게 되었다.

이렇게 하여 소문은 하루 동안에 재빠르게도 마을 안에 쫙 퍼지게 되었다. 이제는 벌써 당사자 두 사람과 출타한 형태만이 몰랐지 마을 사람들은 모두 형태 큰댁까지도 사랑 농군에게서 들어 알게 되었다.

큰댁은 놀라기는 무척 놀랐으나 제 자식의 처신머리가 노여운 것보다도 서울집의 빗나간 행동이 더 고소하게 생각되었다. 염라대왕에게 서울집 속히 데려가기를 밤낮으로 비는 큰댁은 남편이 돌아와 어떻게 이 일을 조치할까에 모든 생각이 쏠리는 까닭이었다.

2

그날 밤은 열엿샛날 밤이어서 간밤같이 월식도 없고 조금 늦게는 떴으나 달이 밝았다. 샘터 축들은 공연히 마음이 달떠서 달밤을 잠자코 지내기 어려운 속에서 옥분은 드디어 실무죽한 금녀를 충충대서 끌어내고야 말았다. 하룻밤 더 살구나무를 엿보자는 것이었다.

옥분은 금녀보다도 바라지고 앙도라져서 금녀가 모르는 세상을 벌써 재빠르게 엿본 뒤였다. 오대산에서 강릉으로 우차를 몰아 재목을 실어 나르는 박 도령과는 달에 불과 몇 번밖에는 만날 수 없어서 그가 장날 장거리까지 내려오거나 그렇지 못하면 옥분이 웃마을 월정거리까지 출가 전에 눈을 훔쳐 가지고 올라가지 않으면 안 되었다.

그런 때에는 대개 밭에 일하러 간다고 탈하고 근 5리 길을 걸어 올라가 월정사에서 나오는 길과 신작로가 합하는 곳에서 박 도령을 기다렸다가 조이밭머리가 개울가에 가서 묵은 회포를 이야기하곤 하였다. 나중에 어떻게 되리라는 계책도 서지 못한 채 다만 박 도령의 인금만을 믿고 늘 두근거리는 마음에 위험한 눈을 훔치곤 하였다. 한 이태 더 모아서 돈백이나 모이거든 강릉에 가서 살자고 번번이 언약을 하고 우차를 몰아 대관령 쪽으로 느릿느릿 걸어가는 뒷모양을 바라볼 때 번번이 가슴이 찌르르하였다.

거듭 만나는 동안에 남녀의 정이라는 것을 폭 안 옥분은 금녀와는 달라서 남녀의 세상에 유달리 마음이 쏠렸다.

금녀와 둘이 뒷마을을 나와 밭길을 들어갔을 때 달은 한참 밝아서 옥수수 수염과 피마자 대공이 새빨갛게 달빛에 어리었다. 논둑에서 기다리고 있는 점순을 만나더니 한패가 되어서 지름길을 들어서 살금살금 살구나무께로 향하였다. 사특한 마음으로가 아니라 주인집 동정을 살펴서 잘 알고 있음이 부리우는 사람으로서 마땅한 일 같아서 점순은 저녁 시중이 끝나자 약조하였던 금녀들을 기다리러 논둑에 나와 앉았던 것이다.

말없는 나무는 간밤이나 그 밤이나 같은 태도 같은 표정이었다. 금녀는 같은 나무에 두 번 오르기 마음이 허락지 않아 혼자 나무 아래에서 망을 보기로 하고 점순과 옥분을 올려 보냈다. 집에서는 유성기 소리가 쉴새없이 들리더니 판이 끝나도 정신없이 버려 두어 판 갈리는 소리가 어느 때까지나 스르럭스르럭 들렸다.

나무 위에서 내려다보이는 집 안의 모양은 그 속에서 일할 때의 모양과는 퍽으나 달라서 점순은 모든 것을 신기한 것으로 굽어보았다. 평상 위에 유성기를 내놓고 금녀의 말과 틀림없이 서울집과 재수 단 둘이 앉아 달 밝은 밤이라 월식의 괴변은 없으나 정답게 수군거리고 있는 것도 신기하였으나 열어젖힌 문으로 들여다 보이는 방 안의 광경도 그 속에 있을 때와는 다르게 조촐하고 호화롭게만 보였다.

부러운 광경을 정신없이 내려다보는 동안에 점순은 이상하게도 다른 생각은 다 젖혀 놓고 서울집 인물에 비겨 재수의 인금은 보잘것없고, 그러므로 서울집을 훔친 재수는 호박을 딴 셈이요, 서울집으로서는 아깝다는 그 자리에 당치않은 생각이 불현듯이 솟기 시작하였다.

언제든지 한번은 경대 위에 금반지를 훔친 일이 있어서 즉시로 발각되어 호되게 야단을 듣고 집을 쫓겨난 일이 있었으나 그런 변을 당하여도 점순은 서울집을 미워는커녕 더욱 어렵게 여기고 높이고 싶었다. 사내가 그에게 반하듯이 점순도 그에게 반한 셈이었다. 여자로 태어나 마을의 뭇 사내들이 탐내하는 그의 곁에서 지내게 되는 것을 다행으로 여겼다. 그러기에 한번 쫓겨나면서도 구구히 빌어 다시 그 자리로 들어간 것이었다. 삼신 할머니가 구석구석 잔손질을 해서 묘하게 꾸며 세상에 보낸 것이 바로 서울집이라고 점순은 생각하였다.

손발이 동자같이 작고 살결이 물에 씻긴 차돌같이 희었다. 콧날이 봉긋이 솟은 아래로 작은 입을 열면 새하얀 잇줄이 구슬을 머금은 것같이 은은히 빛났다.

점순이가 아무리 틈틈이 경대 속의 분을 훔쳐서 발라도 그의 살결을 본받을 수는 없었다. 검은 살결과 걱실걱실한 체대와 큰 수족을 늘 보이는 것이건만 그에게 보이기가 언제나 부끄러웠다. 열두 번 다시 태어난다고 하더라도 그의 몸맵시를 따를 수는 없을 것 같았다.

뒤안에 물통을 들여다 놓고 그 속에서 목물을 할 때 그 희멀건 등줄기를 밀어 주노라면, 점순은 그 고운 몸뚱어리를 그대로 덥썩 안아 보고 싶은 충동이 솟곤 하였다. 여름 한때 새끼손가락 손톱에 봉숭아 물이나 들이게 되면 누에 같은 손가락 끝에 붉은 꽈리알을 띄운 것도 같아서 말할 수 없이 귀여운 감동을 자아내는 것이었다. 그 서울집이 재수 따위의 손 안에서 허름하게 놀고 있음을 내려다보노라니 점순은 아까운 생각만 들었다. 즉시로 뛰어 내려가 그 자리를 휘저어 놓고도 싶었다. 어느 때까지나 그대로 버려 두기 부당한, 속히 한바탕 북새를 일으켜 사이를 갈라 놓고 싶은 생각이 불현듯이 솟기 시작하였다.

그대로 살며시 덮어만 둔다면 어느 때까지나 애매한 형태에게까지 알려지지 않을 것이 한 되었다. 재수에게 대한 샘이 아니라 참으로 서울집에 대한 샘이었다.

그러나 점순이 그렇게 오래 걱정하지 않아도 좋은 것은 간밤 이상의 괴변이 금시에 눈 아래 장면 위에 일어난 것이다. 세상에는 기묘한 일이 간단히 생기는 까닭인지 혹은 그 불측한 장면을 오래도록 허락하지 않으려는 뜻인지 참으로 뜻하지 않은 어처구니없는 일이 일어난 것이다. 그렇게라도 되지 않으면 형태에게 그 숨은 곡절을 알릴 길이 없었던 탓일까. 읍내에 갔던 형태가 별안간 나타난 것이다.

집을 떠난 지 여러 날 되기는 하나 하필 그 밤에 돌아오게 된 것은 귀신이 알린 탓이라고밖에는 생각할 수 없었다. 하기는 어느 날 어느 때 그 자리에 당장 돌아올는지도 모르면서 유하게 정을 통하고 있던 남녀가 어리석은지도 모른다. 정에 빠진 남녀는 어리석어지는 법일까?

·다따가 방문에서 불쑥 솟아 툇마루에 나선 것이 형태임을 알았을 때 옥분은 기급을 하고 점순에게로 몸을 쏠렸다. 나

뭇가지가 흔들리며 살구가 후둑후둑 떨어졌으나 나무 위로 주의를 보내기에는 뒤안의 형세가 너무도 급박하였다.

평상 위에 서로 기대 앉았던 남녀는 화다닥 자세를 바로잡으면서 물결같이 갈라졌다. 그 황급한 거동 앞에 가로막아선 형태의 육중한 몸은 마치 꿈속의 무서운 가위 같아서 그 가위에 눌린 것이 별수없이 두 사람의 꼴이었다. 움츠러들었을 뿐 쩍 소리도 없는데다가 형태 또한 바위같이 잠자코만 서서 한참 동안 자리는 고요할 뿐이었다. 검은 구름을 첩첩이 품은 채 천둥을 기다리는 무서운 순간이었다.

"대체 누구냐?"

지나쳐 상기된 판에 형태는 말조차 어리석었다. 하기는 재수가 아들임을 일순간 잊어버렸던지도 모른다.

"무엇들을 하고 있어?"

육중한 체대가 움직였을 때 서울집은 허둥지둥 평상에서 내려와 신을 신었다. 방으로 뛰어 들어가려고 툇마루 앞에 이르렀을 때 말도 없이 형태의 손에 머리쪽을 쥐였다. 새발의 피였다. 한번 거세게 휘나꾸는 바람에 보잘것없이 폴싹 땅에 쓰러지고 말았다.

형태의 손질을 아는 점순은 아찔하며 그 자리로 기를 눌리우고 말았다. 그 밤으로 무슨 변이 일어날지를 헤아릴 수 없는 판에 나무에서 유유하게 주인집 변사를 내려다보기가 무서웠다. 한시가 바쁘게 옥분을 붙들어 먼저 내려보내고 뒤이어 미끄러져라 하고 급스럽게 나무를 타고 내려섰다. 뒤안에서는 주고받는 말소리가 차차 똑똑해지고 금시에 큰 북새가 시작될 눈치였다. 간밤의 변괴보다도 확실히 더 놀라운 변고에 혼을 뽑히운 셋은 웬일인지 그 밤의 책임이 자기들에게도 있는 것 같아서 다시 돌아다볼 염도 못하고 꽁무니가 빠져라 논길을 뛰어나갔다.

이튿날 아침 소문은 도리어 뒷마을에서부터 났다. 새벽쯤 해서 점순이 서울집으로 일을 하러 집을 나왔을 때 길거리에서 춘실네에게 간밤의 소식을 듣게 되었다. 재수는 당장에서 물푸레나무 가지로 몰매를 얻어맞아 피를 흘리고 그 자리에 까무라쳐 쓰러진 것을 농군이 업어다가 뒷마을 집에 갖다 눕힌 채 아침까지 정신을 못 차리고 있다는 것이다. 전신이 부풀어 올라서 모습까지 변한 것을 큰댁은 걱정하여 울며불며 일변 약을 지어다가 달인다, 푸닥거리 준비를 한다 집안은 야단이라는 것이다.

궁금해서 두근거리는 마음에 점순은 부리나케 앞마을로 뛰어나가 닫힌 채로의 서울집 대문을 열고 들어섰을 때 집안은 빈 듯이 고요하였다. 겁이 덜컥 나서 마루에 뛰어올라 의걸이 놓인 방문을 열었을 때 예료대로 놀라운 꼴이었다. 이불을 쓰고 누운 서울집을 벌써 운명이나 하지 않았나 하고 급히 이불을 벗겼을 때 살아 있는 증거로 눈을 뜨기는 하였으나 입에는 수건으로 재갈을 메웠고 볼에는 불에 덴 흔적이 끔찍하였다.

몸을 움짓움짓은 하면서 일어나지 못하는 것은 굵은 바로 수족을 얽어매인 까닭이었다. 바를 풀고 재갈을 뺐을 때 서울집은 소생한 듯이 간신히 일어나 앉았다. 흩어진 머리와 상기된 눈과 어지러운 자태가 중병이나 치르고 일어난 병자 모양이었다. 이지러져 변모된 얼굴을 볼 때 점순은 눈물이 핑 돌았다.

"죄를 졌기로서니 이럴 법이 있나? 사람이 아니라 짐승이지."

이를 부드득 가는 서울집의 눈에도 눈물이 그렁그렁 어리었다. 구슬 같은 그 고운 얼굴이 벌겋게 데어서 살뜰하던 모습은 찾을 수도 없었다.

"사지를 결박하구 입을 틀어막구 인두로 얼굴과 다리를 지지데나그래. 아무리 시골놈이기루서 그런 악착한 것 본 적이 있나. 제나 내나 사람은 매일반 마음은 다 각각이지 인두를 달군대야 사람의 마음이야 어찌 휠 수 있겠나. 이런 두메에 애초부터 자청하구 올 사람이 누군가. 산설구 물설구 인정조차 다른데 게다가 허구한 날 집 안에만 갇혀 한 걸음 길 밖에도 못 나가게 하니 전중이 생활인들 게서 더할까. 피 가진 사람으로서 어찌 고향인들 안 그립구 사람인들 안 아쉽겠나. 갇힌 새두 하늘을 그리워할려니 내가 그른지 놈이 악한지 뉘 알려만 내 이 봉변을 당하고 가만 있을 줄 아나. 당장 주재소에 가 고소를 하구 징역을 시키구야 말겠네. 그날이 나두 이곳을 벗는 날이야. 생각할수록 분하구 원통하구!"

입술을 꼬옥 무니 이슬 같은 눈물이 방울방울 솟아 상한 두 볼 위로 흘러내렸다.

점순도 덩달아 눈물이 솟으며 무도한 형태의 형실을 속으로 한없이 노여워하고 미워하였다. 만약 사내라면 그놈을 다

구지게 해내고 싶은 생각도 들었고 간밤에 달려들어 말리지도 못하고 변이 일어난 줄을 알면서도 그 자리를 피해간 행동을 그지없이 뉘우치기도 하였다.

반드시 태인과 남편 만손의 사이에 든 자신의 처지를 생각하여서가 아니라 참으로 마음속으로부터 서울집의 처지를 측은히 여겨서였다. 그러나 위로할 말을 몰라 다만 콧물을 들이켜면서 일상 쥐어 보고 싶던 서울집의 고운 손을 큰 손아귀에 징그시 쥐어 볼 뿐이었다.

3

형태는 부락스러운 고집에 겉으로는 부드러운 낯을 지니나 속으로는 심화가 솟아 올라 그 어느 때나 술기에 눈알을 붉게 물들이고는 장거리에서 진종일을 보내곤 하였다. 옆 사람들의 수군거리는 눈치와 소문을 유하게 깔아 버리고는 배포 유하게 거들거렸다. 화풀이로 면장 운동에 마음을 돌리는 수밖에는 없어서 술집에서 장 구장을 데리고 궁리와 책동에 해 가는 줄을 몰랐다. 장 구장은 기왕에 구장으로 있다가 최 면장이 들어서자 떨어진 축이어서 형태가 면장을 하게 되면 다시 구장으로 들어앉자는 것이 그의 원이었고 두 사람이 공모하는 뜻도 거기에 있었다.

원래 면장 운동은 가제 시작된 것이 아니라 벌써 오래 전부터 형태가 책모하여 오던 바였다. 박달나무로 하여 돈을 벌게 되자 마을에서 상당히 낯이 높아진 것이 그 원을 품게 한 근본 원인이었고 면장이 되면 웃마을과 뒷마을에 있는 소유의 전답에 유리하도록 마을 사람들의 부역을 내서 길과 도랑을 고쳐 내겠다는 것이 둘째 희망이었다.

그러나 그보다도 더 절실한 원인은 최 면장에 대한 감정이었으니 전에 역군을 다녔던 형태가 지벌이 얕다고 최 면장에게서 은근히 멸시를 받고 있는 것과 아들 재수가 최 면장의 아들 학구보다 재물이 훨씬 떨어지는 것을 불쾌히 여기는 편협심에서 오는 것이었다. 부전자전으로 자기가 글을 탐탁하게 못 배운 까닭으로 자식도 그렇게 둔재인가 하여 뒷치송할 재산은 있는데도 불구하고 재수가 단지 재주가 부실한 탓으로 춘천고등보통학교도 7년 만에야 간신히 마치고 나오게 된 것을 형태는 부끄러워하고 한 되게 여겼다. 한편 최 면장의 아들 학구는 재수와 동갑으로 한 해에 보통학교를 마쳤으나 서울 가서 웃학교를 마치고는 전문학교에까지 들어가게 되었다.

선비와 역군의 집안의 차이를 실제로 눈앞에 보는 것 같아서 형태로서는 마음이 괴로웠다. 최 면장은 어려운 가운데에서 자식 하나만을 바라고 그에게 정성을 다 바쳤다. 몇 마지기 안 되는 땅까지 팔아 버렸고 그 위에 눈총을 맞아가면서도 면장의 자리를 눅진히 보존해 가는 것은 온전히 자식 때문이었다. 학구가 학교를 졸업할 때까지는 아무런 일이 있어도 그 자리를 비벼 나갈 생각이었다. 그런 점으로서 형태와는 드러나게 대립이 되어도 하는 수 없는 노릇이었다.

그러나 그뿐이 아니었다. 참으로 무서운 최 면장의 비밀을 형태는 손아귀에 움켜쥐고 있었다. 학비의 보충을 위하여 회계원과 짜고 여러 번째 장부를 고치고 공금에 손을 댄 것이었다. 면장 운동에 뜻을 둔 때부터 형태는 면장의 흠을 모조리 찾아내려고 하던 판에 회계원을 감쪽같이 매수하여 그에게서 공금 횡령의 비밀을 샅샅이 들추어 냈던 것이다.

그런 눈치를 알아채었는지 어쨌는지 최 면장은 모든 것을 모르는 체 다만 학구가 학교를 마칠 때까지를 목표로 시침을 떼는 것이었으나 형태는 형태로서 네 속을 다 뽑아 쥐고 있다는 듯한 거만한 배짱으로 모든 수단이 다 틀리면 그 뽑아쥔 비밀을 마지막 술책으로 쓰리라고 음특하게 벼르고 있었다.

하기는 그는 벌써 최 면장이 좀체 속히 물러앉지 않을 줄을 짐작하고 이번 읍내길에서도 군수에게 공금의 비밀을 약간 귀띔하고 온 터였다. 군수는 기회를 보아서 내막을 철저히 조사시켜 폭로시킨 후 적당한 조처를 하겠다고 언약하였다.

군수를 그만큼까지 후리기에는 상당히 물재도 들었으니 이번 길만 하여도 꿀과 버섯의 선사뿐이 아니라 실상은 논 한 자리까지 남몰래 팔았던 것이다. 군수의 일상 원이 일등 명기를 앞에 놓고 은주전자 은잔으로 맑은 국화주를 마시는 운치였다. 일등 명기야 형태의 수완으로도 어쩌는 수 없는 것이었으나 은주전자 은잔쯤은 그의 힘으로 족히 자라는 것이어서 이번 기회에 수백 금을 들여 실속 있는 한 쌍을 갖추어 준 것이었다.

군수가 사양치 않은 것은 물론이며 그렇게 여러 번째 미끼를 흐뭇이 들여 놓고 이제는 다만 속한 결과를 기다리게만 되었다. 평생 원을 풀 수만 있다면 그 모든 미끼의 희생쯤은 그에게는 보잘것없이 허름한 것이었다. 군수의 인품을 믿고 있는 것만큼 조만간 뜻대로의 결과가 올 것이 확실은 하였으나 될 수 있는 대로 그것이 속하였으면 하고 마음은 늘 초조하였다.

더구나 가정의 변이 생긴 후로는 어떠한 희생을 내서라도 기어이 뜻을 이루어야만 세상 사람들의 조롱과 웃음의 몇 분의 일이라도 설치가 될 것이요, 지금까지 애써 온 보람도 있을 것이며 맺힌 마음의 짐도 넌지시 풀어 부끄러운 집안의 변괴도 잊어 버릴 수 있으리라고 생각되어 더욱 초조하였다.

술집에 자리를 잡고 허구한 날 거나하여서 충혈된 눈을 험상궂게 굴리곤 하였다.

장날 저녁이었다. 형태는 영월네 골방에서 장 구장과 잔을 거듭하다가 마침내 최 면장을 부르러 사람을 보냈다. 주석을 이용하여 마음을 떠보고 싸움을 거는 것이 요사이의 형태여서 장날과 평일도 헤아리지 않았다. 실상은 요사이 장 구장을 통하여 혹은 직접으로 그의 비밀을 한두 사람씩에게 차차 전포시키는 중이었다. 민심을 소란케 하여 그를 배반하게 하자는 생각이었다. 최 면장은 굳이 안 올 리가 없으며 불과 두어 번 잔이 돌았을 때 형태는 차차 말을 풀어 내기 시작하였다.

"정사에 얼마나 골몰한가. 덕택에 난 이렇게 술 잘 먹구 돈 잘 쓰구 태평하게 지내네만……."

돈 잘 쓴다는 말과 은근히 관련시키려는 듯이,

"학구 공부 잘하나. 들으니 한다 하는 사상가라지. 최씨 집안에야 인물이구 말구. 그러나 쓸데없는 걱정 같지만 주의니 무어니 할 때 단단히 단속하지 않으면 까딱하다 큰일나리. 푸른 시절에는 물들기도 쉽구 저지르기두 쉬운 법이요, 더구나 이게 무서운 시절 아닌가. 어련하겠냐만 사귀는 동무 주의하라고 신신 당부해 두게."

비꼬는 말인지 동정하는 말인지 속뜻을 알 수 없어 최 면장은 대답할 바를 몰랐다. 장 구장과의 틈에 끼여 얼뻥뻥할 뿐이었다.

"다 아는 형편에 뒤치송하기 얼마나 어렵겠소만 면장, 이건 귓속말인데 사정두 딱하게는 되었소."

은근한 말눈치에 어안이벙벙하여 있을 때 장 구장은 입을 가까이 가져오며 짜장 귓속말로 무서운 것을 지껄였다.

"미안한 말 같지만 사직을 하려거든 지금이 차라리 적당한 시기인가 하오. 더 끌다가는 큰 봉변할 것 같으니 말이오."

최 면장은 뜨끔도 하였거니와 별안간 홍두깨같이 불쑥 내미는 불쾌한 말투에 관자놀이에 피가 바짝 솟아 오르며 몸이 화끈 달았다.

"무슨 소리요?"

단 한마디 짧게 퉁명스럽게 내쏘았다.

"노여워할 것이 아닌 것이 지금은 벌써 공연의 비밀이 되었소. 거리의 사람뿐이 아니라 멀리 읍내에까지도 알려져서 면내에서 모모하는 사람들 사이에는 공론이 자자한 판이오."
 "대체 무슨 소리란 말이오?"
 면장은 모르는 결에 얼굴이 불끈 달며 어성이 높아졌다. 구장은 반대로 이번에는 목소리는 낮추었으나 그러나 다음 마디는 천 근의 무게가 있는 것이었다.
 "아마도 윤 회계원의 입에서 말이 난 모양이오. 세상에서 누굴 믿겠소."
 붉어졌던 면장의 낯은 금시에 새파랗게 질리며 입이 굳어지고 말문이 막혔다. 형태와 구장은 듬짓이 침묵하고 던진 말의 효과를 가늠보고 있는 듯이 눈길을 아래로 향하였다. 불쾌한 침묵이었으나 그러나 면장은 즉시 침착을 회복하고 낯빛을 바로잡을 수 있었다. 설레지 않는 그의 어조는 막혔던 방 안의 공기를 다시 풀어 버렸다.
 "그만하면 말 뜻을 알겠네만 과히 염려들 할 것은 없네. 일이라는 것이 나구 보아야 옳고 그른 것을 시비할 수 있는 것이지 부질없이 소문에 사로잡힐 것은 아니야. 난 나로서 충분히 내 각오가 있으니 염려들은 말게."
 밉살스러우리만치 침착한 어조는 도리어 반감을 돋우었다. 형태의 말 속에는 확실히 은근한 뼈가 숨어 있었다.
 "각오라니 무슨 각온지는 모르겠으나 일이 크게 되면 낭패가 아닌가. 들으니 읍에서는 군수두 쉬이 출장와서 조사를 하리라는 소문인데 그렇게 되면 무슨 욕이 돌아올지 헤아릴 수가 있나. 일이 터지기 전에 취할 적당한 방책도 있지 않을까 해서 이르는 말이 아닌가."

마디마디 꼭꼭 박아대는 말에 면장은 화가 버럭 나서 드디어 고성대갈 호통을 하였다.

"이르는 말이구 무엇이구 다 그만둬. 그 속 다 알고 그 흉계 뉘 모르리. 군수를 끼구 책동하는 줄도 다 안다. 나야 어떻게 되든 어디 할 대루 해봐라."

"무엇을 믿구 큰소린구. 해보구 말구 나중에 뉘우치지나 말게."

벌써 피차에 감출 것이 없어 속뜻과 싸움은 노골적으로 드러나게 되었다.

"뉘우칠 것두 없구 겁날 것두 없다. 무슨 술책을 써서든지 할 대루 해봐라."

면장은 붉은 낯에 입술은 푸르면서 육신이 부르르 떨렸다.

"이 사람 어둡기두 하다. 일이 벌써 어떻게 된 줄두 모르구 큰소리만 탕탕하니."

"고얀 것들, 이러자구 사람을 불러냈어? 같잖은 것들."

차려진 술잔을 밀쳐 버리고 면장은 성큼 자리를 일어섰다. 형태의 유들유들한 웃음소리가 터지자 참을 수 없는 노염에 술상을 발로 차버리고 문 밖으로 뛰어 나갔다. 통쾌하다는 듯이, 계획은 거의 다 성사되었다는 듯이 형태는 눈초리를 지긋이 주름 잡고 구장을 바라보면서 한바탕 웃음을 쳤다.

면장 운동에는 차차 성공하여 가는 형태지만 속은 늘 심화가 나고 찌부둥하여서 변괴가 있은 후로는 아직 한 번도 서울집에는 들어가지 않고 큰집이 아니면 거리에서 밤을 지내오는 것이었다.

은근히 기뻐하는 것은 큰댁이어서 아들이 앓아 누운 것을 보면 뼈가 아프기는 하였으나 그러나 그것을 한 기화 삼아 한편 남편의 마음을 돌리기에 애쓰고 밖에 나가서는 일방 앓아 누운 서울집에 치성을 드리기가 날마다의 행사였다. 속히 일어나라는 치성이 아니라 그대로 살며시 가버리라는 치성이었다.

밤이 어둑어둑만 해지면 남편 몰래 새옹에 메를 짓고 맑은 물을 떠가지고는 뒷동산 고목나무 아래나 성황숲이나 개울가에 나가서 염라대왕에게 손을 모으고 비는 것이었다. 산귀신 물귀신 불귀신 귀신의 이름을 모조리 외우며 치마 틈에 만들어 넣었던 손각시를 불에도 사르고 물에도 띄우고 땅에 묻고 하여 은근히 서울집의 앞길을 저주하였다.

원래 강릉집 때부터 치성을 즐겨 하여 강릉집이 기어코 실족이 된 것은 온전히 치성 덕이라고 생각하였다. 서울집이 오면서부터는 더욱 심하여서 어떤 때에는 50리나 되는 오대산에 가서 고산 치성도 드렸고 내려오던 길에 월정사에 들러 연꽃 치성도 드렸다. 이번에 서울집의 변괴도 재수의 허물로는 돌리지 않고 치성 덕으로 서울집에게로 내려진 천벌이라고 생각하였다. 내친 걸음에 서울집을 영영 없애 달라는 것이 치성할 때마다의 절실한 원이었다. 형태로서는 치성은 질색이어서 큰댁의 우매한 꼴을 볼 때마다 한바탕 북새를 일으키고야 말았다.

재수가 자리에서 일어나자 하루 아침 가만히 도망을 간 것
은 여름도 한참 짙었을 때 형태의 심중이 가지가지 일에 무
덥게 지글지글 끓어 오를 때였다. 한편 걱정되지 않는 바도
아니었으나 차라리 한시름 놓은 것 같아서 시원도 했다. 신
통치도 못한 조합 서기쯤 그만두고 멀리 가버림이 마을 사람
들의 기억에서도 사라질 것이요, 차차 죄를 벗는 길도 될 것
으로 생각되어서 차라리 한시름 놓은 것 같았다. 다만 걱정
되는 것은 불미한 생각을 일으키고 그 어느 구석에 가서 자
진이나 하지 않았을까 하는 것이었다.

그날 아침 집안은 요란하게 설레고 마을을 아래 위로 훑으
면서 헤매었다. 주재소에 수색원까지 내고 들끓었으나 그러
나 그렇게까지 걱정할 것이 없는 것은 실상은 채수의 도망은
큰댁의 지시요, 계책이었던 것이다. 그날 새벽 강에 나가 치
성을 마친 큰댁은 아들을 속사리재 아래까지 불러내서 등대
하고 있다가 강릉서 넘어오는 첫 자동차에 태워서 앞대로 내
보낸 것이었다.

거리에서 차를 타면 들킬 것을 염려하여 5리 길이나 미리
나와 섰던 것이다. 전대 속에 알뜰히 모아 두었던 근 100여
소수의 돈을 전대째로 아들에게 주면서 마을에서 소문이 사
라질 때까지 어디든지 앞대로 나가 구경 겸 어느 때까지든지
바람을 쏘이라는 당부를 거듭하면서 운전수가 재촉의 고동
을 몇 번이나 울릴 때까지 찻전을 붙들고 서서 눈물겨운 목
소리로 서러워하였다. 그러나 물론 집에 돌아와서는 그런 눈
치는 까딱 보이지 않으며 집안 사람에게 휩쓸려 도리어 아들

의 간 곳을 걱정하는 모양을 보였다. 재수의 처치가 제물에 된 후로 패였던 형태의 마음 한 구석이 파묻힌 것은 사실이었으나 그렇게 되면 서울집의 존재가 머릿속에 더한층 똑똑하게 떠올랐다.

그러나 그대로 어느 때까지 버려두는 수밖에 별다른 처리의 방책은 없었다. 한번 흠이 든 것이니 시원히 버려 볼까도 생각하였으나 도저히 할 수는 없는 노릇임을 깨달았다. 속사리 버덩의 일곱 마지기를 팔아 버린 것이 아까와서가 아니라 아무리 흠이 들었다고는 하더라도 아직도 그에게로 쏠리는 정을 끊어 버릴 수는 없었다. 정이란 마치 헝클어진 실뭉치 같아서 한 쪽을 끊어도 다른 쪽이 매이고 끊은 줄 알았던 줄이 다시 걸리고 하여서 하루 아침에 칼로 벤 듯이 시원히 끊어 버릴 수는 없는 노릇이었다.

포악스럽게는 굴었어도 아직도 서울집에 대한 정은 줄줄 헝클어져 그의 마음 갈피에 주체스럽게 걸리고 감기는 것이었다. 그 위에 세월이라는 것은 무서워서 처음에는 살인이라도 날 것 같던 것이 차차 분이 사라졌고 봉욕에 치가 떨리고 몸이 화끈 달던 것이 지금은 그것도 차차 식어 가서 그대로 가면 가을에 찬바람이 나돌 때까지는 분도 풀리고 마음도 제대로 가라앉을 것 같아서 일이 뜻대로 되어 면장으로나 들어앉게 되면 무서운 상처는 완전히 사라질 듯도 하였다. 다만 서울집의 마음이 자기의 마음같이 가라앉고 회복될까 하는 것이 의심이었다.

한때의 실책이었던지 그렇지 않으면 정이 벌어졌던 탓인

지 그의 마음을 좀체 들여다볼 수는 없었다. 늘 밖을 그리워하는 눈치를 보아서는 마음속이 심상치는 않은 것도 같았기 때문이다. 집에 누운 채 얼굴과 다리의 상처에는 약국에서 가져온 고약을 바르고 일변 보약을 달여 먹도록 시키기만 하고 형태는 아직 한 번도 들여다보지는 않았으나 서울집에 대한 의혹이 생길 때에는 불현듯이 정이 불꽃같이 타오르며 그를 만나고 싶은 생각이 유연히 솟아올랐다. 그럴 때에는 면장 운동보다도 오히려 더 큰 열정이 그를 송두리째 사로잡으며 서울집을 잃는다면 그까짓 면장은 얻어해 무엇하노 하는 생각조차 들었다. *

□ 연보

1907년　2월 23일 강원도 평창군 봉평면 창동에서 아버지 이시후李始厚와 어머니 강홍경康洪敬 사이에서 1남 3녀 중 장남으로 출생.
1920년　경성제일고보 입학.
1925년　경성제일고보 졸업. 경성제국대학 예과에 입학. 조선인 학생회인 문우회文友會에 참가, 동인지《문우》와 예과 학생지인《청량淸凉》에 유진오兪鎭午, 이희승李熙昇, 이재학李在鶴 등과 더불어 시를 발표함.
1927년　예과를 거쳐 법문학부 영문과에 진학. 단편〈주리면……〉(청년) 발표.
1928년　단편〈도시都市와 유령幽靈〉(조선지광)을 발표.
1929년　단편〈기우奇遇〉(조선지광),〈행진곡〉(조선문예) 발표.
1930년　경성제대 졸업.〈깨뜨려지는 홍등紅燈〉(대중공론),〈약령기弱齡記〉〈삼천리三千里〉〈서점에 비친 도시의 일면〉(조선일보)을 발표.

247

1931년	이경원과 결혼. 총독부 경무국 검열계에 근무. 경성농업학교 교원으로 근무. 《노령근해露領近海》(동지사) 출간.
1932년	〈오리온과 능금〉(삼천리), 〈북국점경北國點景〉, 〈무풍지대無風地帶〉(삼천리) 발표.
1933년	〈돈豚〉(조선문학) 발표.
1934년	평양 숭실전문 교수로 부임. 〈수난受難〉(中央), 〈일기日記〉(삼천리) 발표.
1935년	〈성수부聖樹賦〉(조선문단), 〈성화聖畵〉(조선일보) 발표.
1936년	〈들〉(신동아), 〈메밀꽃 필 무렵〉(조광) 발표.
1938년	〈장미 병들다〉(삼천리), 〈해바라기〉(조광) 발표.
1939년	〈산정山精〉, 〈황제黃帝〉(문장) 발표.
1940년	장편 〈벽공무한碧空無限〉(매일신보) 연재.
1942년	5월 3일 와병臥病하여 5월 25일 자택에서 사망.

메밀꽃 필 무렵(외)

1982년	2월	25일	초판	1쇄	발행
1986년	9월	15일	2판	1쇄	발행
2005년	1월	25일	3판	1쇄	발행
2007년	6월	25일	3판	2쇄	발행

지은이 이   효   석
펴낸이 윤   형   두
펴낸데 범   우   사

출판등록 1966. 8. 3. 제 406-2003-048호
(413-756) 경기도 파주시 교하읍 문발리 525-2
전   화 (031) 955-6900, 팩스 (031) 955-6905

* 책값은 뒤표지에 있습니다.   편집·교정/이옥남·현미자·임계연·김후득
* 파본은 교환해 드립니다.   개정판 편집·교정/김지선·김혜연

ISBN 89-08-03321 1 04810   (홈페이지) www.bumwoosa.co.kr
     89-08-03202 9 (세트)   (E-mail) bumwoosa@chol.com

근대 개화기부터 현대까지

— 한민족 정신사의 복원, '정신의 위기'로

범우비평판 한국문학

'범우비평판 한국문학'은 기존 문학사에서 외면당한 채 매몰된 문인들과 근대 개화기부터 현대까지의 작품들을 복원시켰다. 한 작가의 작품세계와 정신세계를 들여다 볼 수 있는 '광의의 문학'을 시도한 민족정신의 응결체로 20세기 한국문학을 민족정신사적으로 재평가, 성찰할 수 있는 전망대다. —임헌영(문학평론가)

'범우비평판 한국문학'의 특징

▶ 문학의 개념을 민족 정신사의 총체적 반영으로 확대
▶ 기존의 '한국문학전집' 편찬 관성을 탈피, 작가 중심의 편집형태
▶ 학계의 대표적인 문학 연구자들을 책임편집자로 위촉
▶ 원본 확정 작업을 통해 근현대 문학 정본 확인하는 성과

16권 발행!

- 제1권 ▶ 신채호 편 《백세 노인의 미인담》(외) — 김주현(경북대)
- 제2권 ▶ 개화기소설 편 《송뢰금》(외) — 양진오(경주대)
- 제3권 ▶ 이해조 편 《홍도화》(외) — 최원식(인하대)
- 제4권 ▶ 안국선 편 《금수회의록》(외) — 김영민(연세대)
- 제5권 ▶ 양건식·현상윤 외 편 《슬픈 모순》(외) — 김복순(명지대)
- 제6권 ▶ 김억 편 《해파리의 노래》(외) — 김용직(서울대)
- 제7권 ▶ 나도향 편 《어머니》(외) — 박헌호(성균관대)
- 제8권 ▶ 조명희 편 《낙동강》(외) — 이명재(중앙대)
- 제9권 ▶ 이태준 편 《사상의 월야》(외) — 민충환(부천대)
- 제10권 ▶ 최독견 편 《승방비곡》(외) — 강옥희(상명대)

 종합출판 범우(주) www.bumwoosa.co.kr TEL 02)717-2121 편집부 031)955-6900

'정본'으로 집대성한 한국 대표 문학

불리는 민족사를 성찰할 전망대!

- 제11권▶ 이인직 편 《은세계》(외) — 이재선(서강대)
- 제12권▶ 김동인 편 《약한 자의 슬픔》(외) — 김윤식(서울대)
- 제13권▶ 현진건 편 《운수 좋은 날》(외) — 이선영(연세대)
- 제14권▶ 백신애 편 《아름다운 노을》(외) — 최혜실(경희대)
- 제15권▶ 김영팔 편 《곱장칼》(외) — 박명진(중앙대)
- 제16권▶ 김유정 편 《산골 나그네》(외) — 이주일(연세대)

발행 예정도서

- ▶이광수 편 《삼봉이네 집》(외) — 한승옥(숭실대)
- ▶이 상 편 《공포의 기록》(외) — 이경훈(상지대)
- ▶이설주 편 《방랑기》(외) — 오양호(인천대)
- ▶이석훈 편 《황혼의 노래》(외) — 김용성(인천대)
- ▶심 훈 편 《그날이 오면》(외) — 정종진(청주대)
- ▶계용묵 편 《백치 아다다》(외) — 장영우(청주대)
- ▶김정진 편 《십오분간》(외) — 윤진현(인하대)
- ▶홍사용 편 《나는 왕이로소이다》(외) — 김은철(상지대)
- ▶김남천 편 《공장신문》(외) — 채호석(외국어대)
- ▶나혜석 편 《파리의 그 여자》(외) — 이상경(한국과기원)
- ▶이육사 편 《황혼》(외) — 김종회(경희대)
- ▶정지용 편 《바다》(외) — 이숭원(서울여대)
- ▶김소월 편 《진달래꽃》(외) — 최동호(고려대)
- ▶이기영 편 《오빠의 비밀편지》(외) — 김성수(성균관대)
- ▶방정환 편 《유범》(외) — 이재철(한국아동문학회장)
- ▶최승일 편 《울음》(외) — 손정수(계명대)
- ▶강경애 편 《인간문제》(외) — 서정자(초당대)

- ● 크라운변형판
- ● 각권 350~650쪽 내외
- ● 각권 값 10,000~15,000원
- ● 계속 출간됩니다. ▶ 공급처 · 북센 (031)955-6777

주머니 속에 책 한 권을! 범우문고

1 수필 피천득
2 무소유 법정
3 바다의 침묵(외) 베르코르/조규철·이정림
4 살며 생각하며 미우라 아야코/진웅기
5 오, 고독이여 F.니체/최혁순
6 어린 왕자 A.생 텍쥐페리/이정림
7 톨스토이 인생론 L.톨스토이/박형규
8 이 조용한 시간에 김우종
9 시지프의 신화 A.카뮈/이정림
10 목마른 계절 전혜린
11 젊은이여 인생을… A.모루아/방곤
12 채근담 홍자성/최현
13 무진기행 김승옥
14 공자의 생애 최현 엮음
15 고독한 당신을 위하여 L.린저/곽복록
16 김소월 시집 김소월
17 장자 장자/허세욱
18 예언자 K.지브란/유제하
19 윤동주 시집 윤동주
20 명정 40년 변영로
21 산사에 심은 뜻은 이청담
22 날개 이상
23 메밀꽃 필 무렵 이효석
24 애정은 기도처럼 이영도
25 이브의 천형 김남조
26 탈무드 M.토케이어/정진태
27 노자도덕경 노자/황병국
28 갈매기의 꿈 R.바크/김진욱
29 우정론 A.보나르/이정림
30 명상록 M.아우렐리우스/황문수
31 젊은 여성을 위한 인생론 P.벅/김진욱
32 B사감과 러브레터 현진건
33 조병화 시집 조병화
34 느티의 일월 모윤숙
35 로렌스의 성과 사랑 D.H.로렌스/이성호
36 박인환 시집 박인환
37 모래톱 이야기 김정한
38 창문 김태길
39 방랑 H.헤세/홍경호
40 손자병법 손무/황병국
41 소설·알렉산드리아 이병주
42 전락 A.카뮈/이정림
43 사노라면 잊을 날이 윤형두
44 김삿갓 시집 김병연/황병국
45 소크라테스의 변명(외) 플라톤/최현
46 서정주 시집 서정주
47 사람은 무엇으로 사는가 L.톨스토이/김진욱
48 불가능은 없다 R.슐러/박호순
49 바다의 선물 A.린드버그/신상웅
50 잠 못 이루는 밤을 위하여 C.힐티/홍경호
51 딸깍발이 이희승
52 몽테뉴 수상록 M.몽테뉴/손석린
53 박재삼 시집 박재삼
54 노인과 바다 E.헤밍웨이/김회진
55 향연·뤼시스 플라톤/최현
56 젊은 시인에게 보내는 편지 R.릴케/홍경호
57 피천득 시집 피천득
58 아버지의 뒷모습(외) 주자청(외)/허세욱(외)
59 현대의 신 N.쿠치키(편)/진철승
60 별·마지막 수업 A.도데/정봉구
61 인생의 선용 J.러보크/한영환
62 브람스를 좋아하세요… F.사강/이정림
63 이동주 시집 이동주
64 고독한 산보자의 꿈 J.루소/염기용
65 파이돈 플라톤/최현
66 백장미의 수기 I.숄/홍경호
67 소년 시절 H.헤세/홍경호
68 어떤 사람이기에 김동길
69 가난한 밤의 산책 C.힐티/송영택
70 근원수필 김용준
71 이방인 A.카뮈/이정림
72 롱펠로 시집 H.롱펠로/윤삼하
73 명사십리 한용운
74 왼손잡이 여인 P.한트케/홍경호
75 시민의 반항 H.소로/황문수
76 민중조선사 전석담
77 동문서답 조지훈
78 프로타고라스 플라톤/최현
79 표본실의 청개구리 염상섭
80 문주반생기 양주동
81 신조선혁명론 박열/서석연
82 조선과 혁명 아나키 무네요시/박яка삼
83 중국혁명론 모택동(외)/박광종 엮음
84 탈출기 최서해
85 바보네 가게 박연구
86 도왜실기 김구/엄항섭 엮음
87 슬픔이여 안녕 F.사강/이정림·방곤
88 공산당 선언 K.마르크스·F.엥겔스/서석연
89 조선문학사 이명선
90 권태 이상
91 내 마음속의 그들 한승헌
92 노동자강령 F.라살레/서석연
93 장씨 일가 유주현
94 백설부 김진섭
95 에코스파즘 A.토플러/김진욱
96 가난한 농민에게 바란다 N.레닌/이정일
97 고리키 단편선 M.고리키/김영국
98 러시아의 조선침략사 송정환
99 기재기이 신광한/박헌순
100 홍경래전 이명선
101 인간만사 새옹지마 리영희
102 청춘을 불사르고 김일엽
103 모범경작생(외) 박영준
104 방망이 깎던 노인 윤오영

105 찰스 램 수필선 C.램/양병석
106 구도자 고은
107 표해록 장한철/정병욱
108 월광곡 홍난파
109 무서록 이태준
110 나생문(외) 아쿠타가와 류노스케/진웅기
111 해변의 시 김동석
112 발자크와 스탕달의 예술논쟁 김진욱
113 파한집 이인로/이상보
114 역사소품 곽말약/김승일
115 체스・아내의 불안 S.츠바이크/오영옥
116 복덕방 이태준
117 실천론(외) 모택동/김승일
118 순오지 홍만종/전규태
119 직업으로서의 학문・정치 M.베버/김진욱(외)
120 요재지이 포송령/진기환
121 한설야 단편선 한설야
122 쇼펜하우어 수상록 쇼펜하우어/최혁순
123 유태인의 성공법 M.토케이어/진웅기
124 레디메이드 인생 채만식
125 인물 삼국지 모리야 히로시/김승일
126 한글 명심보감 장기근 옮김
127 조선문화사서설 모리스 쿠랑/김수경
128 역옹패설 이제현/이상보
129 문장강화 이태준
130 중용・대학 차주환
131 조선미술사연구 윤희순
132 옥중기 오스카 와일드/임헌영
133 유태인식 돈벌이 후지다 덴/지방훈
134 가난한 날의 행복 김소운
135 세계의 기적 박광순
136 이퇴계의 활인심방 정숙
137 카네기 처세술 데일 카네기/전민식
138 요로원야화기 김승일
139 푸슈킨 산문 소설집 푸슈킨/김영국
140 삼국지의 지혜 황의백
141 슬견설 이규보/장덕순
142 보리 한흑구
143 에머슨 수상록 에머슨/윤삼하
144 이사도라 덩컨의 무용에세이 I.덩컨/최혁순
145 북학의 박제가/김승일
146 두뇌혁명 T.R.블랙슬리/최현
147 베이컨 수상록 베이컨/최혁순
148 동백꽃 김유정
149 하루 24시간 어떻게 살 것인가 A.베넷/이은순
150 평민한문학사 허경진
151 정선아리랑 김병하・김연갑 공편
152 독서요법 황의백 엮음
153 나는 왜 기독교인이 아닌가 B.러셀/이재황
154 조선사 연구(草) 신채호
155 중국의 신화 장기근
156 무병장생 건강법 배기성 엮음
157 조선위인전 신채호
158 정감록비결 편집부 엮음
159 유태인 상술 후지다 덴
160 동물농장 조지 오웰
161 신록 예찬 이양하

162 진도 아리랑 박병훈・김연갑
163 책이 좋아 책하고 사네 윤형두
164 속담에세이 박연구
165 중국의 신화후편 장기근
166 중국인의 에로스 장기근
167 귀여운 여인(외) A.체호프/박형규
168 아리스토파네스 희곡선 아리스토파네스/최현
169 세네카 희곡선 테렌티우스/최 현
170 테렌티우스 희곡선 테렌티우스/최 현
171 외투・코 고골리/김영국
172 카르멘 메리메/김진욱
173 방법서설 데카르트/김진욱
174 페이터의 산문 페이터/이성호
175 이해사회학의 카테고리 막스 베버/김진욱
176 러셀의 수상록 러셀/이성규
177 속악유희 최영년/황순구
178 권리를 위한 투쟁 R. 예링/심윤종
179 돌파의 문답 이규보/장덕순
180 성황당(외) 정비석
181 양쯔강(외) 펄벅/김병걸
182 봄의 수상(외) 조지 기싱/이창배
183 아미엘 일기 아미엘/민희식
184 예언자의 집에서 토마스 만/박환덕
185 모자철학 가드너/이창배
186 짝 잃은 거위를 곡하노라 오상순
187 무하선생 방랑기 김상용
188 어느 시인의 고백 릴케/송영택
189 한국의 멋 윤태림
190 자연과 인생 도쿠토미 로카/진웅기
191 태양의 계절 이시하라 신타로/고평국
192 애서광 이야기 구스타브 플로베르/이민정
193 명심보감의 명구 191 이응백
194 아큐정전 루쉰/허세욱
195 촛불 신석정
196 인간제대 추식
197 고향산수 마해송
198 아랑의 정조 박종화
199 지사총 조선작
200 홍동백서 이어령
201 유령의 집 최인호
202 목련초 오정희
203 친구 송영
204 쫓겨난 아담 유치환
205 카마수트라 바스야아나/송미영
207 사랑의 샘가에서 우치무라 간조/최현

▶ 각권 값 2,800원

범우사 www.bumwoosa.co.kr TEL 02)717-2121

온고지신(溫故知新)으로 21세기를!

현대사회를 보다 새로운 시각으로 종합진단하여
그 처방을 제시해주는

범우사상신서

1	자유에서의 도피 E. 프롬/이상두		32	방관자의 시대 P. 드러커/이상두·최혁순
2	젊은이여 오늘을 이야기하자 렉스프레스誌/방곤·최혁순		33	건전한 사회 E. 프롬/김병익
3	소유냐 존재냐 E. 프롬/최혁순		34	미래의 충격 A. 토플러/장을병
4	불확실성의 시대 J. 갈브레이드/박현채·전철환		35	작은 것이 아름답다 E. 슈마허/김진욱
5	마르쿠제의 행복론 L. 마르쿠제/황문수		36	관심의 불꽃 J. 크리슈나무르티/강옥구
6	너희도 神처럼 되리라 E. 프롬/최혁순		37	종교는 필요한가 B. 러셀/이재황
7	의혹과 행동 E. 프롬/최혁순		38	불복종에 관하여 E. 프롬/문국주
8	토인비와의 대화 A. 토인비/최혁순		39	인물로 본 한국민족주의 장을병
9	역사란 무엇인가 E. 카/김승일		40	수탈된 대지 E. 갈레아노/박광순
10	시지프의 신화 A. 카뮈/이정림		41	대장정—작은 거인 등소평 H. 솔즈베리/정성호
11	프로이트 심리학 입문 C. S. 홀/안귀여루		42	초월의 길 완성의 길 마하리시/이병기
12	근대국가에 있어서의 자유 H. 라스키/이상두		43	정신분석학 입문 S. 프로이트/서석연
13	비극론·인간론(외) K. 야스퍼스/황문수		44	철학적 인간 종교적 인간 황필호
14	엔트로피 J. 리프킨/최현		45	권리를 위한 투쟁(외) R. 예링/심윤종·이주향
15	러셀의 철학노트 B. 페인버그·카스릴스(편)/최혁순		46	창조와 용기 R. 메이/안병무
16	나는 믿는다 B. 러셀(외)/최혁순·박상규		47-1	꿈의 해석 ⓐ S. 프로이트/서석연
17	자유민주주의에 희망은 있는가 C. 맥퍼슨/이상두		47-2	꿈의 해석 ⓑ S. 프로이트/서석연
18	지식인의 양심 A. 토인비(외)/임현영		48	제3의 물결 A. 토플러/김진욱
19	아웃사이더 C. 윌슨/이성규		49	역사의 연구 ❶ D. 서머벨 엮음/박광순
20	미학과 문화 H. 마르쿠제/최현·이근영		50	역사의 연구 ❷ D. 서머벨 엮음/박광순
21	한일합병사 야마베 겐타로/안병무		51	건건록 무쓰 무네미쓰/김승일
22	이데올로기의 종언 D. 벨/이상두		52	가난이야기 가와카미 하지메/서석연
23	자기로부터의 혁명 ❶ J. 크리슈나무르티/권동수		53	새로운 세계사 마르크 페로/박광순
24	자기로부터의 혁명 ❷ J. 크리슈나무르티/권동수		54	근대 한국과 일본 나카스카 아키라/김승일
25	자기로부터의 혁명 ❸ J. 크리슈나무르티/권동수		55	일본 자본주의 정신 야마모토 시치헤이/김승일·이근원
26	잠에서 깨어나라 B. 라즈니시/길연		56	정신분석과 듣기 예술 E. 프롬/호연심리센터
27	역사학 입문 E. 베른하임/박광순			
28	법화경 이야기 박혜경		▶ 계속 펴냅니다
29	융 심리학 입문 C. S. 홀(외)/최현			
30	우연과 필연 J. 모노/김진욱			
31	역사의 교훈 W. 듀란트(외)/천희상			

범우사 서울시 마포구 구수동 21-1호 전화 717-2121, FAX 717-0429
http://www.bumwoosa.co.kr (천리안·하이텔 ID) BUMWOOSA

온고지신(溫故知新)으로 21세기를!

범우고전선

시대를 초월해 인간성 구현의 모범으로 삼을 만한 책을 엄선

1 유토피아 토마스 모어/황문수
2 오이디푸스 王 소포클레스/황문수
3 명상록·행복론 M.아우렐리우스·L.세네카/황문수·최현
4 깡디드 볼떼르/염기용
5 군주론·전술론(외) 마키아벨리/이상두
6 사회계약론 J. 루소/이태일·최현
7 죽음에 이르는 병 키에르케고르/박환덕
8 천로역정 존 버니언/이현주
9 소크라테스 회상 크세노폰/최혁순
10 길가메시 서사시 N. K. 샌다즈/이현주
11 독일 국민에게 고함 J. G. 피히테/황문수
12 히페리온 F. 휠덜린/홍경호
13 수타니파타 김운학 옮김
14 쇼펜하우어 인생론 A. 쇼펜하우어/최현
15 톨스토이 참회록 L. N. 톨스토이/박형규
16 존 스튜어트 밀 자서전 J. S. 밀/배영원
17 비극의 탄생 F. W. 니체/곽복록
18-1 에 밀 (상) J. J. 루소/정봉구
18-2 에 밀 (하) J. J. 루소/정봉구
19 팡 세 B. 파스칼/최현·이정림
20-1 헤로도토스 歷史(상) 헤로도토스/박광순
20-2 헤로도토스 歷史(하) 헤로도토스/박광순
21 성 아우구스티누스 고백록 A. 아우구스티누/김평옥
22 예술이란 무엇인가 L. N. 톨스토이/이철
23 나의 투쟁 A. 히틀러/서석연
24 論語 황병국 옮김
25 그리스·로마 희곡선 아리스토파네스(외)/최현
26 갈리아 戰記 G. J. 카이사르/박광순
27 꿈의 연구 니시다 기타로/서석연
28 육도·삼략 하재철 옮김
29 국부론(상) A. 스미스/최호진·정해동
30 국부론(하) A. 스미스/최호진·정해동
31 펠로폰네소스 전쟁사(상) 투키디데스/박광순
32 펠로폰네소스 전쟁사(하) 투키디데스/박광순
33 孟子 차주환 옮김
34 아방강역고 정약용/이민수
35 서구의 몰락 ① 슈펭글러/박광순
36 서구의 몰락 ② 슈펭글러/박광순
37 서구의 몰락 ③ 슈펭글러/박광순
38 명심보감 장기근
39 월든 H. D. 소로/양병석
40 한서열전 반고/홍대표
41 참다운 사랑의 기술과 허튼 사랑의 질책 안드레아스/김영락
42 종합 탈무드 마빈 토케이어(외)/전풍자
43 백운화상어록 백운화상/석찬선사
44 조선복식고 이여성
45 불조직지심체요절 백운선사/박문열
46 마가렛 미드 자서전 M.미드/최혁순·최인옥
47 조선사회경제사 백남운/박광순
48 고전을 보고 세상을 읽는다 모레야 히로시/김승일
49 한국통사 박은식/김승일
50 콜럼버스 항해록 라스 카사스 신부 엮음/박광순
51 삼민주의 쑨원/김승일(외) 옮김
52-1 나의 생애(상) L. 트로츠키/박광순
52-1 나의 생애(하) L. 트로츠키/박광순
53 북한산 역사지리 김윤우
54-1 몽계필담(상) 심괄/최병규
54-1 몽계필담(하) 심괄/최병규

▶계속 펴냅니다

범우사
서울시 마포구 구수동 21-1호 TEL 717-2121, FAX 717-0429
http://www.bumwoosa.co.kr (E-mail) bumwoosa@chollian.net

범우희곡선

연극으로 느낄 수 없는 시나리오의
진한 카타르시스, 오랜 감동 …!

1. **세일즈맨의 죽음** 아서 밀러/오화섭 옮김
고도로 발달된 산업사회에서 생겨난 물질 만능주의, 내적 갈등을
예리하게 파헤친 밀러의 대표작.

2. **코카시아의 백묵원** 베르톨트 브레히트/이정길 옮김
동독의 극작가로서 현대극의 완성자라 불리는 브레히트의 시적·
서사적 대작.

3. **몰리에르 희곡선** 몰리에르/민희식 옮김
희극작가로 유명한 몰리에르의 작품 《서민귀족》, 《스카펭의 간계》,
〈상상병 환자〉를 모았다.

4. **간계와 사랑** 프리드리히 실러/이원양 옮김
괴테와 함께 고전주의의 쌍벽을 이루는 독일의 시인이며 극작가인
실러의 희곡.

5. **욕망이라는 이름의 전차** 테네시 윌리엄스/신정옥 옮김
미국 희곡의 금자탑, 극문학의 정점.
옛 추억과 이상 속에서 사는 삶과 비열한 삶의 대립.

6. **에쿠우스** 피터 셰퍼/신정옥 옮김
현실의 굴레와 원초적 욕망 사이에서 분열된 삶의 절규와
인간의 자유를 심도있게 표출.

7. **뜨거운 양철지붕 위의 고양이** 테네시 윌리엄스/오화섭 옮김
현대문명이 지닌 인간의 온갖 죄악과 부패와 비정상적 관계인
한 가족을 다룬 작품.

8. **유리동물원** 테네시 윌리엄스/신정옥 옮김
겨울안개처럼 슬픔의 빛깔과 가락만을 간직한 사람들이 엮어내는
환상의 추억극.

9. **빌헬름 텔** 프리드리히 실러/한기상 옮김
완전무결한 존재의 자유와 현실세계의 조화를 위해 투쟁하는 인간의 모습을
그린 작품.

10. **아마데우스** 피터 셰퍼/신정옥 옮김
인간의 원초적 감정의 실체를 날카롭게 파헤친 무대언어의 마술사
피터 셰퍼의 역작.

11. **탤리 가의 빈집 (외)** 랜퍼드 윌슨/이영아 옮김
현대의 체호프라 불리는 윌슨의 대표적인 작품
〈탤리 가의 빈집〉과 〈토분 쌓는 사람들〉 수록.

12. **인형의 집** 헨리 입센/김진욱 옮김
개인과 가정과 사회의 관계 속에서 일어나는 갈등과 모순을
사실주의적으로 드러낸 입센의 회심작.

13. **산 불** 차범석 지음
민족사의 비극을 바탕으로 인간 본연의 삶과 사랑에 대한 갈증을
그려내고 있는 한국 리얼리즘 희곡의 걸작.

14. **황금연못** 어니스트 톰슨/최 현 옮김
노부부의 사랑과 신뢰, 죽음을 앞두고 겪는 인간적 갈등과
초월을 다룬 작품.

15. **민중의 적** 헨리 입센/김석만 옮김
지역 온천개발을 둘러싸고 투자자인 지역주민들과
개발계획자들 간의 흥미있는 대립을 그린 입센의 대표 작품.

16. **태 (외)** 오태석 지음
생의 근원적인 문제를 신화적, 우의적인 형태로 표현한 가장 한국적인 작품.

 범우사

서울시 마포구 구수동 21-1호 TEL 717-2121, FAX 717-0429
http://www.bumwoosa.co.kr (천리안·하이텔 ID) BUMWOOSA